人猿泰山全译精编插画系列（全25种）

人猿泰山
之
绝地反击

[美国] 埃德加·赖斯·巴勒斯/著

江　敏/译

Tarzan the Untamed

图书在版编目（CIP）数据

人猿泰山之绝地反击／（美）埃德加·赖斯·巴勒斯著；江敏译．——上海：上海文艺出版社，2018
（人猿泰山全译精编插画系列）
ISBN 978-7-5321-6861-3

Ⅰ．①人… Ⅱ．①埃… ②江… Ⅲ．①长篇小说－美国－现代 Ⅳ．① I712.45

中国版本图书馆 CIP 数据核字 (2018) 第 202829 号

书　　名：人猿泰山之绝地反击
著　　者：[美国] 埃德加·赖斯·巴勒斯
译　　者：江　敏
责任编辑：田　芳　胡　捷
装帧设计：周　睿
责任督印：张　凯

出　　版：上海文艺出版社
出　　品：上海故事会文化传媒有限公司
　　　　　（200020　上海市绍兴路74号　www.storychina.cn）
发　　行：上海文艺出版社发行中心
　　　　　（上海市绍兴路50号）
印　　刷：上海中华印刷有限公司
开　　本：889毫米x1194毫米　1/32　印张8.625
版　　次：2018年11月第1版　2018年11月第1次印刷
ISBN：978-7-5321-6861-3/I．5473
定　　价：25.00元

版权所有·不准翻印

上海故事会文化传媒有限公司 出品 (00814) www.storychina.cn

上海故事会文化传媒有限公司所有图书可办理邮购，免收邮费（挂号除外）
汇款地址：上海市绍兴路74号(200020)　收款人：上海故事会文化传媒有限公司出版发行部
联系电话：021—64338113
如发现本书有质量问题，请与印刷厂质量科联系 T.021—60829062

人猿泰山全译精编插画系列（全25种）

编　委　会

总　策　划：夏一鸣

主　　编：黄禄善

副 主 编：高　健

编辑成员

（按姓氏笔画为序排列）：

田　芳　朱崟滢　李震宇　张雅君

胡　捷　高　健　夏一鸣　黄禄善　詹明瑜　蔡美凤

百年文学经典 文化传播之最
人猿泰山驰骋的奇幻世界

黄禄善

美国文学史上不乏这样的作家：他们生前得不到学术界承认，死后多年也不为批评家看好，然而他们却写出了最受欢迎的作品，享有最大范围的读者。本书作者埃德加·赖斯·巴勒斯即是这样一位作家。自1912年至1950年，他一共出版了一百多本书，这些书涉及多个通俗小说门类，而且十分畅销，其中不少被译成多种文字，在世界各地广为流传。当代科幻小说大师亚瑟·克拉克曾如此表达对他的敬仰："埃德加·赖斯·巴勒斯具有重要地位。是巴勒斯，激起了我的创作兴趣。"另一位著名通俗小说家雷·布莱德伯利也说："埃德加·赖斯·巴勒斯也许可以称为世界历史上最有影响力的作家。"然而，正是这个被众人交口称誉的作家，对前来采访的记者说："我不认为我的作品是'文学'。"而且，面对众多书迷的"如何走上文学道路"的提问，他也只是轻描淡写地回答："那是因为我需要钱。我35岁时，生活中的一切尝试都宣告失败，只好开始搞创作。"

确实，埃德加·赖斯·巴勒斯在从事文学创作前，有过一段十分坎坷的生活经历。他于1875年9月1日出生在美国芝加哥，父亲是南北战争期间入伍的老兵，后退役经商。儿时的巴勒斯对未来充满了幻想，曾对人夸口说父亲是中国皇帝的军事顾问，自己住在北京紫禁城，并在那里一直待到10岁才回国。但是，后来的事实表明，这一良好愿望只不过是一团泡影。从密歇根军事学院毕业后，他在美国骑兵部队服役，不久即为谋生四处奔波。他先后尝试了许多工作，包括警察和推销商，但均不成功。1900年，他和青梅竹马的女友结婚，之后两人育有两儿一女。接下来的日子，埃德加·赖斯·巴勒斯是在贫困中度过的。为了养家糊口，他开始替通俗小说杂志撰稿。他的第一部小说《在火星的卫星下》于1912年分六集在《故事大观》连载。这部小说即刻获得了成功，为他赢得了初步的声誉。同年，他又在《故事大观》推出了第二部小说，亦即首部"泰山"小说。这部小说获得了更大成功。从此，他名声大振，稿约不断，平均每年出版数部书。第二次世界大战期间，他以66岁的高龄奔赴南太平洋，当了战地记者。1950年3月19日，埃德加·赖斯·巴勒斯因心力衰竭在美国逝世。

埃德加·赖斯·巴勒斯是美国文学史上第一个重要的通俗小说家。他一生所创作的通俗小说主要有四大系列。第一个是"火星系列"，包括《火星公主》《火星众神》和《火星军魁》。该"三部曲"主要讲述一位能超越死亡界限、神秘莫测的地球人约翰·卡特在火星上的种种冒险经历。第二个系列为"佩鲁塞塔历险记"，共有七部。开首是《在地心里》，以后各部依次是《佩鲁塞塔》《佩鲁塞塔的塔纳》《泰山在地心里》《返回石器时代》《恐惧之地》《野蛮的佩鲁塞塔》，主要讲述主人公佩鲁塞塔在钻探地下矿藏时，不小心将地壳钻穿，并惊讶地发现地球核心像一个空心葫芦，那里住着许多原始人，还有许多古生动物和植物。1932年，《宝库》杂志开始连载埃德加·赖斯·巴勒斯的第三个系列，也即"金星系列"的首部小说《金星上的海盗》。该小说由"火星系列"衍生而出，但情节编排完全不同。主人公卡森·内皮尔生在印度，由一位年迈的神秘主义者抚养成人，并被教给各种魔法，由此开始了金星上的冒险经历。该系列的其余三部小说是《金星上的迷失》《金星上的卡森》和《金星上的逃脱》。第五部已经动笔，但因"二战"爆发而搁浅。

尽管埃德加·赖斯·巴勒斯的"火星系列""佩鲁塞塔历险记"和"金星系列"奠定了他的美国早期重要通俗小说作家的地位，但他成就最大、影响也最大的是第四个系列，也即"人猿泰山系列"。该系列始于1912年的《传奇诞生》，终于1947年的《落难军团》，外加去世后出版的《不速之客》，以及根据遗稿整理的《黄金迷城》，总共有25种之多。中心人物泰山是一个英国贵族后裔，幼年失去双亲，由母猿卡拉抚养长大。少年泰山不仅学会了在西非原始森林的生存本领，还具有人类特有的聪慧。凭着这一人类特性，他懂得利用工具猎取食物，并从生父遗留下来的看图识字课本上认识了不少英文词汇。随着时光流逝，他邂逅美国探险家的女儿简·波特，于是生活发生急剧变化，平添了无数波折。接下来的《英雄归来》《孤岛求生》等续集中，泰山已与简·波特结合，生了一个儿子，并依靠巨猿和大象的帮助，成了林中之王，又通过一个非洲巫师的秘方，获取了长生不老之术。再后来，在《绝地反击》《智斗恐龙》《真假狮人》《神秘豹人》等续集中，这位英雄开始了种种令人惊叹的冒险，足迹遍及整个西非原始森林、湮没的大陆。

从小说类型看，"人猿泰山系列"当属奇幻小说。西方最早的奇幻小说为英雄奇幻小说，这类小说发端于古希腊荷马史诗《伊利亚特》和《奥德赛》，成形于19世纪末英国小说家威廉·莫里斯的《世界那边的森林》，其主要模式是表现单个或群体男性主人公在奇幻世界的冒险经历。他们多为传奇式人物，有的出身卑微，必须经过一番奋斗才能赢得下属的尊敬；有的是落难王子，必须经过一番曲折才能恢复原有的地位。在冒险中，他们往往会遭遇各种超自然邪恶势力，但经过激烈较量，正义战胜邪恶，一切以美好告终。人猿泰山显然属于"落难王子"型主人公。他本属英国贵族后裔，却无端降生在无名孤岛，并险些丧命。在人迹罕至的西非原始森林，他与野兽为伍，经历了难以想象的生存危机。终于，他一天天长大，先后战胜大猩猩和狮子，又打死猿王克查科，并最终成为身强力壮、智慧超群的丛林之王。值得注意的是，埃德加·赖斯·巴勒斯在描写人猿泰山的这些经历时，并没有简单地套用英雄奇幻小说的模式，而是融入了自己的创造。一方面,他删去了"魔法""仙女""精灵"等超自然因素;另一方面,又增加了较多的现实主义成分。人们在阅读故事时,并不觉得是在虚无缥缈的奇幻天地漫步,而是仿佛置身栩栩如生的现实主义世界。正因为如此,"人猿泰山系列"比一般的纯英雄奇幻小说显得更生动、更令人震撼。

毋庸置疑,人猿泰山驰骋的奇幻世界是"人猿泰山系列"的又一大亮点。在构筑这一虚拟背景时,埃德加·赖斯·巴勒斯显然借鉴了亨利·哈格德的创作手法。亨利·哈格德是19世纪英国著名小说家,自80年代中期起,他根据自己在非洲的探险经历,创作了一系列以"遗忘的年代,湮没的城市"为特征的奇幻作品。譬如《所罗门王的宝藏》,述说一个名叫阿兰的猎手在两千多年前的奇幻王国觅宝,几经曲折,终遂心愿。又如《她》,主人公是非洲一个奇幻原始部落的女统治者,她精通巫术,具有铁的统治手腕,但对爱情的执着酿成了她一生最大的悲剧。"人猿泰山系列"的故事场景设置在人迹罕至的原始森林,在那里,虎啸猿鸣,弱肉强食,险象环生。正是在这一极端恶劣的环境中,泰山进行了种种惊心动魄的冒险。在后来的续篇中,埃德加·赖斯·巴勒斯还让泰山的足迹走出西非原始森林,到了传说中的亚特兰蒂斯、废弃的亚马逊古城,甚至神秘的太平洋玛雅群岛。所有这些埃德加·赖斯·巴勒斯笔下的荒岛僻壤,与《所罗门王的宝藏》《她》中"遗忘的年代,湮没的城市"如出一辙。

如果说,亨利·哈格德的"遗忘的年代,湮没的城市"给"人猿泰山系列"提供了诡奇的故事场景,那么给这个场景输血补液的则是西方脍炙人口的动物小说。据埃德加·赖斯·巴勒斯的传记,儿时的他曾因体弱多病辍学,并由此阅读了大量西方文学著作,尤其是鲁德亚德·吉卜林的《丛林故事》、欧内斯特·西顿的《野生动物集》、杰克·伦敦的《野性的呼唤》。这些小说集动物故事、探险故事、寓言故事、爱情故事、神秘故事于一体，给埃德加·赖斯·巴勒斯以深刻印象。事实上，他在出道之前，为了给自己的侄儿、侄女逗乐，还写了一些类似的童话故事，其中一篇还在《黑马连环漫画》上刊登。西方动物小说所表现的是达尔文和斯宾塞的"物竞天择""适者生存"，体现了自然主义创作观。以杰克·伦敦的《野性的呼唤》为例，主要角色布克原是法官的看家狗，过着养尊处优的生活。但有一天，它被盗卖，并辗转来到冰天雪地的阿拉斯加，当起了运输工具。在那里，布克感到自然法则无处不在：狗像狼一般争斗，死亡者立刻被同类吃掉。但它很快学会了生存，原始的野性和狡诈开始显现，并咬死了凶残的领头狗，最终为主人复仇，加入了荒野的狼群。"人猿泰山系列"尽管将"弱肉强食"的雪橇狗变换成了虎、狮、猿以及由猿抚养长大的泰山，但这些巨猿、半人半兽之间的殊死争斗同样表现出"生存斗争"的残忍。特别是泰山攀山越岭、腾掠树梢，战胜对手后仰天发出的一声长啸，同杰克·伦敦笔下布克回到河边纪念它的恩主被射杀时的长嚎简直有异曲同工之妙。

鉴于"人猿泰山系列"成书之前曾在《故事大观》《宝库》等杂志连载，不可避免地带有杂志文学的某些缺陷，如情节雷同、形象单调，等等。历来的文论家正是根据这些否定"人猿泰山"的文学价值，否定埃德加·赖斯·巴勒斯的文学地位。但"二战"以后，尤其是20世纪70年代之后，随着西方通俗文化热的兴起，学术界对于"泰山"小说的看法有了转变，许多研究者都给予积极评价，肯定埃德加·赖斯·巴勒斯的美国奇幻小说鼻祖地位。而且，"读者接受"是评价一部作品的最佳试金石。"人猿泰山系列"刚一问世，即征服了美国无数读者，不久又迅速跨出国界，流向英国、加拿大和整个西方。尤其在芬兰，读者简直到了如痴如醉的地步。一本本英文原著被译成芬兰语，一版再版，很快取代其他本土小说，成为最佳畅销书。更有甚者，许多西方作家，包括芬兰、阿根廷、以色列以及部分阿拉伯国家的作家，在埃德加·赖斯·巴勒斯去世后,模拟他的套路,创作起了这样那样的"后泰山小说"。世纪之交,埃德加·赖斯·巴勒斯的"人猿泰山系列"再度在西方发酵,以劳雷尔·汉密尔顿、尼尔·盖曼、乔·凯·罗琳为代表的一大批作家,基于他的"泰山"小说模式,并结合其他通俗小说要素,推出了许多新时代的奇幻小说——城市奇幻小说,并创造了这类小说连续数年高踞《纽约时报》畅销书排行榜的奇观。而且,自1918年起,"泰山"小说即被搬上银幕。以后随着续集的不断问世,每年都有新的"泰山"影片上映和电视剧播放,所改编的影视版本之多,持续时间之长,观众场面之火爆,创西方影视传播界之"最"。2016年,华纳兄弟影业又推出了由大卫·叶茨导演、亚历山大·斯卡斯加德等众多知名演员加盟的真人3D版好莱坞大片《泰山归来:险战丛林》。21世纪头十年,伴随迪士尼同名舞台剧和故事软件的开发,"泰山"游戏又迅速占领电脑虚拟世界,成为风靡全球的少年儿童宠爱对象。此外,西方各国还有形形色色的"泰山"广播剧、"泰山"动漫、"泰山"玩偶,等等。总之,今天的"泰山"早已超出了一个普通小说人物概念,成了西方社会的一种文化符号、一种文化象征。

优秀的文化遗产是不分国界的。为了帮助中国广大读者欣赏埃德加·赖斯·巴勒斯、读懂埃德加·赖斯·巴勒斯,了解当今风靡整个西方的奇幻小说的先驱,上海故事会文化传媒有限公司组织翻译了这套"人猿泰山系列",这也将是国内第一套完整的"人猿泰山系列"。译者多为沪上高校翻译专业教师,翻译时力求原汁原味、文字流畅,与此同时,予以精编、插画。相信他们的努力会得到认可。

目　录

前言	人猿泰山驰骋的奇幻世界	1
1	谋杀与掠夺	001
2	狮穴复仇	014
3	混入德军	028
4	喂食狮子后	037
5	金盒吊坠	050
6	复仇与宽恕	064
7	复仇之后	074
8	泰山与巨猿	085
9	从天而降	100
10	落入野人手中	113
11	找到飞机	126
12	黑人飞行员	135
13	乌桑格得其所愿	142
14	黑狮	150
15	神秘的脚印	160

16	夜袭	172
17	神秘城堡	181
18	在疯子中	190
19	王后的故事	202
20	泰山来了	217
21	在暗道里	224
22	暗道外	233
23	逃出城堡	241
24	英军救援	252

人物介绍

泰山：故事男主人公，因家园受战火殃及，重返丛林复仇。

贝莎·柯切尔：女间谍，聪慧美丽，几次为泰山所救，也几次救泰山于危急之中。

哈罗德·史密斯：英国皇家空军飞行员，勇敢、沉稳，对柯切尔有好感。

祖塔格：小巨猿，勇猛、机智，对泰山十分仰慕。

黑狮：被泰山所救，与泰山发展出一段友谊，几次向泰山施以援手。

弗里茨·施耐德：德军上尉，阴险狡猾，是毁灭泰山家园的主谋。

乌桑格：德军附属的黑人土著部队首领，蛮横且狡诈，垂涎柯切尔的美色。

努马波：食人部落的酋长，屡次与乌桑格合谋。

赫拉格二十六世：神秘城堡的疯狂统治者。

麦特卡：神秘城堡的疯狂王子。

西妮拉：英国传教士的女儿，神秘城堡的"王后"之一。

奥托布：沃马波部落的一员，从小就被掳掠到神秘城堡。

Chapter 1
谋杀与掠夺

德军上尉弗里茨·施耐德拖着疲惫的身体艰难地在丛林小路上跋涉,汗水从额头一直淌到他肥厚的下巴和粗大的脖子上。旁边是他的副官,副官的手下戈斯紧随其后,再后面是几个精疲力竭的民兵和搬运工,黑人士兵学着白人长官的样儿,用刺刀和步枪逼迫着疲惫至极的搬运工不停赶路。

因为施耐德上尉离搬运工比较远,所以他只能把自己的普鲁士臭脾气发到离他最近的民兵身上。当然,他还是不敢太肆无忌惮,因为这些人都是荷枪实弹,他们三个白人军官在非洲腹地毕竟势单力薄。

队伍的一半走在上尉前面,另一半走在后面——这样一来就大大减少了丛林对这位德国上尉的威胁。队伍最前面是两个没穿衣服的当地人,他们脖子上套着枷锁,被拴在一起,步履艰难。这些当地人是为这支德国队伍领路的,因备受压迫而不得不为文明效命，他们可怜兮兮，遍体鳞伤，透过他们身上的累累伤痕，文明的一贯作风便可见一斑了。

因此，即便是在非洲最黑暗的地方，也有德国文明的曙光，体现在这卑微的非洲土著人身上，正如同一时期（1914年秋天），灿烂的德国文明照耀着落后的比利时一样。

跟大部分非洲带路人一样，他们终究还是把路带偏了，但没人在意这些带路人的动机是出于邪念还是因为无知。以施耐德上尉的观察力，他早知道他们迷路了，他也知道带路人软弱可欺，可以折磨他们，让他们遭罪。之所以没有杀光他们，部分原因是他还存着一线希望，希望他们最后能找到帮他摆脱困境的法子，也有部分原因是只要他们还活着，他就可以一直折磨他们。

这些可怜虫还憧憬着自己最后会侥幸走上正确的道路，于是继续领着队伍沿着丛林野兽踩出的蜿蜒小道在阴森的树林中跋涉。

在这丛林里，大象从泥坑长途跋涉到水源，犀牛因孤傲愚昧而犯错，而狮子则趁着天黑悄无声息地在参天大树的浓荫下向远方广阔的平原行进，以求得最好的狩猎之所。

突然，他们眼前出现了一片平原，带路人喜出望外，感到绝处逢生。施耐德也长舒了一口气，因为在这无边无际的丛林徘徊数天之后，眼前突然出现了一片广袤平原，那儿有公园式的森林，处处草色青青，仿佛在冲他们挥手，远处蜿蜒的绿色灌木丛则说明附近有河流。对于这群欧洲人来说，这个地方简直就是天堂。

施耐德如释重负，和他的副官有说有笑起来，然后拿望远镜扫视了一下这广阔的平原。他们走了一段路，最后来到靠近平原中心的一处地方休息，这里离两岸生长着绿色灌木的河流也不远。

"我们真是走运，"施耐德对他的手下说，"看见了吗？"

他的副官也用自己的望远镜朝施耐德指的方向看，"看到了，"

他说,"是一个英国农场,这一定是人猿泰山,也就是格雷斯托克勋爵的庄园,因为英属东非的这部分地区没有其他农场。长官,上帝也在帮我们。"

"这个英国混蛋大概还不知道英国已经与我国交战了。"施耐德回应道,"那就让他第一个感受下德国的铁腕手段吧。"

"希望他在家里,"副官说,"这样我们便能抓他一起回内罗毕向克劳特将军复命了。如果弗里茨·施耐德上尉能把著名的人猿泰山带回去作为战俘,那真是再好不过了。"

施耐德笑了笑,挺起胸脯。"你说得对,我的朋友,"他说,"这对我俩都有好处;但我还得走很远,在克劳特将军到达蒙巴萨之前赶上他。这些英国蠢货们带着他们卑鄙的军队还得花不少时间才能从印度洋赶到这里。"

这支小部队穿过开阔的平原,向约翰·克莱顿,也就是格雷斯托克勋爵打理妥当的农场进发;但他们注定是要失望了,因为人猿泰山和他的儿子都没在家。

简夫人对英国和德国正在交战的事一无所知,所以十分热情地招待了这些军官们,还吩咐她最信任的瓦奇瑞为黑人士兵们准备了一顿大餐。

人猿泰山正从远在东边的内罗毕往农场飞奔,因为在那里,他得到了世界大战的序幕已经拉开的消息,并且预料到德国人会迅速入侵英属东非,所以急忙回家想把他的妻子接到一个更安全的地方。他带了二十个自己的黑人战士,但是这些训练有素且身经百战的森林中人的行进速度跟他相比还是太慢了。

为了不受束缚地赶路,泰山不得不脱下象征文明社会的外衣,一瞬间便由一个文雅的英国绅士重新变成裸体猿人了。

此时，他心里只有一个想法——他的伴侣正身处险境。在他心里，简不只是自己的夫人，更是自己用铁拳赢得的另一半，所以也必须用武力来保护和捍卫她。

没有哪个皇室成员能在这枝缠叶绕的繁茂森林中坚定敏捷地自如穿梭，也没有谁会不知疲倦地在这片开阔的平原上大步向前——只有这个一心想着救妻子的伟大雄猿才会如此不畏艰险，一往无前。

一只矮小的猴子正在森林里地势高的地方管教呵斥下属，正巧见到泰山经过。它已经很久没见过伟大的人猿泰山赤身裸体孤身一人在丛林中疾驰了。须发斑白的猴子一双老眼虽已黯淡无神，却仿佛又看见了当年的丛林之王人猿泰山意气风发的光辉岁月——所有在林间行走的生物，不论飞禽还是走兽，就算是最高贵的阶层也必须臣服于他。

一头狮子在昨晚的猎物旁躺了一天，现在嗅到了自己老对手的气息，便眨了眨它黄绿色的眼睛，摇了摇黄褐色的尾巴。

泰山一路飞奔，不管是经过猴子、狮子还是其他丛林野兽，他都是有所察觉的。尽管他与人类社会有过一些接触，但这却丝毫没有影响到他敏锐的感官。在这些警觉的动物们察觉到他经过之前，他早就听到了猴子的声音，嗅出了狮子的气息，甚至还听到了稀疏的灌木丛发出的"簌簌沙沙"声。

但是不管泰山的感官有多敏锐，肌肉有多强健，动作有多敏捷，毕竟他也只是肉体凡胎，也得受到时间和空间的限制，而泰山也早已觉察到了这一点。他十分焦躁，担心自己没法一直保持敏捷的思维，也害怕这漫长而枯燥的行程会让他筋疲力尽，无法走出森林，进入平原，到达目的地。

尽管晚上只休息几个小时，而且动身之后就直接在路上觅食——如果羚羊或野猪挡到他的路,又刚好碰上他饿了,就会直接被他吃掉,虽只是稍作停留,对他而言却足以完成猎杀和进食了,但他还是在路上耽误了数天。

最后,漫长的旅程终于结束了。他穿过最后一大片浓密的森林,跨过这横在他的家园与内罗毕之间的地域,站在平原的边缘,越过这辽阔的土地,瞭望他的家园。

他望了一眼,突然间瞳孔缩小,肌肉变得紧张起来,因为即使离得很远,他也感觉到了不对劲。屋子的右边升起一缕轻烟,那本是谷仓所在,现在却什么也没了,而本该升起炊烟的烟囱里却一点动静都没有。

泰山再次急速前进,甚至比之前速度更快了,因为他现在被莫名的恐惧支配着——出于本能而非理性的恐惧。即便更像野兽,泰山似乎也有第六感,在他抵达小屋之前,他就已经料想到了最后呈现在他眼前的这一幕。

藤蔓覆盖的棚屋冷冷清清,空无一人;大谷仓所在之处只留余烬,被坚实的护栏围住的茅草屋旧址不再;田地、牧场和畜栏处空空如也,秃鹫在人兽的尸体上空盘旋。

泰山感到十分恐惧,那种他曾经经历过的恐惧。他逼着自己推门进去,迎面而来的却是满眼的血腥与杀戮,因为就在那儿,忠诚的慕维洛的巨人儿子瓦什布——贴身保护了简夫人一年多的保镖,竟已被钉死在客厅的墙上。

屋里的家具翻倒在地,支离破碎,地板上血迹斑斑,墙上、木制品上到处都是血手印,可见这狭小的屋子里刚刚发生了一场多么可怕的战斗。一个黑人士兵的尸身横在家里的小型钢琴上,三位泰山的忠仆躺在简夫人的卧室门口。

卧室的门关着。泰山目光呆滞,意气尽失,他默默凝视着这块门板，门后面是怎样的惨景，他想都不敢想。

泰山的双脚跟灌了铅似的，缓慢地往门边挪。他慢慢伸手去摸门把手，又站了一会儿，突然挺直身体，强有力的胳膊往后一甩，昂首挺胸仿佛无所畏惧般地推开门，踏进了这承载了他与最爱的人无数回忆的房间。他大步跨了进去，严肃的脸上没有一丝表情的变化。他一眼看到床上躺着一具身体，脸朝下，早已没了气息。那个曾经朝气蓬勃、青春洋溢、被爱包围的她一动不动，再也不能开口说话了。

泰山眼里虽然没有泪水，但是令他变得孑然一身的上帝知道，这个半开化的巨猿此刻心里有多痛。他望着那具被烧得无法辨认的尸身，在那儿伫立了良久，然后弯下身子将她一把抱起，他陷入了极度的悲痛、恐惧和愤恨中。

不用看客厅里那破损的德国步枪，也不用看地板上那血迹斑斑的烂军帽，对于这起凶案的罪魁祸首，他早已心中有数。

曾有那么一瞬，他还抱着一线希望，希望这烧焦的尸体不是他的妻子，但当他发现并认出她手指上的戒指时，这最后的一丝希望也破灭了。

他把这可怜的烧焦了的尸体埋在了简·克莱顿曾经引以为豪、满怀喜爱的小玫瑰花园里，此刻他沉默不语，充满爱意又怀揣敬意——那些为保护女主人而死的伟大的黑人战士们被埋在了她的旁边。

泰山在住处的一边又发现了其他几座新坟。他挖出了十几个德国民兵的尸体，并在他们的制服上发现了其所属军团的标志，这足以让泰山确认这些凶手的身份了。

泰山回到玫瑰花园，花园早被德国兵踩躏得不成样子，遍地是散落的花瓣。他向妻子和仆人的坟墓深鞠一躬，默默向他们告别。

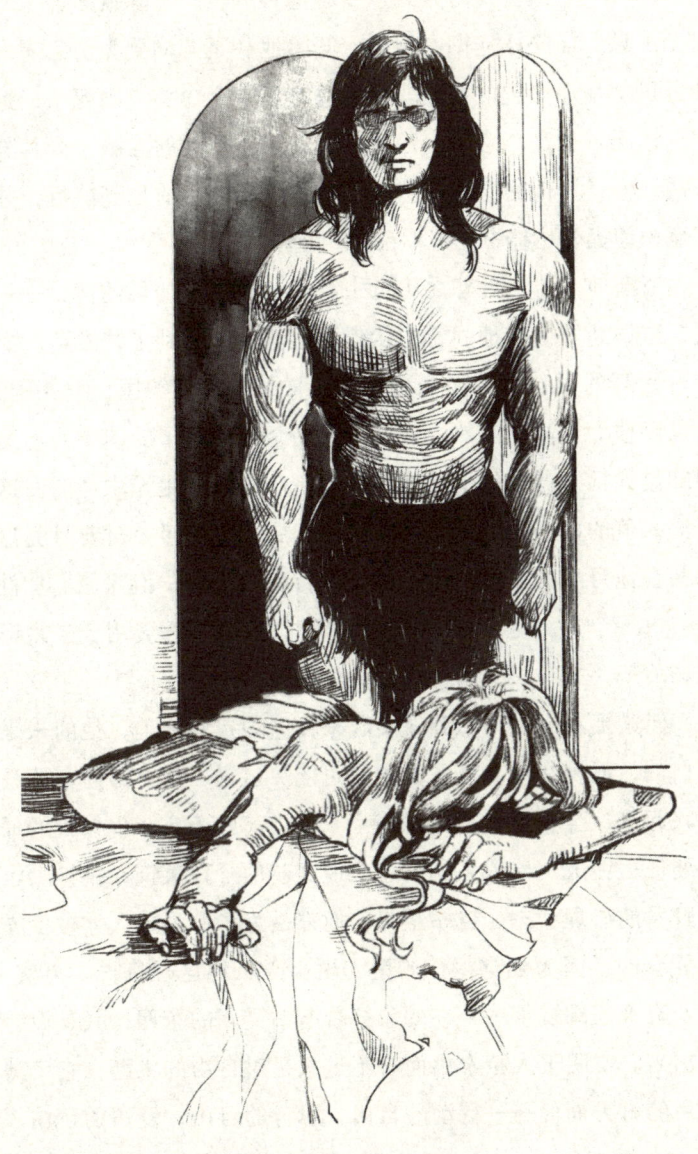

谋杀与掠夺

夜幕缓缓降临，他慢慢转身离开，去追杀那些手里沾满鲜血的德国人。他们刚离开不久，足迹依旧清晰可见。

他以一个野蛮人的方式承受着这种痛苦——静默不语；尽管悄无声息，却同样痛彻心扉。一开始他甚至悲痛到无法思考——脑子里全是那血腥的场面，最后只剩下一个念头：她死了！她死了！她死了！这个念头一遍又一遍地冲击着他的大脑，令其隐隐作痛。但是，他的身体却依然机械地沿着凶手的足迹前行，并在下意识地提防丛林中无处不在的危险。

渐渐地，他于大悲之中竟生出另一种真真切切的情绪——仇恨，这情绪好似与他同行的伙伴，让他从中得到了些慰藉。那是一种崇高的恨，与之前无数先辈一样，他们恨德国，恨德国人，所以因恨而崇高。当然，他最恨的是杀死他妻子的凶手；但这种恨却是囊括了德国的一切的，不管是有生命还是无生命的。这种恨深入他的内心，他停了下来，昂起头，举起手，对着月亮诅咒那些在他身后的小屋内犯下滔天罪行的凶手们，诅咒他们世世代代，每一个人。这一刻，他表情严肃，默默发誓要用一生来诅咒这场战争。

但紧接着泰山却感到充实起来，因为在此之前，他的未来是空白的，而现在却充满了无限的可能。这样一想，即使不能马上高兴起来，至少也不那么悲伤了，因为前方还有一项伟大的任务需要他去完成。他脱下了所有象征文明的外在装饰，精神上也重回野兽的心理状态。自始至终，他都是为了心爱之人才披上文明的外套的，因为他觉得他的爱人更高兴看他这样打扮。事实上，他一直都很鄙视那些外在的象征着所谓文明的东西，只是没有表现出来。文明于人猿泰山而言不过只是对自由的束缚，它束缚着自由的方方面面——行动的自由，思考的自由，爱情的自由，仇恨的自由。他讨厌穿衣服——难受、丑陋、束手束脚，而且从某种程度上提醒着他，只有这种枷锁似的东西才能让他过上伦敦和巴黎的那些所谓文明人过的生活。衣服象征着文明所代表的虚伪——穿衣服的人羞于露出他们衣服所掩饰的部分，羞于把上帝赐予的身体给别人看。泰山明白动物穿上人类的衣服有多愚蠢和可悲，因为他在欧洲见过几个穿着衣服出现在马戏团演出中的可怜虫，也知道人类穿着衣服有多愚蠢和可悲，因为在他生命的前二十年里出现的唯一的人类就是跟他一样不穿衣服的野蛮人。不管是狮子、羚羊还是人类，泰山都非常崇拜肌肉发达、身材匀称的躯体。至于说衣服比干净、结实、健康的皮肤更好看，外套和长裤比若隐若现的肌肉线条更优美，他是完全不能理解的。

文明背后，泰山看到的是贪婪、自私，甚至是自己曾在丛林中习以为常的残酷。尽管披着文明的外套找到了自己深爱又敬佩的伴侣和朋友，他却从未如无知的人类一样真正接受过文明；所以，现在当他完全放下文明及其象征的一切时，他如释重负，脱得只剩下一块腰布，带着武器纵身一跃便重回丛林了。

他把父亲留下的猎刀挂在左边的屁股上，弓和箭囊挂在肩膀上，长长的草绳从一边肩膀上绕到另一边腋窝下缠了几圈，遮住他的胸部。如果连这都没有，泰山就真的觉着一丝不挂了，那感觉就像你只穿内裤被扔到繁忙的高速公路上一样。他还带了一支沉重的长矛，这便是他全部的装备和行头了。他在清点妻子遗物的时候，发现少了一件最珍贵的东西：镶钻金盒吊坠项链，里面放着他父母的照片。本来他一直戴着这根项链，结婚的时候送给了简。从那以后，简便也一直戴着，从不离身。但是在简的卧室和她的尸首上都没找到这根项链。泰山确定是被凶手掠走了，所以他不仅要复仇，还要追回这件珍贵的纪念品。

谋杀与掠夺 | 009

泰山昼夜不停地赶路，到了午夜他开始感到疲惫。他意识到即使是他这样强健的身躯也会体力不支。但在他的追凶之旅中，最重要的并非保持飞快的速度而是保持一种坚定的心态，一种定要让凶手杀人偿命的决心。虽然赶路需要时间，但这并不是问题。

泰山已经彻底变回野兽了，对野兽而言，时间作为一种度量单位毫无意义。他眼里只有当下，而现在和未来都是当下，对他而言，有无限的时间去实现目标。虽然他天生就对时间界限有更为深刻的认识，但是跟其他野兽一样，若没有什么紧急情况，他就会慢悠悠地行动。

为了复仇，他愿倾其一生。于是复仇成了常态，成了他人生全部的追求。他之前不休息是因为他心里只有悲痛和复仇，完全感觉不到疲劳。现在他累了，所以找了一棵能藏身的大树跳上去，他发现他以前曾在这上面睡过觉的。

突然，丛林里天气骤变，乌云密布，明月瞬间被其吞噬，显然一场暴风雨即将到来。丛林深处，黑压压的景象向人袭来，再加上树叶发出的"沙沙"声和树干发出的"吱嘎"声，此刻若是你我身处其中，必然已毛骨悚然了。更可怕的是丛林有时又会突然归于寂静，令身处其中的生物浮想联翩，而最让他们害怕的则是潜伏着的食肉猛兽们正等着对其猎物发出致命一击。泰山虽然对这些安之若素，但时刻保持着警惕。此时一头狮子正躺在猎物旁挡住了他的去路，一头犀牛也在小道上与他狭路相逢，泰山虽然时刻准备着应战，却不想发生不必要的麻烦，于是他向前一跃，跳到了大树的枝干上。

天空漆黑一片，厚厚的乌云已经布满了整个天空。风越刮越猛，树顶的枝干在狂风中乱舞，发出"飒飒"的响声，以至于丛林中的其他声音都被掩盖了。泰山继续向上，朝着一处坚固的枝杈跳跃，因为很久之前他就在那儿利用枝干铺设并固定了一个小台子。

泰山突然停了下来,用敏锐的鼻子嗅了嗅周围的空气,然后往外纵身一跃,抓住一根晃动的树枝,在黑夜中往上一跳抓住另一根,借力跳到更高的地方,俨然一头迅捷的老虎。他本已找好了今晚的藏身之所,为什么突然改了主意,快速敏捷而又小心谨慎地在这枝干间绕来绕去呢?你我虽什么也觉察不出来——甚至觉察不出前一瞬他还在那个小台子的下方,后一瞬他已经跃到上方了——但就在他荡上去的那一刻,我们能听到一声咆哮,一种预示着不祥的咆哮;接着,借着那若隐若现的月光,依稀可以看到躺在小台子上的一团黑色的物体——随着眼睛逐渐习惯这亮度,不难判断出那应该是一头黑豹。

泰山毫不示弱,发出一声低沉的吼叫来回应黑豹的咆哮,并且警告它不要霸占他人的巢穴;但是黑豹并没打算离开,它昂起头吼了一声,凶狠地瞪着泰山。泰山沿着这根树枝非常小心地往里走,一直走到黑豹的正上方,手里握着他去世的父亲留下的猎刀——泰山第一次登上丛林之王的宝座时就是凭借着它;但是不到迫不得已他是不会用这把猎刀的,因为他很清楚,能靠虚张声势平息的丛林争斗无须用武力来解决。虚张声势的策略在丛林与在其他地方一样适用——通常只有在爱情和食物面前,野兽们才会动真格的。

泰山抓着这根枝干,慢慢向黑豹靠近。

泰山吼道:"强盗,给我滚出去!"黑豹站立起来,露出獠牙,离泰山只有几英尺的距离。泰山凶狠地嘶吼着,用猎刀刺向黑豹的脸。"我是人猿泰山,"他咆哮道,"这是泰山的地盘,你,要么滚,要么死。"

虽然他说的是丛林巨猿的语言,黑豹不一定能听懂,但已经足以让它明白自己的意图了——他希望能在精心挑选的位置上吓走它,要知道这可是猎物们夜里难眠时经常出没的地方。

黑豹伸出巨大的利爪,如闪电一般迅速跳起,朝这个挑衅者猛扑过来,倘若真扑到泰山脸上,没准真能赶走他,很可惜没扑到——泰山的身手可比这头黑豹快多了。等黑豹四脚落在小台子上后,泰山便取下那支矛,猛然刺向黑豹狰狞的脸,它躲了过去。双方势均力敌,互相冲着对方咆哮,那恐怖的场面真令人毛骨悚然。

黑豹彻底被激怒了,它决定扑倒这个扰它清静的家伙;但它每欲跳到泰山所在的那根树枝时,都会发现尖利的矛头总是指在它的脸上,而每次往后退时,也总会被戳到其他要害;终于,愤怒令它失去了理智,黑豹借着粗大的树枝跃上泰山所在的树枝,一人一豹近在咫尺,相互怒目而视。黑豹一心想着马上一雪前耻,饱餐一顿,它觉得泰山牙齿没它尖利,爪子也没它大,在它面前一定不堪一击。

黑豹在上面小心翼翼地移动,泰山嘶吼着慢慢往后退。他们站的那根枝干虽粗壮却也已不堪重负,被压弯了腰。风越刮越猛,最后狂风肆虐,连森林中最粗壮的树枝也被吹得摇摇晃晃,"吱吱嘎嘎"作响。在狂风的摧残下,他们站着的那根枝干,就如暴风雨中飘摇的船只上的甲板一样正上下起伏。闪电的光亮在一瞬间照亮了丛林,照亮了这摇晃的枝干上正上演着的两兽相搏的紧张的一幕。

泰山逐步往后退,把黑豹往远离树干的方向引,将它慢慢逼到树梢,这样一来它想站稳脚跟都难。黑豹满腔怒火,被泰山的矛刺出的伤口正隐隐作痛,它只能豁出去了。但以它现在的位置,除了抓稳枝干之外基本上什么也做不了,而泰山正决定在此刻向它发出致命一击。咆哮声和头顶响亮的雷声混成一团,泰山一跃而起朝黑豹冲过去,黑豹不得不腾出一只爪子抓紧枝干,只能用另一只大爪子进行最后的挣扎；但是泰山并没有沿着那根岌岌可危的树枝冲过来攻击它，而是从这头张牙舞爪的豹子的头上一跃而起，在空中转了个身，落在它的背上。就在落下来的这一瞬，他已经将猎刀插入了黑豹漆黑的背里。黑豹疼痛不已，又恨又怒，出于求生的欲望，它彻底发狂了，咆哮着挥舞着爪子试图摆脱背上的这只巨猿。紧接着树干开始剧烈晃动，它摇摇欲坠，为了保命而疯狂地乱抓一气，但最后还是跟背上的泰山一起坠入了黑暗的深渊。他们穿过下面的枝杈一直往下坠，但泰山从未想过要饶他的对手一命。在肉搏上，他也曾算得上风云人物。对野兽来说，他们天性如此——遵守丛林潜规则——战斗的结局不是你死或我亡就是同归于尽。黑豹像只猫似的落了地，泰山依然压在它背上，长刀又往里插深了些。尽管这头黑豹还想挣扎着起来，最后仍是倒了下去。慢慢地，泰山发现他身下的这具强健的躯体已经彻底泄了气，黑豹死了。泰山起身，一只脚踩在他的手下败将身上，仰面朝天，任凭暴雨打在脸上，对着电闪雷鸣的天空咆哮嘶吼着，以一只雄猿的姿态宣告他的胜利与荣耀。

征服对手，赶走敌人之后，泰山抱了一大把枝叶，爬上他悬在空中的小窝，一半铺在他睡的树干上，一半盖在自己身上以遮蔽风雨。尽管丛林里依然狂风呼啸、电闪雷鸣，他还是很快就睡着了。

Chapter 2
狮穴复仇

雨下了一整天,并且多数时候是倾盆大雨,所以雨停之时,泰山一直走的那条小道已经被冲刷得彻底看不清了。泰山以他的野兽之躯,在这湿冷的丛林里到处穿梭,寒冷难耐不说,还有点摸不着北。猴子在湿淋淋的树丛间冻得哆哆嗦嗦,它喋喋不休地诅咒着,然后便落荒而逃了。这鬼天气,连豹子和狮子都不想惹这只咆哮的白猿。

天气放晴,广阔的平原上升起一轮红日,阳光洒在泰山棕褐色的身体上,冻得瑟瑟发抖的他才慢慢振作起来。泰山还是板着脸,继续朝南前进,希望能重新找到德国人的足迹。此刻泰山已经抵达了德属东非的乞力马扎罗山,面对西边的山脉,他决定绕道而行,因为此处山路崎岖,只能避而远之。于是,他便沿着南边的山脉开始向东,往通向坦噶的铁路行进,因为以他对人类的了解,德国的军队很可能在这条铁路的方向上会师。

泰山又赶了两天的路，在到达乞力马扎罗山南边的斜坡上时突然听到从遥远的东方传来一声大炮的巨响。那天下午，天气阴沉多云，就在他经过一个狭窄的峡谷之时，天上开始有雨点砸在他赤裸的肩膀上。泰山摇了摇头，嘶吼着以示不满，然后便开始找寻躲雨的地方，他早已受够了这寒冷的天气，再也不想被淋成落汤鸡。他想加紧往炮声传来的方向赶，因为他知道英德两国一定在那边交战。曾有么一瞬他为自己是英国人感到自豪，但立马又狠狠地摇了摇头。"不！"他低声说道，"人猿泰山不是英国人，因为英国人是人，而泰山是白猿！"他抑制不住自己的悲伤，抑制不住自己对全人类的憎恨，但一想到英国人正在对抗德国人，又觉得有些欣慰。转念一想，英国人也是人，并非白猿，又有些失落。

"明天，"他心想，"我就能沿着这条路找到德国人了。"接着便马上起身去找遮蔽风雨的栖息之所。不久，他发现了位于峡谷北边的悬崖底部的一个矮而窄的口子，那可能是洞穴的入口。他拔出刀，小心翼翼地靠近目的地，因为他知道如果那真是一个洞穴，必然已盘踞了其他野兽。入口处铺着很多大小不一的碎石，与那些散落在整个悬崖底部的石头形状大小差不多。泰山心想，若洞穴里真的没有其他野兽的话，他就把入口堵上，在这里好好睡个安稳觉。外面暴风雨肆虐，他会一直待在里面直到风雨消停，又舒服又淋不着雨。

他发现此时洞口正有一股水流往外淌。

泰山匍匐着靠近洞穴，嗅了嗅地面。他低声吼叫着，上唇一咧，露出他锋利的牙齿准备迎战。"狮子！"他小声说，但是仍然没有停下脚步，里面可能没有狮子——他得试探一下。入口太矮了，泰山不得不趴在地上才能把头探进去；进去之前他调动视觉、听觉、嗅觉，仔细考察了他身后的一切，确保自己不会被人从后面偷袭。

泰山一进去就看见了一个狭窄的通道，深处透着亮光。里面并不是很黑，所以很容易看到现在里面无人居住。他小心翼翼地匍匐前进，心里非常清楚如果一头狮子突然进来并出现在他面前，对他而言将意味着什么；但直到他爬出通道，狮子都没出现。他在洞外站直身子，发现外面是一片峡谷，四周都是高山峭壁，只有一条小径能通往峡谷外，它长约几百英尺，宽约五十英尺，似乎是因流水长年冲刷岩石峭壁形成的。一股细流从乞力马扎罗山那恒久不化的雪山顶上沿着峡谷壁淌下来，在悬崖底部形成一个小水池，一条小溪从这里蜿蜒向下一直流到峡谷里。靠近峡谷中心的地方长着一棵枝繁叶茂的树，还有些生命力顽强的小草稀稀落落点缀在岩石表面。

洞穴里散落着许多大型动物的尸骨，还有几个人类的头骨。泰山皱了皱眉，嘀咕道："吃人的家伙，看来已经在此盘踞很久了。"泰山今晚将霸占这个洞穴，任凭狮子在洞外嘶吼咆哮。

泰山查看着周边的环境，不知不觉就进了峡谷，现在正站在树旁，想着今晚能在洞穴里度过一个淋不着雨又安静闲适的晚上，就觉得十分满足。他转身打算折回洞口，为了防止狮子回来，他要用石头堵上它。正这样想着，突然听到了动静，他一下子全身肌肉紧张起来。

泰山直直地盯着通道的入口，片刻之后洞口露出了一头黑毛狮子的大脑袋，黄绿色的眼睛瞪得圆圆的，直勾勾地盯着这位不速之客。狮子从胸腔深处发出一声低沉的咆哮，嘴唇往后一咧露出巨齿。

泰山勃然大怒，大吼一声，因为这头狮子回来得太不是时候了，他今晚本来可以睡个好觉，现在全泡汤了。"我是丛林之王人猿泰山，今晚我睡这儿，你给我滚！"

但是狮子非但不走,还低声咆哮向泰山示威,又向泰山逼近了几步。泰山捡起一块石头就往狮子脸上砸去,狮子的脾性谁也摸不准,泰山觉得他只要警告一下,狮子就会转身逃跑——他靠虚张声势吓跑了不少对手——但这次却没有。石头刚好砸中狮子的鼻孔——猫科动物身上脆弱的部位之一——所以非但没有吓跑它,反倒让它气急败坏了。

狮子竖起尾巴,不断地咆哮着,飞速向泰山冲过来。然而转瞬间泰山就已经到了树旁,并且马上跳上了枝干,蹲在那儿尽情地数落这头百兽之王,而狮子只能绕着树在下面愤怒地干吼。

雨天着实让泰山格外难受和失望,他非常生气,但是若非迫不得已,他是不会跟狮子动武的,因为他一直都知道不管是论肌肉、体重、牙齿还是爪子,他都远不如狮子,除了靠运气和敏捷的身手之外他毫无胜算,所以他不想下树来跟狮子决斗,即使赢了,也不过就是今晚过得舒服一点,为了这点蝇头小利而进行力量悬殊的争斗根本毫无意义。所以尽管雨仍然在下,他还是决定就在树上休息了,而狮子还在下面绕着树转圈,每走几步便抬头愤怒地瞪着泰山。

泰山扫视了一下陡峭的崖壁,想找一条逃生之路。峡谷或许能困住一个普通人,但却困不住人猿泰山,因为对于善于攀爬的他来说,在崖壁上找几处立足点并非难事。虽然可能要冒险,但只要狮子一不留神,将视线转移到峡谷远处,他完全可以趁机逃跑。然而,任凭风雨肆虐,狮子却丝毫没有罢休的意思。所以最后泰山不得不开始认真权衡了——与其继续躲在树上忍冻受淋,憋屈受辱,还不如放手一搏。

就在泰山思来想去之时,狮子突然一个转身,头也不回地朝着洞口大步离开了。在它消失的那一瞬,泰山迅速从树上跳下,

狮穴复仇 | 017

轻轻地落在树的远处，并以最快的速度奔向悬崖。而狮子一进洞穴就立马闪电般地掉了个头，死守住正健步如飞的泰山身后的一席之地。尽管如此，输赢依然掌握在泰山的手上——如果能在光秃秃的崖壁上抓到或者踩到借力点，他就能活命；但若是从湿滑的岩石上摔落，那就是死路一条，因为摔下来就会正好落入狮爪，再强大的白猿也不可能与之抗衡。

泰山的身手如老虎一般矫健，沿着崖壁一直往上爬了三十英尺，终于发现了一处安全的落脚点，于是他停下来往下望了望，此刻狮子正费劲地往上跳，妄想爬上来吃了他，但那无疑是徒劳的——它怎么都爬不上来，只会往下滑，再次沦为泰山的手下败将。泰山瞅了它一会儿，便开始慢慢地、小心翼翼地朝崖顶攀爬了。虽然好几次都无处可抓，但最后他还是爬到了崖顶，顺便捡了几块松动的石头，"送"给狮子之后才扬长而去。

泰山找到了一条通往谷底的捷径，本打算朝着交战的方向继续前进，突然心生一念，停下脚步，笑了笑，转过身子，迅速跑回狮子所在洞穴的通道外面，紧贴着洞口听了下里面的动静，然后马上开始搬石头堵洞口。

就在洞口快要被堵住的时候，狮子出现了——它恼羞成怒，伸出爪子就开始刨石块儿，还发出了惊天动地般的吼叫声。但这并没有吓到泰山，因为他幼时就习惯了躺在卡拉毛茸茸的怀里，听着各种诸如此类的咆哮声进入梦乡，并且数十年如一日。在丛林里的每个日夜——他人生的前二十年基本上都是在丛林中度过的——几乎都会听到狮子因饥饿、愤怒或相思发出的咆哮。因此狮吼之于泰山就如汽笛之于你我——如果你挡着道了，鸣笛意味着提醒你避让，但若没有，你基本上不会拿它当回事儿。而泰山现在的处境就好比是第二种情况——他知道狮子拿他没辙，就开始不慌不忙地继续堵洞了,并且一点缝都不给它留。大功告成之时,泰山冲着石门那边的狮子做了个鬼脸,便继续向东出发了。"吃人的家伙再也没法吃人了。"他自言自语道。

那天晚上,泰山在一块突出的岩石下面睡了一宿,次日早上就开始继续不停地赶路了,只有捕猎和进食时才停留片刻。对丛林里的其他野兽而言,进食和睡觉是它们一天中的大事,但于泰山而言,口腹之欲绝不会成为他的绊脚石,这是泰山与其他丛林野兽最大的不同点之一。那天白天,前方的战火此起彼伏,通过观察他发现战斗最激烈的时候是黎明时分以及太阳刚下山之时,而晚上基本上是停火状态。次日下午,泰山就碰到了赶往前线的军队,好像是前去支援的队伍,因为随行的不仅有驱羊赶牛的士兵,还有被迫搬运粮饷的当地人。泰山发现,这些当地人脖子上都套着枷锁以防他们逃跑,士兵都是些穿德军制服的土著黑人,只有军官是白人。泰山在队伍周围晃荡了两个小时,但没人发现他。泰山仔细观察了下他们制服上的徽章,发现与之前他从小屋的一个士兵尸体上取下的并不一样,所以直接甩开队伍,消失在浓密的灌木丛里。他之所以追上了德国人后没有大开杀戒,是因为杀光所有德国人并不是他目前最紧急的事——当务之急是找到杀害他妻子的真凶。

解决凶手之后再开始着手去做不那么重要的事——杀光他遇到的所有德国人。他觉得这些人加起来也不少了,只要他们出现,他就会像专业猎手猎杀食人动物一样,绝不手软。

快抵达前线时,泰山发现军队又壮大了,除了运送部队辎重的卡车和牛队,还有朝后方转移的伤员。抵达这里之前,他曾横穿了一次铁轨,所以断定伤员们正被运往火车站以转移到后方医院,而医院很可能位于远在沿海的坦噶。黄昏时分,泰山到达帕雷山麓的一处大型营地，他从后方慢慢向其靠近，发现守卫并不森严，哨兵也不机警。所以对他而言，趁天黑潜入营地并非难事，也不难混到里面窃听帐中之事，找寻一些关于凶手的线索。

经过一个有许多德国兵驻守的营帐时，他突然听到里面有人正用本地话说着一些他迫切想要知道的事情，于是他停了下来："虽然那些瓦兹瑞人有魔鬼一般的战斗力，但是我们比他们更强大，把他们杀了个片甲不留。接着长官进来结束了那个女的。他一直在外面为我们呐喊助威，看着我们杀光所有人。而他副官的手下戈斯更为勇猛——进来就大声喝令我们将那个负伤的瓦兹瑞人钉死在墙上，接着就大笑起来，因为他乐于看别人受苦难，我们也都笑了起来，那可真是有趣。"

泰山听到这里，在营帐的阴影里猛地缩成一团。谁也不知道这个野蛮人此刻在想什么，因为从他的面部表情看不出他的情绪变化；从他那冷峻的灰色眼眸也只能看出他高度的警惕。此时，第一个说话的士兵站了起来，跟在座的其他人告了个别便转身离开了，从离泰山不到十英尺的地方经过，然后朝营地后方走去。泰山在后面跟着，借着灌木丛的掩护突然袭击他，悄无声息地从背后将其摁在地上，此时泰山强有力的手指掐住了他的脖子，让他没法出声，然后拽着他的脖子将其一把拖进了灌木丛。

泰山放开他的脖子，用德语警告他说："别出声！"

那家伙喘了口气，惊魂未定地抬眼看他究竟落到了什么怪物手里，但眼前黑漆漆的，只能看见他身体上方有一个没穿衣服弯着腰的棕色躯体。他依然记得，刚才就是这个强劲无比的躯体掐着他的喉咙，像拎小孩似的一把将他拽进了灌木丛。他根本没敢反抗，因为压根儿没机会逃跑。

"在你们跟瓦兹瑞人开战的小屋里，是哪个长官杀了那个女人?"泰山问道。

"施耐德上尉!"士兵回答道。

"他在哪儿?"泰山逼问他。

"他跟我们在一起,不过现在应该在司令部,因为大多数长官晚上都会去那儿接受指令。"

"带我去,"泰山命令他,"要是暴露了,我即刻要了你的小命,站起来!"

士兵站起来,领着他沿着一条迂回的小道回到了营地,路上好几次碰到了巡逻士兵,他们都躲过了。最后他们来到一个大草垛前,躲在草垛的一角,士兵指了指远处那栋两层建筑。

"那就是司令部,"他说,"再往前一步就会暴露,那儿驻守着很多士兵。"

泰山知道带着这个士兵是没法继续往前了,于是转过身子若有所思地打量了一下这个家伙,想着该怎么处置他。

"钉死那个瓦兹瑞人你也有份!"泰山的语调低沉可怕。

士兵吓得直哆嗦,他跪下来乞求道:"是他逼我们的。"

"谁逼你们?"泰山追问他。

"副官的手下戈斯,"士兵回答道,"他也在这里。"

"我会找他算账的,"泰山冷冷地回应道,"你帮着钉死那个叫瓦什布的瓦兹瑞人,而且看着他痛苦的样子,你还笑得很开心。"

士兵差点吓晕过去,在泰山的盘问中他似乎看到了自己的死期。无须多言,泰山再次掐住了这个士兵的脖子,没给他任何喊叫求救的机会,肌肉再次发力,迅速向上摆动手臂,把这个参与钉死瓦什布的士兵在空中甩了起来,一圈,两圈,三圈,接着撒手任他飞了出去,然后就转身朝德军司令的指挥部走去。

有一个哨兵驻守在司令部后方,所以泰山只能利用植被作为

狮穴复仇 | 021

掩护，匍匐着朝哨兵靠近——只有在丛林中生长的食肉猛兽们才做得到。哨兵一往这边看，他就马上贴在地上像块石头般一动不动；而哨兵的眼神一离开，他就趁机迅速向前移动。现在泰山已经到了能主动出击的位置，他等着哨兵再次转身，时机一到就马上起身无声无息地把后者干掉了——这次依然是神不知鬼不觉的，然后就拖着哨兵的尸体继续向司令部靠近。

司令部只有一楼亮着灯，二楼是黑漆漆的一片。透过窗户泰山看到里面有一间前厅和一间稍小的后房，前厅有很多军官，一些人边走边聊，还有些坐在方桌边写东西。窗户开着，泰山基本上能听到里面的对话，但是并没有他感兴趣的内容。大多都是在炫耀德国在非洲的战绩或者猜测欧洲的德军何时抵达巴黎。某些人说威廉二世必然已经抵达巴黎了，但同时该死的比利时人也已经在那儿了。

稍小一点的后房里有一个面色红润的大块头男人正坐在桌子后面，其他一些军官坐在他后面，还有两位正以立正的姿势站在将军面前接受审问。将军一边训话，一边把玩他面前桌子上的油灯，就在此时，一位副官敲门进来，敬了个礼向他汇报道："长官，柯切尔小姐到了。"

"请她进来。"将军命令道，并点头示意他面前的两位军官可以下去了。

柯切尔在门口和两位军官擦身而过。屋里的军官起身向她敬了个礼，而她鞠了个躬，冲着他们微微一笑以示回礼。她很美——车马劳顿、满面尘土也没能掩盖她的美，而且很年轻，看起来最多才十九岁。

她走向将军面前的那张桌子，从上衣的内口袋里掏出一张折起的纸条递给他。

"坐吧，柯切尔。"他说着，另一个军官就递了把椅子给她，将军看了看纸条，没人吭声。

泰山把屋里所有人都打量了一番，里面有两个上尉，他不知道哪个是施耐德。以他的判断，这个女孩应该是情报局的，大概是个间谍。于泰山而言她的美毫无吸引力，他可以毫不留情地把她那白皙娇嫩的脖子拧断。单凭她是德国人这一点，她就该死；但是泰山手里有更重要的事，他要的是施耐德的命。

将军看完纸条，抬起了头。

"干得漂亮，"他对这个女孩说，接着便把纸条递给了随从，"叫施耐德少校过来。"

施耐德少校！泰山脖子上的汗毛都竖起来了，那个杀害他妻子的混蛋居然被提拔了，毫无疑问，他被提拔正是因为他犯下的罪行。

随从出去后，其他人又开始交谈起来，通过他们的谈话，泰山得知德属东非的武装力量已经远远超过了英国，英国目前伤亡惨重。泰山在灌木丛中藏得很好，他能看到里面，里面的人却看不到他。同时，就算有人经过被他掐死的哨兵的位置，也看不到他。但他知道，巡逻兵或者接班的哨兵一旦发现有人失踪了，马上就会进行彻底搜查。

泰山一直在等施耐德的出现，就在他快等得不耐烦的时候，那个被派去请施耐德的随从出现了，同行的还有一位军官，中等个子，长着浓密的胡茬子。这个军官大步走过来，到桌前立定、敬礼、报告。将军回礼，然后转向那个女孩。

"柯切尔小姐，"他说，"请允许我向你介绍一下，这位是施耐德少校——"

泰山已经按捺不住了，一只手往窗台上一撑便跳进了屋内，

狮穴复仇 | 023

惊慌失措的军官们将他团团围住。他一步就迈到了桌子旁，手一挥把桌上的煤油灯甩在了将军的大肚子上，将军不想被烫着，所以竭尽全力去躲，最后却往后摔了个倒仰。两个随从跳起来想逞英雄，泰山一把抓住第一个冲过来的就抡在了另一个的脸上。女间谍从椅子上跳起来躲到了墙边，其他的军官大声呼救。但泰山只想要一个人的命，所以他一直死死盯着那个人。趁着没人攻击他，他一把抓住施耐德少校，往肩上一扛，就跳窗跑了，其他人只顾着惊慌失措，甚至都还没意识到发生了什么。

泰山瞄了一眼，发现仍然没人来顶替那个哨兵，于是扛着施耐德一瞬间就躲进了干草堆的阴影里。施耐德一直没有呼救，泰山稍微松了下手，让他喘了口气。

"敢出声就马上掐死你！"泰山说道。

他押着俘虏探路，小心翼翼地躲过了一个又一个哨兵，一路向西，直到再次穿过铁路时他才觉得安全了。施耐德不停地威胁、咒骂、嘟囔，泰山烦了，便拿起尖锐的长矛刺他一下。泰山把他当头猪一样领着，唯一的不同就是，猪会得到比他更多的尊重和关心。

现在，泰山开始认真琢磨具体要怎么报复施耐德，有一点是确定的，施耐德必须得死。像所有勇士和猛兽一样，泰山几乎没有折磨人的天性——可以说一点也没有；但这次情况不一样，泰山骨子里的正义告诉他必须血债血偿，而且若是按着他现在的心情，即便如此，也没法泄他心头之恨。没错，这个畜生必须受折磨，就像他折磨简一样，但是泰山没法让施耐德经受自己所经受的痛苦，因为皮肉之苦完全无法跟精神折磨相提并论。

这一整夜，泰山一句话不说，不停地拿长矛刺施耐德，逼得施耐德筋疲力尽，惊恐万分。这死一般的无声让他精神崩溃，施耐德一次又一次地激泰山开口说话,哪怕是一句话也好啊,但最后得到的依然是沉默和长矛的刺痛。

施耐德满身是血,疼痛难忍。他早已被折腾得没了力气,现在每走一步都很勉强,而且总是摔跤,只要一跌倒,泰山就会再在他脚上刺几个窟窿,那矛尖冷酷无情、无休无止,令他无比惊恐。

第二天早上,泰山想好了如何处置施耐德——头天晚上的经历让他有了主意。他冷笑了一下,随即找了个地方躺下来休息——他希望施耐德的身体还能撑得住下面的刑罚。前方有一条小溪,泰山前天刚好从那经过。他知道很多动物都来这儿喝水,是一处极好的狩猎点。他冲施耐德比画,警告后者别出声,然后他们开始悄悄地靠近小溪。泰山看到一群鹿正要沿着其他野兽走过的小径离开这儿,于是猛推了一把施耐德,把他推到岸边的灌木丛里,随即蹲在他旁边,伺机而动。施耐德迷茫又惊恐地瞪着这个大块头,这是他第一次仔细观察这个劫持他的人。如果说他曾经经历过迷惑和惶恐,但那些情绪跟他现在所经历的一比真的算不了什么。

这个几乎一丝不挂的人是谁,他要干什么?施耐德只听他说过一次话——当他警告自己别出声的时候——用的是很标准的德语并且语调很纯正。施耐德看泰山就像一只不知所措的癞蛤蟆看着一条正要吃了它的蛇一样,泰山四肢健硕,身材匀称,像大理石雕塑一般一动不动地蹲伏在浓密枝叶遮盖的隐蔽之处,肌肉和神经都纹丝不动。鹿群沿着小道慢悠悠地朝他们走过来,平静而毫无防备。先是头雄鹿——一头老雄鹿,接着是一头年轻的肥鹿,它走到了埋伏着的泰山对面,泰山猛地一跃,扑向这头年轻雄鹿的喉咙,接着从他人类的口腔里发出野兽捕食的吼叫。施耐德吓得双目瞪圆,差点叫了出来。泰山和他的俘虏有肉吃了。泰山吃的是生肉,但他允许施耐德生火烤肉。

他们一直睡到当天傍晚,然后又开始继续赶路——对施耐德来说这是一次可怕的行程,因为他不知道哪里才是尽头,所以总是趴在地上扯着泰山的脚乞求他说明白,同时也乞求得到泰山的宽恕;但接下来还是一如既往的沉默,泰山继续往前走,他一摔倒就用矛刺他几下。

已经是第三天的中午了,他们还没到达目的地。他们爬过一个陡坡,往前走了一小段后突然在这险峻的悬崖边停了下来。施耐德往下看了看,下面是一条狭窄的峡谷,有条小溪,旁边有棵孤零零的树,岩石缝里还稀稀拉拉长着些小草。泰山把施耐德朝悬崖边推,他吓得往后直缩。泰山抓住他,粗鲁地朝前一推。"跳下去。"他说。这是泰山三天来第二次开口,或许就是因为他一直保持沉默——沉默本身就意味着不祥——施耐德才会如此惊恐。比起一直被泰山刺,沉默更让他惧怕。

施耐德惊魂未定,从悬崖边上往下望了望;但就在他打算往下跳的时候,泰山拦住了他。"我是人猿泰山,"他说,"你在瓦兹瑞杀的那个女人是我妻子,让你死个明白,跳吧。"施耐德跪倒在地,"我没杀你的妻子,"他喊道,"放过我吧,我没杀你的妻子,我什么也不知道……"

"跳下去!"泰山用矛头指着施耐德厉声说道。他知道这个人在说谎,而且对此一点也不惊讶,对一个草菅人命的家伙来说,撒个谎岂不是很容易。施耐德依然跪地求饶,恳请泰山饶他一命,泰山猛戳了他一下,他才从崖顶滑了下去,本是九死一生,但泰山跟他一起跳了下去,并且在最危险的地方帮了他一把,所以最后他们一起落在了离谷底还有几英尺的地方。

"别出声,"泰山警告他,指了指峡谷远处那个洞穴的入口,"那儿有一头饥饿的狮子,如果你能在它发现你之前跑到那棵树边,你还有机会待在树上活几天,如果你坚持不住,抓不稳那棵树的枝干,就只能被狮子吃掉了。"泰山从他们落脚的地方把施耐德推下了谷底,"开始跑。"他说道。

施耐德吓得直哆嗦,只得拼命朝那棵树跑。就在他快到的时候,一声可怕的咆哮从洞口传来,一头骨瘦如柴的狮子狂躁地跳了出来。施耐德离那棵树只有几码的距离,但是狮子已经飞奔过来拦住了他,在一旁看戏的泰山此时嘴角露出了一丝微笑。

正当泰山往崖顶攀爬时,身后传来了狮子因为吃不到猎物而发出的懊恼的吼叫和一声人类求生的嘶吼——虽然模糊不清但比狮子的声音更凶狠,原来施耐德稍胜一筹,已经爬上树了。

泰山站在悬崖边上,转身回过头望了望峡谷里的情形:此时施耐德紧紧趴在树干上,而下面的狮子正在等候时机。

泰山抬起头仰望太阳,从他健硕的胸腔处发出一声吼叫,以一只雄猿的姿态向世人宣告他的胜利。

Chapter 3
混入德军

泰山不会就此罢休，因为还有数百万的德国人活在世上——他们的存在使得泰山的生活有了目标，但就算杀光所有德国人，也不足以弥补他的遭遇——所有德国人的死也换不回他的挚爱。

德军营地所在的帕雷山麓位于德属和英属东非交界的正东方，泰山在此无意间听到，英军在非洲战场境况不佳。起初他并未将此放在心上，因为他的妻子一死，他就跟文明脱了干系，跟人类一点关系都没有了。他不再是人类，他只是巨猿。

泰山以自己满意的方式解决了施耐德后，开始绕着乞力马扎罗山最大的山脉北边的山麓捕猎，因为他知道德军周围根本没有猎物。泰山脑海里时不时地浮现着让自己高兴的画面——那个被他丢弃的德国军官现在正躲在谷底那棵孤零零的树上，四周崖壁高耸，饥饿的狮子焦躁不安。他能想到施耐德因为饥渴难耐而痛苦绝望的样子，一旦精疲力竭，他迟早会摔下去落入那枯瘦的狮子口中。泰山在想施耐德会不会趁狮子离开峡谷进洞的工夫，鼓起勇气跳进那条小溪解渴，他一跳下来，狮子就会马上跳出来抓这个猎物，于是他们俩就会不约而同疯狂地跑向那棵树。要知道这个笨拙的德国军官是不可能不被发现的，任何一点微小的动静都会马上引起狮子的注意。

但就是这样一件有趣的事，他也逐渐失了兴致，因为他越来越担心以寡敌众的英军，尤其是对手还是德国人。一想到这儿他就不由得低头咆哮起来，他很担心，这或许是因为他渐渐发觉忘掉英国人的身份单单做个巨猿并非易事。他思虑再三，终于不能再忍受德国人屠杀英国人了！

于是他下定决心，朝着德军营地出发了。尽管没有什么明确的计划，但有个大概的目标——一接近指挥部就找机会对德军司令下手。至于具体怎么做，他再清楚不过了。泰山不由自主来到扔掉施耐德的那个峡谷。出于好奇心，泰山爬上了悬崖来到沟壑边缘，发现施耐德已经不在树上了，而狮子也不见了踪迹。他捡起一块石头朝里面使劲一扔，石头刚好滚进洞里，狮子马上就现身了；但跟两周前泰山看到的那个油光水滑的模样已经两样了，它枯瘦如柴，步履蹒跚。

"那个德国人呢？"泰山吼道，"美味佳肴？还是一掉下来就只剩一堆骨头了？"

狮子冲着他咆哮了一声。

"你看起来很饿啊。"泰山继续挑衅道，"光吃树皮和草一定很饿吧！想不想再来个德国人？"他笑了笑转身走了。

走了一会儿，他突然遇到了一头小鹿，正在树下酣睡，泰山觉得饿了，于是三下五除二杀了这头鹿，然后蹲坐在路边享受猎物，快要吃完的时候，突然听到身后有鬼鬼祟祟的脚步声，一回头发现是一只土狼。泰山咆哮了一声，捡起一根树枝就往这个鬼鬼祟祟的畜生身上砸过去。"离我远点，吃腐肉的家伙！"他嘶吼道。但是高大威猛的土狼此时饥肠辘辘，咆哮了一声后开始绕着他踱步，好似在寻找进攻的契机。可人猿泰山甚至比土狼自己更了解它，他知道这个畜生饿得发狂了，正酝酿着要发起进攻，所以他也没那么害怕，边吃边取下长矛，放在身旁以防敌人进攻。

　　泰山毫不畏惧，因为长期与丛林里的危险做伴，他早就习以为常了，不管发生什么，他都只当是每天的日常生活，就像人类对待家庭琐事一样——当然农场、牧场或喧嚣的都市中没有这么多真实的危险。打小在丛林中长大的他时刻提防着闯进他警戒线之内的不速之客，生怕它们抢走自己的猎物。要知道只要泰山占据了有利的地势，连狮子他都敢与之正面交锋；如果迫不得已要逃离危险，他也不会觉得羞耻。在这蛮荒之地求生的动物没有谁比他更勇敢，也没有谁比他更机智——这两个因素便是他生存的关键。

　　如果泰山没有怒吼，恐怕土狼早就发动进攻了——那从人类的口中发出的嘶吼声令这只土狼又疑惑又害怕。它曾攻击过当地的妇女和孩童，曾在晚上恐吓过围坐在篝火旁的男人；但是它从未见过眼前的这个东西，似人非人，那叫声给它的感觉不像是一个惊恐的男人，更像是一头愤怒的狮子。

　　泰山吃罢，正想在离开之前给土狼扔一根啃干净的骨头过去，却突然改了主意。泰山把那头鹿的尸体扛上肩膀朝着峡谷出发，土狼咆哮着隔着几码的距离紧跟其后，那美味的肉它一口都没吃到，于是铤而走险主动出击。泰山像背上长了眼睛一样，立即觉察到了危险将至，赶紧把鹿肉往地上一丢，转身举起长矛，右手往后一勾蓄足了力量，然后用力往前一抛，长矛便刚好落在了土狼身上,正中它的脖子,接着刺穿了它整个身体。

泰山把矛收回来,扛着这两具动物的尸体继续朝峡谷走,狮子正躺在谷底那棵孤零零的树下,一听到泰山的叫声便跟跟跄跄地站了起来,尽管很虚弱,还在凶狠地咆哮。泰山把那两具尸体顺着崖壁丢了下去,"吃吧,狮子!"他大声说道,"或许你对我还有利用的价值。"一见到食物,狮子立刻精神了起来,跳起来朝着那头死鹿扑了过去,接着便撕了大块的肉狼吞虎咽地吃起来。

泰山站在一个树木茂盛的山坡上俯瞰到了德军的左翼部队,远处是英军的防线。这个位置可以将整个战场尽收眼底。他那双敏锐的眼睛捕捉到了许多常人难以觉察到的细节,因为一般人的感官都未像他一样锻炼到极致。他发现狡猾的德国人把机枪布置在了英军看不见的位置,而阵地上则布满了他们的监听装置。

就在他四处观望扫视各个重要位置时,他听到了从地势更低的山坡传来的一声枪响,那声音传来的地方相比于大炮声和枪火声的地势又要高一些。他立刻把注意力转移到那个地方,因为那儿必定藏着一个狙击手,他耐心等着对方开下一枪,这样能更准确地判断狙击手的具体位置。枪一响他就顺着那个陡坡滑下,身手如猎豹一般轻盈机敏。虽然他并没有刻意留意自己每一次的落脚位置,但一颗松动的石头都没碰掉,一根树枝也没踩断,就跟脚上长了眼睛似的。

他穿过一团灌木丛,来到地势较低的悬崖边。站在一块突出的岩石上,他发现距他十五英尺的下方有一个德国兵正趴在岩石壁垒上,借四周蓬松的枝叶掩护自己躲过英军的视线。那家伙一定是个优秀的射手,他的火力很好地支援了德军的进攻。他那把高能步枪装备了瞄准镜,他还随身带了望远镜,这会儿他正在用望远镜往远处看,也许是在观察上一枪的射击效果,也许是在物色新的目标。泰山顺着狙击手的目光朝英军阵地望去,他那双敏锐的眼睛马上发现了许多极好的狙击目标点。

显然,德国兵已经找到了狙击目标。他放下望远镜拿起步枪,架在自己的肩上小心翼翼地开始瞄准,但就在此时,一个棕色的身影从上方无声无息地跳了出来,重重地落在他的背上,他还没反应过来是怎么回事,就已经被泰山掐住了脖子,徒劳地挣扎一番之后便断气了。

泰山躲在岩石筑成的壁垒后,用树枝做掩护俯视下面的战况。附近就是德军的战壕,他看到军官和随从在四处巡视,而几乎就在他正前方的位置已经藏好了一把机枪,从这个角度袭击英军不容易被发现。

泰山一边观察,一边悠闲地玩弄那个德国兵的步枪,然后卧倒开始研究这个玩意儿的结构。他再次扫视了一下德军的战壕,调整了一下瞄准镜,架起步枪开始瞄准。泰山的枪法很好,他曾经和他文明社会的朋友们用枪打过猎。尽管除了猎杀食物和自卫之外他很少用枪,但为了给自己找乐子他也曾把无生命的物体扔到空中练习过瞄准,所以他早就在不知不觉中练就了极好的枪法。现在他要玩真的了,他慢慢扣动扳机,露出一丝微笑。伴随着一声枪响,一个德军机枪手倒下了。三分钟之内泰山就干掉了他左方所有的机枪手,接着他又瞄准了一个刚从防空洞出来的德军军官和随行的三个士兵。他很谨慎,不想让人注意到德军竟然在自己的阵地被枪杀了,所以不再朝那个方向射击了。

泰山调整了一下瞄准镜,远程击杀了位于他右方的一个机枪小组,这下左右两侧的枪都废了。他看到德国兵在战壕里慌乱地跑来跑去,于是又干掉了几个。这时德军觉察到了不对劲——某个神秘的狙击手已经占据了有利地势。一开始他们试图在无人区搜索他的位置，后来一名拿着潜望镜站在护墙上观望的军官突然后脑勺中了枪，子弹穿过头骨飞落到战壕上，他们这才意识到狙击手在他们的后方。

一个德国兵捡到了那枚子弹，之后整个阵营都炸开了锅，因为这枚子弹竟然是德国制造的。通信兵开始靠着背墙两边传话，潜望镜也都升到了背墙以上，目光敏锐的人开始搜索叛徒的所在。没过多久他们就锁定了泰山的位置。泰山看到一把机枪正指着自己，但是没等对面开枪，机枪小组就都已经倒下了；很快又有了替补——可能极不情愿，但是他们不得不听命于长官，同时另外两把机枪也都朝泰山的方向扫射。

泰山知道游戏该结束了，于是开了最后一枪，把枪丢在一边，消失在身后的山丘里。德军朝着他刚才的藏身之地集中火力打了很久，一想到德军白白浪费了这么多弹药他就觉得好笑。

"德军钉死了瓦什布，还屠戮了他的同伴，为此他们已经付出了惨痛的代价。"他心想，"但是我的简死了，他们怎么也偿还不了——永远偿还不了！除非杀光他们！"

当晚夜深之后，他越过德军前线，穿过英军前哨，混入英军的队伍。对阵双方竟然没人发现有人在两军阵地穿梭。

这支部队由罗德西亚士兵组成，指挥部在一处离前线较远的隐蔽的位置，相对来说较为安全，能躲过敌军的视线，甚至还可以点灯。卡佩尔上校坐在方桌前，上面放着一张军事地图，他正在和几个军官议事。屋顶有一棵大树，一盏昏暗的油灯在桌上"毕毕剥剥"地响，地上生了一小堆火。敌军没有侦察机，所以不用担心他们发现火光。

军官们都认为德军兵力远胜英军，敌众我寡，英军损失惨重，已经快守不住了。上校还提到,敌军在隐蔽的位置布设了机枪,让英军防不胜防,很是让人头痛。

"今天下午,敌军不知道为什么消停了一会儿,"一个年轻的军官说道,"当时我正在观望,我不知道究竟发生了什么;但是左方战壕的某个区域似乎出了什么乱子,我敢说他们后方被袭击了——长官,当时我就向您汇报了,您不妨回忆一下——因为那些混蛋们都被后方的声响吓得乱了分寸,我看到飞扬的尘土,但是我不知道究竟是怎么回事。"

正在这时,他们头上的树枝突然"沙沙"作响,一个棕色的身影轻盈地落了下来。军官们迅速举起手枪,一脸惊诧地望着这个几乎全裸的白人,借着火光,可以看到他肌肉健硕,打扮原始,武器装备也同样原始,接着所有人向上校望去。

"你到底是什么怪物?"卡佩尔上校厉声问道。

"我是人猿泰山。"泰山回答道。

"啊,是格雷斯托克勋爵。"一个少校大声喊道,说着便上前向他伸出了手。

"皮瑞士维克!"泰山也认出了他。

"我一开始没认出你来,"少校抱歉地说道,"上次见你是在伦敦,那时你还穿着晚礼服,和现在的打扮太不同了——说实在的,你也得承认这一点吧。"

泰山笑了笑,转身走向卡佩尔上校,"我无意中听到了你们的谈话,"他说道,"我刚从德军阵地过来,或许能帮到你。"

卡佩尔上校疑惑地看着皮瑞士维克少校,于是少校迅速把事情的原委解释了一番,并把泰山引荐给了他的上司和其他军官。泰山简单讲述了一下他为什么孤身一人追杀德军。

"所以现在阁下是来加入我们的部队了?"卡佩尔上校问道。

泰山摇了摇头,"我不想正式加入,"他回答道,"我要按自己的方式战斗;但我能帮你们打击德军,因为我能自由出入德军阵地。"

卡佩尔上校笑着摇摇头说:"没你想的那么简单。上周我派了两名优秀的军官去德军营地刺探情报,结果都有去无回。他们可都是经验丰富的情报人员。"

"比闯进英国军队更难吗?"泰山问道。

上校正要回答他,突然想到一个问题,他一脸疑惑地打量着泰山,问道:"谁带你过来的?谁帮你突破我们的前哨的?"

"我刚刚从德军前线来到英军前线,又穿过了你们的岗哨,"泰山回答道,"你可以发话下去问问有谁见到了我。"

"那你的同伴呢?"卡佩尔上校追问道。

泰山挺直了身子回答道:"我一个人来的。你们这些文明人进了丛林,根本无法生存,猴子都比你们聪明。你们为什么能活下来?说起来还不是靠着人多、武器好和有知识。要是我能差遣几百只像你们一样有知识的巨猿,我定能把德军全赶到海里,让他们马上葬身大海。你们该庆幸那些野兽没法一起战斗,否则非洲永远不会被人类占领。话说回来,现在你觉得我能帮到你吗?你想知道那些机关枪都埋伏在哪儿吗?"

上校现在心悦诚服了。泰山在地图上画出了令英军十分头疼的三把机枪的位置。"这里是个薄弱点,"他指着地图上的某个位置说道,"这里由黑人士兵防守;但是前面的机枪却是由白人操控的。如果——等下,有了!你们可以派兵攻占那个战壕,然后用他们的机枪纵向扫射他们的右翼。"

卡佩尔上校笑着摇摇头说:"有这么容易吗?"

"对我而言,确实很容易,"泰山回答道,"不费一枪一弹我就能干掉那块战壕区域的所有人,我是在丛林长大的,我了解丛林里的一切。明天晚上再来找我。"说完他转身就要离开。

"等一下,"上校说,"我派个军官送你出去。"

泰山笑了笑走了,刚走没多远,他碰到了一个小个子军官,裹着厚厚的外套,衣领竖着,军帽檐刚好耷在眼睛上方;但就在这时,火光照亮了这个新来的军官的轮廓,虽然看不清楚,但有点脸熟。他猜想一定是在伦敦认识的某个军官。泰山继续穿过英军营帐和阵地,而那些警惕的前哨们却丝毫没有察觉到这一切。

整个晚上他都穿行在乞力马扎罗山,而且是靠着直觉沿着一条没走过的路走,因为他猜想他要找的东西应该在树木茂盛的山岭上。还有三个小时天就要亮了,这时,他敏锐的嗅觉告诉他目标就在附近的某个地方,于是他爬上了一棵高高的树,打算睡上几个小时。

Chapter 4
喂食狮子后

泰山醒来时已是艳阳高照，他伸了个懒腰，理了理头发，从树上轻轻地跳到地上。一落地他马上感觉到了他要找的那条小道的方向，他顺着气味来到一个深谷里，小心翼翼地往前走，鼻子告诉他猎物已经近在咫尺了。不一会儿，他果然看到了一群野猪。他取下弓，挑了一支箭，搭在弓上，往后使劲一拉，瞄准猪群里面最大的一头，嘴里还叼着好几支箭，他一发接着一发，六头猪被射倒在地。猪群慌作一团，它们先是愣了一会儿，缓过神后开始尖叫着疯跑，狼狈逃窜到矮树丛里躲起来了。

泰山从树上跳下来，了结了地上还没断气的野猪后就开始剥猪皮。他的动作非常娴熟，但是跟文明社会的屠夫不一样的是，他没有边吹口哨边剥猪皮。就是在这些细节方面，他也跟人类不一样，这可能跟他从小在丛林长大的经历有关。丛林野兽成年之前都爱嬉闹，但一旦成年就变得很严肃。巨猿，尤其是雄猿，随着年龄的增长都会逐渐变得凶狠乖戾,而这种习性一旦形成就会跟随它们一辈子。在萧条的季节,迫于生存的压力,大家都得靠厮杀才能抢到猎物,对于靠捕猎为生的丛林野兽而言,狩猎是它们生存的头等大事,容不得半点马虎。因此泰山对待狩猎和处理猎物的态度是非常严肃的。有一点不同的是,其他野兽随着年龄的增长会渐失幽默感,但泰山不会,只不过只有在他心情好的时候才会表现出幽默来。那是一种苦涩的幽默,有时候甚至还有点可怕,但泰山自己却很喜欢。

泰山全神贯注地仔细剥着猪皮,但并没有放松警惕,眼睛扫视着周围的丛林,鼻子留意着风中气味的变化。果然,没过多久他就闻到了一头母狮的气味。

不用看泰山就知道,这头母狮已经嗅到了新鲜猪肉的味道,而且顺着味儿就下来了。根据空气中狮子体味的浓烈程度和风速,他能判断出它和自己的距离以及它是从自己身后过来的。泰山不紧不慢地处理着最后一头野猪,其他五头已经剥好了,他把剥好的猪皮放在手边,以防被狮子抢走。他头顶上正好有棵枝繁叶茂的大树,可以随时跳上去。

泰山连头都没回一下,因为他知道母狮还没进入他的视野;但他耳朵更加警觉,这样它一靠近就能听到。剥完最后一张皮后,他站了起来,这时他听到母狮已经来到了他身后的灌木丛里,但离他还不算太近,所以他慢悠悠地把六张皮和一头死猪抓起来,就在母狮从两堆灌木间蹿出来时,泰山一跃而起跳上了头顶的树杈。他把兽皮往树枝上一挂,背靠着枝干舒舒服服地坐稳后撕了一块后腿肉吃了起来。母狮咆哮着从灌木丛中跑出来,警惕地往上望了一眼泰山,然后扑向了离它最近的一头死猪。

泰山看了看它,冷笑了一声。他想起了自己曾跟一个有名的猎人争辩过，猎人扬言狮子作为百兽之王只会吃自己猎杀的食物，泰山不以为然，因为他更了解真相——毕竟有两头狮子都已经放下姿态开始吃腐肉了。

填饱肚子后，泰山开始着手处理这些又大又结实的兽皮。他先剪了一些宽约半英寸的长条，完了之后把其中两块兽皮缝在了一起，然后沿着边缘每隔三到四英寸戳个洞，用一根长条把这些洞穿起来，就做成了一个带细绳的大袋子。他用同样的方法将剩下的四张皮做了四个差不多的袋子，只是比第一个小一点，最后还剩了些长条。

处理好这些之后，他摘了个大果子丢给母狮，把没吃完的猪肉藏在树杈里，然后带着那五个袋子朝西南方向出发了。不一会儿他就来到了峡谷边缘，也就是他困住那头狮子的地方。他轻手轻脚地走到悬崖边上往下瞧了瞧，狮子不在。他嗅了嗅，听了听，什么动静也没有，但他知道狮子一定在洞里，只能希望它睡着了，这样他就不会被发现了。

泰山小心翼翼地顺着悬崖边缘爬下，悄无声息地朝谷底挪，不时停下来用敏锐的眼睛和耳朵留意远在几百英尺之外的峡谷那端的洞穴口，因为对他来说，一旦接近悬崖底部，危险便会陡增。如果他下到谷底后能安全抵达距谷底中央那棵树一半的位置，他就相对安全了，因为即使狮子马上出现，不管是跑回悬崖还是跳到树上，他都比狮子快。但要想甩掉跳起的狮子，必须以足够快的速度爬上三十英尺高的崖壁，而这至少需要二十英尺的助跑距离。那儿没有很好的借力点，他必须像松鼠上树一样爬上三十英尺的崖壁，否则就会被狮子跳起来抓住。他以前有过这种九死一生的经历，所以他一点儿也不想再冒险。

泰山终于下到了谷底，如幽灵一般悄悄靠近那棵树，在他离那儿只差一半距离的时候，狮子还没出现，终于他顺利到达树边并爬了上去，此时狮子仍旧没有出现。泰山发现那棵树已是伤痕累累，一定是被饥饿的狮子啃过了。他顺着树枝走了走，想知道狮子究竟还在不在洞里，它是不是已经推倒了自己堆的石门？还是它已经死了？泰山觉得第二种假设不太可能，因为就在几天前他刚给狮子丢了一整头死鹿和土狼，它不可能这么快饿死，而且谷里的小溪还给它提供了充足的水源。

泰山觉着他主动把狮子引出来或许更省事儿，于是他跳下来查看了下洞穴。抱着这样一种想法，泰山低声咆哮了一声，洞里马上就有动静了，一头饥饿的狮子怒目圆睁地冲了出来，准备猎杀他，但当它看到树上的泰山那酒足饭饱油光水滑的样子后，愤怒中又突然露出一丝害怕。那熟悉的模样和气味让狮子想起就是因为眼前的这个人，它才落到今天这个地步；如果吃了他，一定很美味，于是它又跟发了狂似的拼命地想抓住树枝。有两次它都抓到了最低的枝干，但马上又摔了下去。狮子的动作一次比一次凶残，还不断地发出可怕的吼叫声，泰山则一直都在用难听的话讥笑挖苦它逮不着自己，同时又在暗自窃喜虚弱的狮子竟然还在傻傻地白费力气。

最后泰山站起来取下绳子，在左手上仔细地缠了几圈，右手拿着套环，两只脚稳稳踩在树枝上，紧靠着树干站稳。然后他开始辱骂狮子，狮子被激怒了，猛地往上跳，等到它的身子一离地，泰山就迅速抛出套环套住它的脖子，接着马上收紧手里的绳子，这样狮子就只能后脚跟着地了。

泰山踩在枝干上，拖着狮子慢慢往远离树干的方向移动，这样张牙舞爪的狮子就够不着树干了。他把狮子吊起来，系紧绳子，把他那五个猪皮袋子往地上一扔，自己跟着跳了下来。狮子用它的前爪对着那根草绳乱抓一气。因为狮子随时都可能挣脱掉,所以泰山必须速战速决。

他先用最大的袋子套住狮子的头,并利用那上面的细绳勒紧它的脖子,然后费了很大的功夫,冒着被狮子的利爪撕碎的风险,用剩下的长条将它的四肢绑到了一起。

这时狮子基本上不再挣扎了,显然它快要窒息了,但那并非泰山所愿,所以他又荡到树上解开了上面的绳索,把狮子放了下来,然后紧跟着跳下来松开了狮子脖子上的套环。他掏出猎刀在狮子眼睛的位置上戳了两个圆洞,方便它重见光明和自由呼吸。

然后泰山开始着手套其他的袋子,他要给这头狮子的四个利爪各套一个。套后腿的时候他不仅用细绳固定,还缠紧了它的脚踝,套前脚的时候也同样在膝盖处加以固定。现在,狮子就跟野鹿一样柔弱了。

狮子慢慢苏醒了,它喘了一大口气又开始挣扎起来,但是那些捆住它四肢的猪皮条让它动弹不得。泰山观察了一下,相信猪皮条还能坚持一会儿,但肌肉健硕的狮子还是随时有可能挣脱束缚,这全取决于泰山的袋子和细绳好不好使。

狮子恢复了正常呼吸,极力挣扎了一会儿,咆哮着以示自己的抗议和愤怒;但因为狮子的持久力跟它的体型和力量根本不成正比,所以立马就泄了气,乖乖地躺下了。躺下之后它又咆哮了几声,还做了些无谓的挣扎想要挣脱束缚,但它这是在给自己找不痛快,因为泰山再次在它脖子上套上了绳子;但这次不是会勒到窒息的套索,只是一个单套结,受力不会变紧也不会滑动的那种。

泰山把绳子的另一端系在树干上,迅速切断绑在狮子腿上的绳子,狮子一下子跳了起来,泰山赶紧跳到了一边。狮子把腿伸开站了一会儿,挨个抬起爪子,企图甩掉泰山系在上面的奇怪的

喂食狮子后 | 041

裹脚布,最后它又开始刨它头上的袋子。泰山拿着长矛站在一边密切注视着狮子的一举一动,那些袋子能撑得住么?他希望自己的努力不要付诸东流。

狮子挣扎了半天,毫无作用,它开始发飙了,在地上打滚、撕咬、怒抓、咆哮,然后一跃而起扑向泰山,却被拴住它的绳子拉住了,根本无法靠近。泰山伸出长矛重重地敲打狮子的头,狮子暴跳如雷,再次发动攻击,结果又被赏了一耳光,给拍倒在一边,它还不死心,又再次被整趴下。如此反复了四次后这位百兽之王终于醒悟了:它不是泰山的对手,只好垂头丧气地放下了尾巴。

泰山把狮子系在树上,自己走进洞里,从另一端把石门挪开,然后回到峡谷把狮子拖到一旁,解开了树上的绳子,想把它赶进洞里去,但倔强的狮子又挣扎了半个钟头,一直不愿意进去。泰山一直在后面戳它,它最后还是受不了了,不得不走进了洞里。它一进去就好办了,泰山只要紧紧地跟着,用矛头指着它就好了。狮子一有所迟疑,泰山就戳它一下。要是它敢后退就会戳得更厉害。狮子学乖了,不用泰山再折磨它,乖乖地一直往前走,而隧道的尽头就是外面的世界,它嗅到了自由的气息,抬起头竖起尾巴就往外面跑。

泰山匍匐着刚进隧道,狮子一跑就把他拉趴下了,拖着在地上磨了一百多码,身上被石头刮伤了好几处。泰山爬起来的时候非常生气,想要给狮子一点惩罚,但理智的他很少被脾气左右,所以马上放弃了这个想法。

让狮子明白不往前走就会挨打的基本规则后,泰山就只管敦促它往前走。他们开始了一次史无前例的丛林旅程。不管对泰山还是狮子,那都是充满变数的一天。狮子经历了一开始的公开对抗到后来的顽强抵抗、被迫屈从和最后的彻底认输后,到天黑时它已筋疲力尽,饥渴难耐了;但今明两天它都只能挨饿了,因为泰山不敢冒险给它摘掉头上的袋子。天黑的时候他给狮子开了一个口子让它喝水,然后把它绑在树上,自己去觅食了,归来之后在树上舒舒服服地睡了几个小时。

一大早,他们就开始继续沿着乞力马扎罗山南部蜿蜒的山麓朝东出发了。其他狮子看到这一幕立马落荒而逃,要知道单凭一头狮子的气息可能就足以吓跑许多弱小的动物,而眼前的这番景象实在是太可怕了。这个怪物身上还有百兽之王的气息,样子却与以往完全两样,它沦为了一只大白猿的俘虏,正被牵着穿过丛林,其他强大的丛林猛兽看到这一幕也都吓得心惊肉跳。

母狮老远就闻到了雄狮的气息,但那里面还夹杂着白猿和野猪皮的味儿,它觉得很奇怪,就快速穿过丛林小路打算来一探究竟。看到眼前的景象,母狮不由得发出了疑惑的吼叫声。要知道不管狮子的外表有多可怕,它们都是胆小怯懦的动物,这头母狮自然而然就更好奇多疑了。

泰山取下长矛,因为他知道大战一场在所难免。头上套着猪皮袋的狮子闻声停了下来,愤怒地把头扭向了母狮的方向,发出了一声嘶哑的如哀鸣一般的吼叫。母狮看到泰山正用长矛戳着狮子。泰山却愣住了,因为这头母狮的后面还跟了四头成年的狮子。

若是现在继续刺激狮子,它定会主动反抗,而那可能会触发整个狮群的进攻,所以泰山打算先按兵不动,静观其变。他是不会不战而退的,但是就他对狮群的了解,他一点也不知道这群不速之客接下来会有什么行动。

那头母狮正年轻气盛,一副油光水滑的模样,另外四头雄狮也正值壮年,在他见过的狮子中可以算得上雄壮的了。其中三头雄狮的毛发很稀疏,但是站在最前面的那头却有一身黑毛,它大步向前时毛发在微风的吹拂下如微波般荡漾,十分好看。那头母狮在离泰山一百英尺的地方停了下来,而其他狮子越过它停在了靠泰山更近的地方,它们竖起耳朵,眼里满是好奇。泰山根本猜不出它们的意图,而他身旁的狮子此时就静静地望着狮群,一声不吭却依然十分警惕。

突然母狮又小声吼叫了一声,狮子随之怒吼了一声并跳起来径直朝那头黑狮扑过去,黑狮一看到这张怪脸就吓得不轻,咆哮了一声便逃跑了,它的同伴和那头母狮也跟着一起跑了。

狮子想跟它们一起跑,但泰山把绳子紧紧攥在手里。它冲泰山发脾气,换来的却是无情抽打,它没办法与泰山抗衡,只好朝着原来的方向继续前进了;但一路上它还是在闹脾气,过了一个小时才慢慢消停下来。它实在是太饿了,简直就快要饿死了。看得出来它很暴躁,但又不得不完全屈服于泰山的驯狮手段,只能像只圣伯纳犬一样乖乖地跟在泰山后面。

他们俩抵达英军右翼时天已经黑了,为躲避德军巡逻队耽误了一点时间。泰山把狮子拴在了一棵离英军前哨不远的树上,独自继续行动。他躲过哨兵,直奔卡佩尔上校的司令部。跟上次一样,他如幽灵般神不知鬼不觉地出现在了这群军官面前。

这一次他们看到泰山突然出现,都笑了,只有上校困惑地挠了挠头。

"这些哨兵真该死,"他说道,"外人想来就来,我设防线还有何用?"

泰山笑着说:"别怪他们,因为我不是人,我是白猿,任何一只巨猿都可以大摇大摆地随意进入你的营帐;但如果你把你的哨兵换成巨猿,那就没有谁能神不知鬼不觉地进来了。"

"巨猿是什么样的?"上校问道,"或许我们应该征这样一支军队。"

泰山摇摇头,解释道:"巨猿就是类人猿,是我的部下,但它们不会为你所用,因为它们不能长时间专注于一件事。如果我跟它们传达一下你的意思,它们可能短时间会非常感兴趣,但随后它们就会马上失去兴趣。还有,在你最需要它们的时候,别指望它们尽忠职守,因为它们可能已经离开这儿回丛林找吃的去了。它们的心智就跟小孩子一样,这便是巨猿之所以为巨猿的原因。"

"你管它们叫巨猿,但管自己叫白猿,这有什么区别吗?"皮瑞士维克少校问道。

泰山回答道:"我的名字是巨猿给取的,意思就是白皮肤的巨猿。因为我是白种人,跟我养母卡拉黝黑的肤色截然不同,所以它们管我叫泰山,意思就是白猿。如果见了你们,它们也会管你们叫白猿。"

卡佩尔上校笑着说:"格雷斯托克先生,我没别的意思,现在我们来说点别的吧。既然你有自由出入敌军阵地的本事,那你现在有什么打算?你还是打算一个人搞定对面战壕里的所有人吗?"

"还是土著士兵守着战壕吗?"泰山问道。

上校说:"是的,你有什么打算,你希望我们做点什么?"

泰山走到桌子旁边,指着地图说:"这里有个监听装备,这里安置了一把机枪,战壕和一条隧道在这里交汇。"他边说边在地图上比画,"给我一颗手榴弹,你一听到爆炸声就马上让你的人慢慢进入阵地。等听到德军阵营大乱的时候,就悄悄长驱直入,还有,你得事前警告他们,我也在战壕里,不要误伤了我。"

"仅此而已?"卡佩尔上校吩咐一个军官给泰山递了枚手榴弹,然后继续问道,"你真的要一个人搞定一个战壕的人?"

"也不全是那样,"泰山冷笑了一下,"但是我肯定会搞定的,另外，如果你愿意的话，大概半个小时后你就可以让你的人从监听设备放置的地方进入战壕。"说完他就转身离开了。

就在泰山走出指挥部的时候，他突然想起了什么，上次他从这儿出去遇到的那个小个子的年轻军官，不就是他在德军军营遇到的女间谍柯切尔么？那天他只觉得面熟，今天突然想起来了。但是他有点不相信，告诉自己这不可能。

泰山越过最后一排哨兵，走到拴狮子的地方。狮子一看到泰山，马上站起来低声哀嚎。泰山笑了，没想到百兽之王也会像饿狗一样摇尾乞怜。

泰山用巨猿的语言低声说道："你马上就能大开杀戒，饱餐一顿了。"

他解开了树上的绳子，牵着狮子潜入了阵地。阵地上基本没什么枪声，只偶尔有几声炮响。交战双方的炮火刚好都落在战壕后方，所以不会对泰山构成威胁；但炮轰和枪声却把狮子吓得不轻，它蜷缩着、颤抖着，紧靠着泰山，好像在寻求保护。

泰山牵着狮子慢慢朝着德军的监听设施移动，最后他们离监听设施只有几百码的距离了，泰山一眼就发现了值班的哨兵。他右手紧紧攥着手榴弹，目测了一下距离后，双腿略微下蹲，猛地一下站起来将手榴弹投了出去，接着迅速趴倒在地。

五秒之后敌方监听中心被炸了个稀烂，狮子吓得想要逃跑，但是泰山死死拉着它，一跃而起拽着它跑了出去。泰山依稀看到下面的据点已经彻底被英方占领了，敌军阵地被炸得粉碎，就剩一把机枪了。

德军一听到爆炸声，就很可能从隧道过来支援，所以现在一分一秒都不能耽误。泰山把狮子推到隧道口，它犹豫不决地不想进去，泰山却没想跟它耗，硬把它拽到了尽头，他们面前是通往德军战壕的另一个隧道入口，泰山用猎刀割断狮子前爪上的裹脚布，又迅速割开了它脖子上的绳子和头套，然后从后面猛地一戳，一下把它推进了隧道口。

狮子顿了顿，只觉得后腿上的刀伤处疼痛难忍。在泰山的猎刀下，狮子不得不又往前挪了挪，在这个位置它是没法逃跑的，只能往前或者往后，但只要一往后就会撞上泰山尖锐的刀锋。泰山又割开了它后爪上的袋子，用肩膀和刀尖抵着它的臀部，把袋子取了下来，狮子的爪子就陷进了炸松的地里，然后泰山猛推了它一把。

一开始狮子是一寸一寸地往前挪，突然它跳了起来，泰山知道它已经嗅到了前方的人类的味道。泰山拿起刚才顺手捡到的机枪迅速跟上了狮子，他清楚地听到前方的狮吼声和德军惊恐的尖叫声，嘴角露出了一丝阴笑。

他自言自语地说："谁叫你们杀了我的家仆，还钉死了慕维洛的儿子瓦什布。"

泰山走进战壕的时候，里面一个人也没有，一直走到第四条战壕，他才看到一群人挤在角落里，狮子张牙舞爪地扑过去，好似一只凶残又极度饥饿的恶灵。

这些黑人士兵打小就对狮子充满了恐惧，现在他们只能往后退。有些人爬上了背墙，还有些人甚至爬上了护墙，因为他们宁愿被英军抓获也不愿意被狮子吃掉。

英军慢慢朝德军战壕推进，一开始就遇到了惊恐的黑人士兵，这些士兵巴不得立刻投降。德军战壕里乱作一团，从逃兵们慌张的模样和尖叫声中，罗德西亚人就已经知道了他们的惨状；但令他们困惑的却是，战壕里居然传出了狮吼声。

英军最后抵达战壕时，站在队伍最左边的士兵们突然听到前方传来了一声机枪声，接着他们看到一头狮子跳上了德军的背墙，嘴里还叼着一个大喊大叫的德国士兵，瞬间消失在了黑夜里。而此时泰山正蹲在左边的树杈上，端着机枪扫射整个德军战壕。

但最前面的英军战士看到的却是另外一番景象——他们看到一个大个子德国军官从防空洞走了出来，从地上抓了一把绑了刺刀的步枪，蹑手蹑脚地走到泰山后面，而泰山显然毫不知情。他们跑上前大喊着提醒泰山，但是因为战壕里混乱嘈杂，再加上机枪的声音，泰山根本听不见。那个军官跳上了泰山身后的护墙，小心翼翼地举起枪把想要刺进泰山的背里，但泰山像后背长了眼睛一样，如闪电一般迅速躲开了。

泰山扑向那个德国军官，像从一个婴儿手里夺走稻草一样夺走了那把锋利的刺刀——此时的泰山不是人，是野兽。泰山跟其他丛林动物一样有着一种奇怪的直觉，那直觉告诉他有人正站在他身后，他一扭头刚好直面对手的攻击。他一眼看出那人的肩章和洗劫他庄园的凶手的肩章一样，原来就是他们摧毁了他的家园，夺走了他的幸福。

泰山紧紧咬住这个德国军官的肩膀，用手指掐着他肥大的脖子。接着英军士兵眼前上演了令他们永生难忘的一幕——他们看见泰山把这个德国胖子从地上揪起来，像狗晃老鼠，像狮子摇晃它的猎物一样摇晃他。他们看到德国人眼里满是惊恐，他用力拍打泰山巨大的胸肌和脑袋，做无用的挣扎。然后泰山突然开始抡他，一只膝盖放在他的背中央，一条胳膊绕在他的脖子上，把他的肩膀慢慢往后掰。德国人不得不曲着膝盖，泰山把膝盖往下压，越掰越弯，他痛苦地尖叫了一会儿，然后突然就没声了，泰山这才松手，德国人已经废了，一动也不动。

副官的手下戈斯死了。

英国士兵一拥而上，欢呼雀跃，他们已经压抑得太久了，此刻的欢呼格外响亮。在一片欢庆的气氛中，只见泰山一只脚踩在他猎物的尸首上，高昂着头颅，发出了一声诡异可怕的咆哮，以一只雄猿的姿态宣告自己的胜利。

泰山不再理会那些对他敬畏有加的英国士兵，径直越过战壕，消失得无影无踪了。

Chapter 5

金盒吊坠

这支东非的英国军队曾因敌众我寡而屡战屡败，这次总算扳回了一局，一直处于攻势的德军土崩瓦解，士气低迷，顺着铁路退回坦噶。说起来，英军的胜利主要得归功于泰山和那头狮子，是他们干掉了驻守左侧战壕的德国士兵。在那个难忘的晚上，泰山放走了饥肠辘辘的狮子，迷信又惊恐的黑人士兵吓得狼狈逃窜。英军见机迅速占领了敌军遗弃的战壕，他们从这个位置扫射邻近的德国士兵，转移敌方注意，趁乱成功袭击了德军。

几个星期过去了，撤退的路上滴水不见、荆棘丛生，但德军依然坚定不移地拼命沿着铁路行军。

自泰山手刃副官的手下戈斯后，英国军官就再也没见过他。他们看到他朝德军腹地去了，所以有人以为他已经死在德国人手上了。

"他们可能已经干掉了泰山，"卡佩尔上校也这么觉得，"但我敢说他们绝不可能生擒他。"

但他们全猜错了。这几个星期,泰山不仅心情愉快还收获颇丰。他搜集了大量关于德军部署和实力的信息以及敌方的作战方案,也想出了各种各样仅凭他一己之力就能激怒对方并灭其士气的手段。

现在他就有了具体的目标,他打算活捉一个德国间谍并把她带回来交给英军。第一次去德军司令部时,他刚好撞见一个年轻姑娘正给德军司令递纸条,之后又发现她身穿英国军官的制服出现在了英国军队里,显而易见,她是个间谍。

所以泰山在德军司令部周围溜达了好几个晚上,想着能再见到她或找到一些关于她行踪的线索,同时他又借机耍了些把戏,欲以此动乱军心。他潜入德军营帐时总在无意中听到一些关于他的"英雄事迹"。一天晚上他藏在军团指挥部附近的灌木丛里偷听几个德国军官的谈话,有一个人提到了一些从土著士兵口中听来的故事,说是几周前他们大败是因为一头狮子突然闯入,同时战壕里还来了只裸体的白色大块头——那定是丛林里的恶魔。

"肯定跟跳进司令部抓走施耐德的是同一个人,"其中一个坚定地说,"我就是想不明白为什么他只抓走那可怜的少校,听他们说那个怪物好像只对施耐德感兴趣,他明明已经抓住了凯尔特,而且轻而易举就能直接抓走司令,但他眼里只有施耐德,他逮住施耐德之后就消失得无影无踪了,后来发生了什么就只有上帝知道了。"

"施耐德上尉可能知道事情的原委,"另一个说,"就在一两周前他还跟我说他觉得他好像知道他哥哥为什么被带走了,这很可能是个误会,那个野人要抓的可能是他而不是他哥哥。此前他一直不确定,直到戈斯遇害,他的想法才得到证实,因为戈斯跟他是一个连的，施耐德觉得那个恶魔早就盯上了他和他们连。那个晚上野人本来是冲着他来的，结果克劳特将军刚刚向柯切尔介绍施耐德少校，还没等把名字说完，那个野人就从窗户跳了进来把少校抓走了。"

他们说着说着突然停了下来，因为他们好像听到什么动静了。从灌木丛的方向传来了一声压抑的咆哮。此时泰山才意识到，因为自己的过失，在他小屋犯下滔天罪行的罪魁祸首依旧逍遥法外，谋杀他妻子的真凶并没有得到应有的惩罚。

这几个军官紧张兮兮地站了好久，扫视着那传来恐怖声音的灌木丛。他们不约而同地想起最近发生在营地的哨兵离奇失踪的事件，那些人都死得不声不响的，还都死在他们同伴的眼皮子底下，但却没人看到凶手的真面目。他们又想到死者喉咙处的印记，看起来是尖牙或巨爪所致，具体是什么他们也说不上来，而且死者肩膀和颈动脉处也都有利齿所致的伤痕，另外，他们竟然没有丝毫反抗的迹象。

这时灌木丛里稍稍有了点动静，一个军官二话不说立马朝那里开了一枪；但泰山早已不在那里，他早在开枪前的一刹那就消失在黑夜里了。十分钟后他就来到了德军营地外围，那正是弗里茨·施耐德上尉的驻地。

士兵们都在地上躺着，他们没有帐篷，只有军官才能享受这种待遇。泰山匍匐着靠近他们，动作十分缓慢，因为此次行动非常危险。德国人现在十分警惕，时刻都在提防这个神秘的敌人在夜里潜入营帐抓走他们的人，但泰山还是成功躲过了外围的哨兵和内围的卫兵，成功爬到了军官营帐的后方。

爬到离他最近的帐篷时，他开始紧贴地面听里面的动静，里面传来了一个熟睡的男人均匀的呼吸声，而且只有一个人，这正中泰山下怀。他拿出猎刀割断了拴帐篷的绳子，悄悄溜了进去，他的动作轻得不能再轻了，没发出一点声响。他走到那个男人旁边，俯下身子看了看，当然他没法知道这是不是施耐德上尉，因为他从没见过；但是他必须想办法弄清楚谁才是施耐德，所以他轻轻地摇了摇那军官的肩膀，那家伙重重地翻了个身，打了个响呼噜。

"别出声！"泰山低声警告他，"别出声——否则我杀了你。"

这个德国人睁开眼，在昏暗的灯光下，他看到一个庞然大物正俯着身子，一只大手抓着他的臂膀，另一只手轻轻掐着他的脖子。

"别大喊大叫！"泰山用命令的语气说道，"低声回答我的问题，你叫什么？"

"我……我叫鲁博格，"这个人回答道，他浑身都在发抖，对突然出现在眼前的这个裸体大块头充满了恐惧，同时还想起了那些在他们眼皮子底下发生的离奇死亡事件，"你想怎么样？"

"弗里茨·施耐德上尉在哪儿？"泰山问道，"哪一个是他的帐篷？"

"他不在这里，"鲁博格回答道，"他昨天被派到威廉斯塔去了。"

"我不会杀你——现在不会，"泰山说，"我会先去查证你是不是撒了谎，如果你说了假话，你会死得更难看，你知道施耐德少校是怎么死的吗？"

鲁博格摇了摇头。

"我知道，"泰山接着说，"他死得很难看，就算是对该死的德国人，那种死法也很痛苦。背过去捂住你的眼睛，不许动，别出声。"

这个人按泰山的吩咐做了，就在他背过去的那一瞬间，泰山就溜出了帐篷。一小时后他已经出了德国营地，朝威廉斯塔镇出发了，那是德国政府在东非的避暑地。

贝莎·柯切尔迷路了,她既生气又觉得丢脸——她曾经对自己的丛林生存技能十分得意,现在却不得不承认她竟在潘格尼和坦噶铁路之间的这个小村庄迷路了。她知道威廉斯塔大概位于东南方距她五十英里的地方,但由于地形复杂,她判断不出东南方是哪个方向。

一开始她是从德军司令部出发,沿着一条军队走过的清晰可见的道路行进的,而且显然这条路能直通威廉斯塔,但后来有人告诉她一支强大的英国巡逻队已抵达潘格尼西岸,可能会截断坦噶铁路,所以他们劝她不要走那条路。

她放弃了原来的路线,打算从丛林抄小路走。此时天色阴沉,需要借助指南针来把握方向,但就在这时,她发现自己压根没带那玩意儿,于是心情更加沮丧。然而,凭着她对自己丛林生存技能的自信,她依然固执地朝她以为的西边继续前进,一直走到她确信自己已经从后方躲过了英国巡逻队才转身向南。

她往南走了一段,又按之前的设想往东走了很远,这才觉察到不对劲。此时天色已晚——按理说她早该看到通往威廉斯塔的那条路了,但她却怎么也找不到那条路,她开始慌了。

她的马饿了一整天,滴水未进。天色渐晚,她意识到自己已经彻底迷失在这无路可寻、遍布蚊虫和野兽的地方了。最令她抓狂的是她完全不知道自己在朝哪个方向走——或许她早已越走越偏,走到了这阴森恐怖、危机四伏的地方,都快走到潘格尼了;但后悔已经来不及了,她必须继续往前走。

不管怎么说,柯切尔都绝不是个胆小鬼,但当黑夜来袭时,她抑制不住对漫漫长夜的无比恐惧,要知道,对食肉动物来说,黑夜是它们潜伏狩猎的好时机。

就在天黑之前,她在一望无际的灌木丛中发现了一处瞧着像牧场的开阔地段，靠近中心的位置还长着一丛树，于是她决定今晚就在此休息。此处草深而茂密，既可以喂马，又可以当床垫；此外，用树周围的枯木生火，坚持一夜绰绰有余。于是她取下马鞍解开缰绳，把它们放在树下，将马拴在树上，接着开始忙着捡柴火，天黑前她生好了火还捡了很多树枝，够她烧到天亮了。

鞍囊里装了食物，虽然已经凉了，她还是吃了一点，又掏出水壶喝了一小口水。她不敢多喝，因为不知道何时才能找到水源。一想到她那可怜的马没水喝，她就觉得难过，德国间谍也是人，也有同情心，更何况是这么年轻的女间谍。

天色已黑，既没有月亮也没有星星，黑夜里的这团火显得夜色更凝重了。柯切尔除了能看见自己周围的草和影影绰绰的树枝，什么也看不见。

丛林安静得有些诡异，她隐约听到了从远处传来的大炮声，但判断不出方位。她集中注意力又听了听，神经都快崩断了也没判断出声音传来的方向，这个方向的判断对她而言意义重大，因为主战线在北边，只要判断出开火的方向就能确定明早该朝哪个方向走。

明早？她还能活到明天吗？她挺直脊背，告诉自己决不能这么想——绝不可能活不到明天。她鼓起勇气深吸了一口气，在火堆旁放好马鞍，还拔了一大把草，给自己的马鞍靠垫做了一个舒适的垫子，接着又取了一件厚厚的军大衣披上。

她打算靠着马鞍干坐着熬过一宿。此时除了远处的枪炮声和马儿吃草的声音外，四处都很安静，但一个小时后，突然从大概一英里外的地方传来了狮吼声，她下意识地把手放到随身带着的步枪上，打了个寒战，鸡皮疙瘩都起来了。

这可怕的声音一遍又一遍地在她耳边回旋，而且越来越近。

尽管她判断不出枪炮声的方位，但这个声音她是能定位的，因为相比于枪炮声，狮吼声离她近多了。狮子逆风而来，所以暂且没闻到她的味儿，但它一过来准能看到火光，因为火光在黑夜里太显眼，老远就能瞧见。

柯切尔在担惊受怕中又熬过了一个小时，她警惕地盯着狮吼声传来的方向，总觉得狮子正悄悄朝她扑过来，随时可能出现在她身后。她紧张得不得了，全身都在发抖，架好了枪随时准备开战。

突然马抬起头叫了一声，柯切尔受了惊，小声喊着站了起来。马转过头朝她走过来，绳子拉住了它，它只好不停地走来走去，双眼怒视着黑暗地带，但柯切尔并没有发现什么异常。

就这样担惊受怕地又过了一个小时，其间她的马经常抬头盯着黑暗的地方看，仿佛在寻找什么。她时不时地添加柴火，觉得越来越困，眼皮越来越重，直往下垂，但是她不敢让自己睡着。为了摆脱睡意，她只好起身来回快速走了走，又添了些柴火，并走到马儿身边，拍了拍它，才回到自己的位置上。

她靠着马鞍，努力让自己只想明天的事，但最后还是不小心睡着了，惊醒时天已经亮了，那个可怕的夜晚总算是过去了。

她简直不敢相信自己的眼睛，她竟然睡了四个小时，火已经灭了，但她和马都还好好的，周围没有任何野兽出没的迹象。最重要的是，太阳升起来了，她知道东是哪个方向了，于是她迅速吃了点所剩不多的口粮当早餐，又喝了几口水，装上马鞍就上了马。此时她感觉非常好，觉得自己跟在威廉斯塔一样安全。

然而，要是她发现灌木丛中两个不同的位置都有一双眼睛在盯着她，她可能就不会这么想了。

柯切尔此时心情轻松愉快，没有一点防备之心。她骑着马往前走，突然一头狮子蹦出来挡住了她的去路。狮子两只黄绿色的眼睛睁得圆圆的,十分可怕,黄褐色的尾巴紧绷着,时刻准备进攻。等那马一走到灌木边上,狮子便一跃而起,直扑马的右肩。马往后退了几步,惊恐万分,想要逃跑,但实在是招架不住狮子的力度,退了几步直接倒在了地上,而柯切尔根本来不及下马,连人带马一起摔了下来,左腿被压在了马下面。

柯切尔惊恐万分,她眼看着狮子张开利爪抓住了马的颈部,马痛苦地嘶鸣了几声,接着狮子握紧爪子用力摇晃它的猎物,她甚至能听到利爪捏碎脊椎骨的声音,那马挣扎了几下就没了气息——她的挚友死了。

狮子趴在马身上,可怕的眼睛死死盯着柯切尔的脸——她能感受到狮子呼在她脸颊上的热气和那令人作呕的恶臭,他们对视了一眼,随后狮子发出了一声恐吓般的咆哮,对柯切尔而言这似乎是死亡的宣判。

柯切尔从未如此害怕过,从未因遇到狮子而如此害怕过。她屁股旁边放着一把枪,这对人类而言是一种强大的武器,但是用来吓唬她眼前这个庞然大物就显得微不足道了。她心里清楚,这把枪最多只能激怒狮子,所以她打算平静地交出自己的生命。她知道自己只有死路一条,就算有人来施救,也无济于事。她将目光从狮子恐怖的脸上移开,转而向上帝进行最后的祈祷,她不是在祈求救援,因为她知道上帝也救不了她——她只是祈求能死得快点,尽可能不那么痛苦。

没人能预测狮子在紧急情况下会做出什么事来。现在,这头狮子瞪着她,冲她咆哮了一会儿,然后又趴下开始吃马肉了。柯切尔试图将腿从马身下挪出来;但马实在是太沉了,她加大力度,又引起了狮子的注意,狮子抬起头冲她咆哮了几声,她只好停了下来。她多么希望狮子吃饱后会离开这儿,找个地方躺下来休息,但她不敢奢望狮子会给她一条活路，她确信它吃完马肉就一定会来解决她。

狮子继续吃肉，柯切尔的心已经提到了嗓子眼，她很奇怪自己竟然没吓晕过去，想当年她还盼望着能近距离见一见狮子，把它宰了吃呢。老天！今天算是"梦想成真"了。

她又想起了自己的枪，摔下来的时候枪套掉在了附近，所以现在枪应该压在她下面。她慢慢把手伸过去拿枪，却不得不把身体抬起来，这一下彻底激怒了狮子。它迅速越过马匹的残骸，将利爪放在她胸口，把她压在地上，发出可怕的嘶吼和咆哮声。就这样僵持了一会儿，突然从柯切尔身后传来了一个人类的声音，但又有点像野兽的吼叫。

狮子立刻把目光从柯切尔的脸上挪开，抬头看了看她身后的那家伙。它用长长的爪子撕扯柯切尔的腰部，差点把她的衣服拽了下来。

从狮子扑倒柯切尔起，泰山就一直在旁边，目睹了这一切。他早就盯上柯切尔了，狮子攻击她时，泰山的第一想法是由着狮子去吧，不就是个可恶的德国间谍吗？泰山在克劳特的司令部见过她，当时她正在和一帮德国人交谈，接着他又发现她伪装成一个英国军官混在英军队伍里。但是转念一想，毫无疑问，詹·斯马茨将军一定很想见她，一定能从她身上逼问出点对英军有价值的情报来，然后再杀了她。于是泰山决定救她。

泰山不仅认出了柯切尔，还认出了那头狮子。狮子在我们人类看来似乎都长得差不多，但是在熟悉它们的丛林动物看来并非如此。它们各有独特的面部特征、身形特征和步法特征，就像人类也有这些特点一样，通过这些明显的特征能很好地区别它们。除此之外，丛林动物还有一种更有效的区分方式——通过气味来区分。不管人还是野兽,都有自己独特的体味,大多数情况下,对气味格外敏感的丛林动物就是通过体味来识别个体的。

气味是终极证据,这一点已经无数次得到证明——狗先认出你的声音才看你的长相,它记得你的相貌和身材,很好,它不会怀疑自己的判断,但它的测试到此为止了吗?并没有——它一定会凑过来闻闻,因为就算其他所有的感官都出了错,它的嗅觉也不会错,直到通过最后这道测试它才会深信不疑。

泰山认出了这头狮子,这就是他用猪皮捆着拉到德军战壕的那头狮子,而且他知道狮子一定也会认出他来,它一定对长矛戳在身上的疼痛刻骨铭心。泰山希望它还能记得上次的教训。

泰山上前一步用巨猿的语言警告狮子离那个女的远点。虽然狮子不一定能听懂他的话,但它十分清楚泰山棕色右手里紧握着的那支长矛的威力,所以它收回了利爪,咆哮了几声,试图在进攻与逃跑之间做个抉择。

泰山朝着狮子径直走过来,"滚开!"他大吼了一声,"否则我就再用绳子拴着你,什么也不给你吃!看见我的矛了吗?还记得我是怎么把它刺进你的身体里,怎么用矛柄敲你的头的吗?滚吧,狮子!人猿泰山叫你滚!"

狮子皱紧眉头,眼睛眯成了一条缝,它不停地咆哮、嘶吼。泰山拿起长矛冲它刺了过来,它伸出爪子挡了一下又缩了回去。泰山踩在马身上,一步一步地逼退了狮子。柯切尔在一旁看得瞠目结舌。

泰山转身,用标准的德语问柯切尔:"你伤得严重吗?"

"不重,"她回答道,"但我的脚压在马下了,抽不出来。"

"再试试,"泰山用命令的语气说道,"我不知道我还能撑多久。"

柯切尔拼命挣扎了一番,最后还是徒劳无果。

"我没法抽出来!"她对泰山喊道。

泰山慢慢退回马的旁边,曲起身体抓住马肚子——这部分还是完好无损的,一只手就把这家伙掀离了地面,柯切尔终于脱了身,站了起来。

"你还能走吧?"泰山问道。

"能,"她说道,"我腿麻了,但好像没有受伤。"

"那就好,"泰山说道,"慢慢朝后面退,动作不要太明显,依我看它不会主动出击。"

他们小心翼翼地往灌木丛那边退,狮子咆哮着在原地站了一会儿,又慢慢跟上来。泰山揣测着狮子的意图,它是过去吃马肉呢还是来攻击他们俩?如果它冲上来攻击他们,那他和柯切尔必定会有一个被捕获。狮子走到死马的身旁时,泰山停下了脚步,想看看狮子此刻会如何抉择,狮子也跟着停了下来,看了看他们,愤怒地咆哮了几声,又低头看了看诱人的马肉,最后趴在上面继续吃了起来。

柯切尔长舒了一口气,和泰山继续慢慢往后退,时不时瞟一眼看看狮子的举动;最后两人终于退到了丛林里,柯切尔突然一阵头昏眼花,跟跄了几步,要不是泰山扶住她,她就要摔倒了。过了片刻,她就恢复过来了。

她抱歉地说道:"不好意思,我实在是太紧张了。我刚才差点死了,不过现在没事了,幸亏你救了我,我该怎么谢你才好?你真是太厉害了——你看起来一点也不怕狮子,它倒是有点怕你,你到底是谁?"

"它知道我是谁,"泰山冷冷地说道,"这就是它为什么怕我的原因。"

他们面对面地站着,这是泰山第一次正儿八经地近距离看她,她真的很漂亮——这一点不可否认；但泰山只是下意识地觉得她长得好看而已，表面的光鲜掩盖不了她罪恶丑陋的灵魂。她是德国人，德国间谍。他恨这个女人，一心想着了结她，但他要选择对敌军最不利的方式来了结她。

泰山看到了她裸露出的皮肤，她胸口的衣服被狮子撕破了，挂在她柔软白皙的胸前的一个小物件露了出来，泰山的脸上瞬间露出了惊讶和愤怒的表情——那是他从小戴到大的镶钻金盒吊坠——施耐德从他妻子脖子上偷走的象征他们爱情的物件。

柯切尔察觉到了泰山的不快，但并不知道原因。

泰山一把抓住她，"你从哪儿得来的？"他扯着她胸前的吊坠质问道。

柯切尔尖叫起来："拿开你的脏手！"

但泰山根本没心思管她说什么，反倒抓得更紧了。

"回答我！"泰山厉声说道，"你从哪儿得来的？"

"关你什么事？"她反问道。

泰山愤怒地回答道："这是我的东西，告诉我是谁给你的，不然就送你去喂狮子。"

"你不会这么干吧？"她问道。

"为什么不会？"泰山质问道，"你是个间谍，间谍一旦被逮着就得死。"

"所以你会杀了我？"

"我本来打算带你去英军司令部，那儿的人会处置你，但狮子也能办到，所以，你愿意选择哪种死法？"

"弗里茨·施耐德上尉给我的。"她只得说实话。

泰山说："好，你选了英军司令部，跟我走吧。"柯切尔只好跟在他后面走，边走边想该怎么脱身。他们正往东走，这正合她

062

的意,一路上有泰山为她保驾护航,实在是件幸事。但此刻她想得更多的是如何利用腰里挂的枪逃生。他居然忘了缴她的械,他一定会为此懊悔不已的。

"你怎么知道我是间谍?"柯切尔沉默了很久又开口说话了。

"我在德军司令部见过你,"泰山回答道,"接着我又在英军队伍里发现了你。"

她绝不能让泰山带她去英军司令部,她必须干掉他,即使动枪也在所不惜。她斜眼看了一下这个大个子,他可真伟岸!但如今他是个野兽,不干掉他就只能被他干掉,或者被他交给别人干掉。另外,她必须把这个金盒吊坠还回去——必须将它交到威廉斯塔。此刻泰山离她只有一两英尺的距离,她小心翼翼地摸了下手枪,一枪就能干掉他,距离这么近,不可能打不中。她把枪掏出来,又看了看泰山,他真是个完美的男人,皮肤光滑,肌肉健硕,身材匀称,就算是古代骄傲的君主见了也会心生嫉妒。她为自己的谋划感到羞耻,一股罪恶感不由得向她袭来。不,她做不到——但是,她必须获得自由,必须重新拿到那个金盒吊坠。她终于下定决心,闭着眼睛举起了枪,用枪托重重地朝泰山的后脑勺砸去,泰山便像公牛一般倒在了路上。

Chapter 6

复仇与宽恕

一小时以后,一头豹子在捕食的时候无意间朝天空望了一眼,顿时被秃鹫吸引了注意力。这只秃鹫在一英里开外的灌木丛上空上下盘旋。有一分钟时间,豹子死死盯着这只令人毛骨悚然的大鸟。它知道,秃鹫上下盘旋必有不祥之兆,这一点它很清楚,我们人类对此却可能一无所知。

豹子猜测秃鹫下方一定有活物,要么是野兽正在咬噬的猎物,要么是秃鹫不敢攻击的垂死的动物。不管哪种情况都意味着它有肉可吃。所以,它小心翼翼地迂回朝目标靠近,厚厚的脚掌没发出一点声音。快要靠近秃鹫和它的猎物的时候,嗅着西风传来的味道,豹子敏锐的嗅觉告诉它,目标是人,或者说是巨猿。

豹子停住了。它不想捕杀人类。它现在年富力强,精力正旺,从前它一直躲避人类这种令人憎恶的生物,但是后来很多士兵通过它的狩猎领地,它开始慢慢习惯人类了。士兵的到来吓走了很多它惯常捕猎的动物，结果是豹子挨饿了，日子变得不好过了。

秃鹫上下盘旋，这意味着巨猿孤立无援，濒临死亡，否则秃鹫不会对他感兴趣。这对豹子来说是最容易下手的猎物。想到这，它又开始朝前走，穿过茂密的灌木丛，看到一只几乎全裸的巨猿面朝下趴在地上。

狮子从柯切尔的马匹的尸体上直起身来，抓着它的脖子，把吃了一半的尸体拖到灌木丛，然后朝东边的洞穴走去，它的母狮子还在那等它呢。因为吃得太饱，它只想睡觉，不想再打斗。它威风凛凛地慢慢踱步，完全不用偷偷摸摸、屏声静气。森林之王出行，无所畏惧。

它沿着一条窄窄的小路走着，不时东看看西看看，突然它停下脚步，它发现一头豹子正偷偷地朝趴在地上的全裸的巨猿爬过去。狮子盯着地上那一动不动的东西看了半天。它认出来了，这正是它的泰山。狮子发出一声低沉的吼叫警告豹子，此时豹子正把爪子搭在泰山的后背，它停下来回头看谁是入侵者。

这些野性的动物此时在想些什么？谁知道呢。豹子似乎想要捍卫它的发现，因为它发出恐怖的吼叫，想要把狮子吓走。狮子呢？财产权的想法是否占据了它的头脑？泰山是属于它的，或者说它是属于泰山的。难道不是人猿泰山掌控了它，征服了它吗？难道不是泰山给它食物吗？狮子回忆着泰山无情的长矛和它对泰山的恐惧之情。但是在动物的头脑里，恐惧带来的不是憎恶而是尊敬。狮子发现，它尊敬这个征服和掌控了它的动物。它轻蔑地看着豹子，这家伙居然敢在狮王头上动土。嫉妒和贪婪足以成为狮子驱赶豹子的动力。尽管此时它还很饱，吃不下这头豹子的肉，但是，在这庞然大物的小小的脑袋里迸发出来一种忠诚感，正是这种情感让它朝豹子发出警告。

豹子拱着脊背，满面怒容地跟狮子对峙着，好像它才是丛林之王。

狮子本来不想打架，但看到豹子居然敢挑战它百兽之王的权威，不禁怒火燃烧。它怒目而视，尾巴竖直，声声嘶吼，准备来教训它这放肆的臣民。

这一切都来得太突然，距离又是如此之近，豹子没有机会转身逃脱，所以它决定以牙还牙。但是胜利的天平完全不朝它倾斜，它的对手牙齿比它更锋利，爪子比它更尖利，力气比它更大。第一个回合的较量中豹子就败下阵来。虽然它故意倒下，想用有力的后腿来袭击狮子的胸部，但是狮子先发制人，扼住了豹子的喉咙。

对决很快就结束了，狮子站起来，抖了抖身子，傲视着被它撕得粉碎的对手。它自己也受伤了，皮毛受损，鲜血直流。虽然只是一点小伤，它还是非常恼怒。它瞪着豹子的尸体，一阵狂怒，抓起尸体又扔下来，发出可怕的嚎叫。它又转身走向泰山，从头到脚仔细地把他的身体嗅了一遍，然后一把把泰山翻了过来，用它的舌头细细地舔泰山的脸。这时，泰山睁开了眼睛。

泰山看到他头顶是一头巨狮，狮子的气息直扑他的脸，舌头舔着他的面颊。泰山曾数次与死神近在咫尺，但从来没有如此之近过，他思忖着，死亡离他只有一步之遥了。他的脑袋受到了重击，反应还有些迟钝，所以这一瞬间他还没有认出站在他面前的狮子就是他最近一直打交道的那头狮子。

但是片刻之后，他马上认出了这头狮子。他觉得非常震惊，狮子并没有打算吃掉他，至少不是马上打算吃掉他。它的姿势看上去很温柔。它叉着两条前腿站在泰山面前。泰山没法站起来，所以他没法把狮子推开，他也不知道推开狮子会不会让它生气，也许这野兽认为他已经死了,任何表明他还活着的动作都非常有可能激起它吃人的本能。

狮子还是叉着两条前腿站在泰山面前,但是泰山已经厌倦了这种局面。他再也不愿意躺在这儿了,一想到那个企图干掉他的女间谍已经逃得无影无踪了,他就又气又急。

狮子盯着他的眼睛看,确定他还活着,随即低下头发出一声低吼。泰山熟悉这种声调,他知道这既不表示愤怒,也不表示饥饿。受这低吼的鼓励,他决定冒险一试。

"走开!"他命令道,然后把手放到狮子的肩膀上推开了它。泰山站了起来,同时把一只手放到猎刀上,准备应付有可能发生的袭击。突然,他发现了豹子的尸体,他把目光移到狮子身上,当他看到狮子身上的伤时,他一下子明白了,是这头狮子把他从豹子手里救了下来。

这简直令人难以置信,但眼前的事实证明了一切。他走到狮子身边,检查它的伤口,还好都是皮外伤。当泰山跪下来靠着狮子的时候,狮子用它的耳朵在泰山裸露的肩头轻轻蹭着。泰山站起来,拍拍狮子的脑袋,捡起长矛,开始寻找女间谍逃跑的踪迹。很快他发现她应该朝东逃走了。他摸了摸脖子,上面挂着的金盒吊坠不见了。

泰山咬紧牙关,除此之外我们在他脸上看不出任何愤怒的表情。他懊恼地摸了摸后脑勺,那儿的肿块正是被女间谍击打的。不一会儿,他脸上浮起一丝笑意。他不得不承认,他被她整得够呛,她也一定是鼓起极大的勇气才敢只带着一把手枪就穿越人迹罕至的荒野,翻过丛山往威廉斯塔赶路。

泰山很欣赏勇气。他足够强大,敢于承认和欣赏敌人的勇气,哪怕这敌人是个德军间谍。但是他知道,从这件事更可看出她的足智多谋，这也让她更危险，因此除掉她是当务之急。他希望在她到达威廉斯塔之前赶上她，所以他以他能控制的最快而又不至于特别累的速度不停赶路。

那女间谍希望两天之内步行到达镇上，这好像不太可能，因为路程足足有三十英里，而且一部分是山路。泰山正这么想着，就听到了火车的呼啸声，他明白了，火车在经历了几天的停运后又开始运行了。如果火车是朝南开的，女孩又走对了方向的话，她可以给火车发信号。他敏锐地听到火车开始刹车的声音，过了几分钟，刹车信号响起来了。火车停了一会儿又启动了。泰山从声音的方向判断出火车应该是朝南开的。

泰山顺着小路朝铁路走，火车突然在西边停住了，这说明女间谍已经如同他预想的那样上火车了。现在别无他法，只有追到威廉斯塔去，他希望在那儿找到弗里茨·施耐德和女间谍，重新找回他的镶钻金盒吊坠。

泰山到威廉斯塔的时候天已经黑了。他在镇边慢慢踱步，想找一个好的方位进入小镇，要知道一个全裸的白人要不引人怀疑地进入小镇可不是件容易的事。小镇到处是士兵，他能看到离他不足一百码的地方有个哨兵在四处巡视。要想躲过这个哨兵并不难，但是要想进入小镇并四处寻找他的目标简直就不太可能，不管他穿衣服还是不穿衣服。

泰山利用每一个掩体匍匐前进，如果哨兵的脸转向他这边，他就平躺在地上一动不动。终于他爬到了一排房子的附近。他在房子间悄悄走来走去，突然被一只蹲在平房后面的大狗发现了。那狗咆哮着慢慢逼近他。泰山一动不动地站在一棵树边上。他看到平房里透出光来，里面有穿军装的人来回走动，他祈祷狗不要大叫以免招来人。正在这时,平房的后门开了,一个人走了出来。狗一下子朝泰山扑了过来。

这狗非常大,差不多有鬣狗那么大。它凶猛地扑了过来,那狠劲不亚于一头狮子。泰山一下子蹲下来,它扑了个空。泰山可不是普通的人类,还没等它近身,一双铁腕就一下子扼住了它的喉咙,它惊叫了一声就断气了。泰山站起身来,把狗扔到一边去。就在这时,门内有人喊:"辛巴!"

那人喊了几声不见动静,便朝树这边走过来。就着从门口透出的灯光,泰山发现他是个大高个,肩膀很宽,穿着德军军官服。泰山赶紧缩回阴影里。那人越走越近,还在叫着辛巴,当他走到离泰山不足十英尺的地方时,泰山一跃而起,把他扑倒在地,扼住他的喉咙。他挣扎了半天,一声也没喊出来就毙命了。

泰山看着地上的两具猎物,觉得很遗憾的是他不能大叫一声庆祝他的胜利。看到德军军官的制服,他突然想到一个好主意,可以让他不被察觉地在镇子里自由穿行。十分钟以后,一个高个宽肩膀的军官从平房的院子里走了出来,身后是两具尸体:一条狗和一个全裸的人。

泰山在街上大摇大摆地走着,经过他的人谁也不会想到在这庄重的德军制服下面跳动的是一颗对德军充满不共戴天的仇恨的心。泰山最关心的事是找到旅馆的位置,因为他猜测那女孩就住在这里。那女孩肯定是弗里茨·施耐德的同伙或者情人,或者是同伙兼情人。泰山最珍视的金盒吊坠一定在他们手里。

最后他终于找到旅馆了,是一栋低矮的带阳台的两层小楼。

两层房间里都能看到灯光,住在里面的大多数是军官。泰山思忖着要不要进去问问他要找的人在哪。但转念一想,他决定还是先侦查一下情况再说。他在小楼外转了一圈,仔细查看了一楼每个亮灯的房间,没看到他要找的人。他又轻轻跃上二楼的阳台,从窗户外查看了一圈。

泰山注意到二楼拐角处的一个房间的窗帘拉上了,但里面有说话声,窗帘后能看到一个人影影绰绰的侧影,似乎是个女人的影子,但影子一下子不见了,他没法确认是不是柯切尔。泰山靠近窗户继续听。是的,屋里是有一个女人和一个男人,泰山能清楚地听到他们的说话声,但听不清说的是什么,他们好像在讲悄悄话。

旁边的房间没有灯光。泰山推了推窗户,发现没上锁,屋里静悄悄的。泰山一条腿跨过窗台,跳进屋里。他四处扫视了一遍,屋子是空的,他又走到门口,打开房门朝走廊看了看,外面也没人。于是泰山走出房,朝刚才男人和女人说话的那个房间靠近。

他把耳朵贴在门上仔细听,这回他听出他们说什么了,因为他们提高了嗓门,好像是在吵架。女的说话了。

"我把那个吊坠带来了,"她说,"这是你和克劳特将军约定的,以此作为我的身份证明。我没有其他凭证,这就足够了。你不用做别的什么,把文件给我,让我走。"

男人回答的声音很小,泰山听不清他说什么,一会儿,女人又开口了,声音中能听出嘲笑的口吻和一丝恐惧。

"施耐德先生,请你放尊重些。"过了一会儿,她又说,"别碰我,把你的手拿开!"

就在这时,泰山推门而入。他看到一个德军军官,个子魁梧,短粗脖子,手臂跟柯切尔的腰一样粗,他一只手按着柯切尔的前额,正要强吻她。柯切尔挣扎着,但没有用。男人的嘴唇离她的嘴唇越来越近。

施耐德听到开门和关门的声音,于是转过身来。他看到这个从没见过的军官,就放下柯切尔走了过来,厉声说道:"中尉(他从肩章中看出了来人的军衔),你这样擅自闯入是什么意思?立刻给我离开这里。"

泰山没有回答他,但这两个人听到一声低吼,这一声低吼吓得女孩浑身发抖,男人也吓得面色苍白,赶紧伸手去掏手枪。但他的枪被泰山一把夺过来,扔到窗户后面的院子里去了。泰山靠着门,慢慢脱掉军官制服。

"你是施耐德上尉吧?"泰山冷冷地问道。

"那又怎么样?"施耐德低声吼道。

"我是人猿泰山,现在你知道我为什么闯进来了吧?"

这两个人看到他脱掉上衣,扔在地上,又脱掉外裤,只剩下内裤。这回,柯切尔也认出他了。

"别想动你的枪。"泰山警告她,柯切尔把手放下了,泰山命令道,"过来!"

柯切尔走过来,泰山夺下她的枪,也扔到窗外去了。泰山注意到,他说到自己名字的时候,施耐德脸色苍白。他终于找到真正的凶手了,他终于可以为他的爱人报仇了,但即使他把施耐德杀了,他也不能完全报他的杀妻之仇。生命如此短暂,该死的德国人太多,杀都杀不完。

"你想怎么样?"施耐德强装镇定。

"你必须为在自己瓦兹瑞犯下的罪行付出代价。"泰山冷冷地回答道。

施耐德气势汹汹地威胁泰山。泰山取下房门的钥匙扔到窗外,然后转身对柯切尔说:"你离这远一点,泰山要杀人了。"

施耐德不敢威胁了,又开始哭着向泰山哀求:"我有妻子和孩子,我什么也没干啊。我——"

"你这种人实在是该死,满嘴谎言,双手沾满鲜血。"泰山说着便朝施耐德走过去,这家伙又高又壮,个头跟泰山差不多高,但比泰山更壮。当他发现威胁和哀求都无济于事的时候,他决定如同困兽一般拼死一搏了。在生死关头,很多动物都具备这种凶狠、狡诈和疯狂的本性。

他低头朝泰山扑过去,两人在地上扭打成一团。他们纠缠了好一会儿,最终泰山把施耐德压倒在一张桌子上制服了他。桌子被两人压得粉碎,倒在地上。

柯切尔瞪大了双眼看着两人在屋里搏斗,只见两人在地上滚来滚去,她听到泰山发出令人恐惧的低吼。施耐德试图扼住泰山的喉咙,泰山则试图咬施耐德的喉咙,这简直太让人害怕了!

施耐德也意识到了情势危险,所以他拼命想要逃脱。他挣脱泰山,跳起来朝窗户边跑,但是泰山比他更快,在他跳过窗台之前一把抓住他的肩膀把他拽回房间扔到墙边。他们又开始厮打,施耐德尖声呼叫:"卡迈德,卡迈德!"

泰山扼住他的脖子,把他死死摁在墙壁上,然后拿出猎刀,用刀尖指着他的腹部。施耐德吓得双腿颤抖。

"你就是这么杀死我妻子的,"泰山嘶哑地吼道,声音听起来让人胆寒,"你也得这么死!"

柯切尔哆哆嗦嗦地走过来。"噢,天哪,不要!"她哭喊道,"不要这样。你是个大英雄,你不能像他一样野蛮!"

泰山转头对她说:"是的,你是对的,我不能这么干——我跟德国人绝对是两样的。"说着他把刀尖往上挪了一点,一刀扎进施耐德肮脏的心脏,施耐德临死前还在大叫:"不是我干的!她没——"

然后,泰山转向柯切尔,伸出手说:"把吊坠还给我。"

柯切尔指着死去的施耐德说:"在他那儿。"泰山在他身上翻了一遍,找到了吊坠。"现在你应该给我文件了。"他对柯切尔说。柯切尔一言不发,把一个折起来的文件递给了他。泰山盯着她看了半天,才又开口说话了。

"我来这儿也是为了找你。"泰山说,"要把你从这儿带回去是很困难的,所以我本想杀了你,我已经发誓要杀掉所有像你这样的德国人;但是刚才你说我跟这些杀害女性的畜生不一样。我不能用他杀害我妻子的方法杀他,我也不能杀你,因为你是女人。"

泰山跳上窗台,抬起窗锁,一瞬间便消失在夜色里。柯切尔快步走到地上的尸体边,把手伸进外套,掏出一小沓文件,塞进自己的腰里,然后跑到窗口大声呼救。

Chapter 7
复仇之后

泰山觉得自己很恶心。他已经抓住了德军间谍柯切尔,控制住了她,却让她毫发无损地离开了。是的,他是杀死了施耐德上尉,戈斯也是死在他手里,他已经报复了那些在他的家里烧杀抢掠的德国人。还有一个德国军官也该受到惩罚,但是泰山找不到他,这人就是奥本格兹中尉。他打听了很久,最后终于了解到这个人被派去执行秘密任务,有可能还在非洲,也有可能回了欧洲,具体情况泰山不得而知。

他居然允许自己心慈手软,在威廉斯塔的旅馆轻易放过柯切尔,一想到这一点,泰山就觉得满心痛楚。他为自己的脆弱感到羞耻。他把文件交给英军统帅,尽管文件里的情报让英军成功挫败了德军的侧翼袭击,但他还是对自己感到深深的失望。他失望的根源是他意识到,如果他以后遇到跟那天在威廉斯塔旅馆相同的情况,他还是没法下手杀一个女人。

泰山深知这种软弱是受到文明社会的影响。作为野蛮人，他内心深处瞧不起文明以及代表文明的人，不管男人还是女人。他总在心里把文明人类的软弱、虚荣、伪善、道德败坏和他的丛林伙伴的开放、原始的生活方式相比较，把在这里打仗的白人和他所爱的白人朋友相比较。

泰山从小由野兽抚养长大，因此在交朋友方面反应迟钝。他认识的人数以百计，但成为朋友的却寥寥无几。他愿意为这几个朋友而死，同样，他们也愿意为他而死。但他们中没有一个在东非英军部队作战。泰山对人类在战争中表现出的残忍和冷酷感到恶心，他也知道德军正在逃跑，东非的战争马上要结束，他再继续帮助英军作用也不大了，于是，他决定回到从小生活的西海岸丛林。

泰山从没有宣誓要效忠国王，因此他没有义务留在这儿，离开时也没有道德上的负罪感。他悄无声息地离开了英军军营，就像几个月前他悄无声息地来这儿一样。

泰山不止一次回到原始生活状态，然后又由于对妻子的爱而一次次返回文明世界。现在，他的妻子死了，他觉得这一次他可以决然离开人类世界的纠缠，从此以动物的身份生活在野蛮世界里，一直到死。

现在，他要重返他曾经生活的原始丛林，必须经过一片从来没有人走过的极其原始的荒野之地。毫无疑问，他会是第一个踏足这片土地的人类。但这并不能阻碍泰山的步伐，这甚至是一种敦促和诱导。在他的血液中流淌着一股激情，正是有了这种激情才让地球上的大部分土地变成了适合人类居住的地方。

食物和水源是普通人在做野外旅行的时候首先要考虑的问题，但泰山完全不用考虑。他在丛林中长大，在野外觅食觅水对他来说就像呼吸一样是天生的能力。像其他丛林动物一样，他可以在很远的地方闻到水源的位置。在你我这样的普通人会渴死的地方，泰山会准确无误地找到合适的点并挖出水来。

泰山刚出发的那几天一切都很顺利，经过的地方猎物很多，水源也充足。他慢慢走着，不时停下来狩猎和打鱼，有时还跟其他的动物聊天或者争吵。这会儿一只猴子正在用猿语跟泰山斗嘴，片刻后它又告诉泰山，一条大蛇正盘踞在前面的草丛里。泰山向它打听巨猿的情况，它告诉泰山，这片丛林里巨猿很少，而且这个季节巨猿也都到北方去狩猎了。

"但是这里有大猩猩，"猴子说，"你愿意见见大猩猩吗？"

猴子的语调带点嘲讽，泰山明白这是因为它知道所有的动物都惧怕大猩猩。泰山挺挺胸脯，握着拳头把胸脯敲得"砰砰"直响，"我是泰山，泰山小的时候就收拾过大猩猩。泰山要找的是巨猿，不是大猩猩，巨猿才是他的兄弟，所以让大猩猩滚开吧。"

猴子被打动了，丛林的法则就是展示实力让对方信服。现在它心悦诚服地告诉泰山关于巨猿的事情。

"它们往那儿、那儿、那儿去了。"猴子边说边伸出长臂，先朝北，再朝西，再朝南指去。它指着正西方说："那边的猎物很多，但是到那里必须经过一大片没有食物没有水源的地方，所以它们必须这么走。"说着它用胳膊画了一个半圆，告诉泰山这些巨猿必须绕一大圈才能到达西边的狩猎点。

这正是巨猿的特点，它们很懒散，也不介意行进缓慢，但对泰山来说，直路是最佳选择。他决定穿过这片无水无食物的区域，直接到达狩猎地，这样可以节约三分之二的时间。于是他朝西边继续前进，穿过了几座低矮的山，看到一片宽广的平原，平原上稀稀拉拉地有些寸草不生的岩石。他往远处看，发现还有几座山，他估计那边就是巨猿的狩猎地。他可以在那里与它们会合，停留一段时间，然后继续前进，朝海边走，回到他父亲在丛林边的港口搭建的小屋子。

泰山有很多计划。他想修缮和扩建他从小居住的小屋子，建一些储藏室，这样巨猿可以在食物充足的时候把食物储存起来以备缺粮时用。这可是巨猿从来想不到的事情。这样他的部落就可以一直住在这里，他也可以和过去一样当部落之王。他可以教它们一些他从人类那里学来的本事。当然他也知道除了他，别的巨猿都很难学会这些，他担心他的努力都会白费。

泰山发现他现在穿越的这片荒地极其荒凉，他从没遇到过这么荒凉的地方。平原时不时被峡谷阻断，穿过峡谷得花好几个小时的时间，累得让人筋疲力尽。植物非常稀疏，颜色也非常黯淡，让人绝望。目力所及之处都是巨石，到处是灰尘，天上一丝云彩也没有，太阳火辣辣地直射下来。

一整天时间泰山都在这片可恶的土地上跋涉，太阳下山了，可是远处的山似乎并不比他早上看到的时候离他更近。除了秃鹫，泰山没有看到任何生物的痕迹，这只昭示厄运的鸟从他一踏进这片荒地时就一直跟着他。

泰山连只最小的甲壳虫都没吃着，这说明这里真的是毫无生命气息。晚上躺下来休息的时候，泰山又饿又累。他决定趁晚间凉快赶快赶路。他意识到，强大的泰山也会有做不到的事情，没有食物，没有水源，有再厉害的丛林生存本事也无济于事。在泰山深爱的非洲，他还是第一次发现这么荒凉这么可怕的地方，这对他来说是完全没有经历过的。撒哈拉沙漠都有绿洲，但这片可怕的土地简直没有任何生存的余地。

但是，泰山并不担心，他相信自己可以走出去，走到猴子指给他的那片希望之地。当然,那会儿他肯定皮肤干裂,肚子空空。他一直走到天亮才觉得累了,决定休息一下。这时他正在峡谷的边缘,这是他通过的第八个峡谷,跟前边七个一样陡峭险峻,就算一个人再强壮,再不知疲倦,食物和水的供应再充沛,他也会被累得筋疲力尽。当泰山朝下看到万丈深渊,朝前看到无尽的山峰时,他第一次感到不安和担心。

他并不怕死,他时刻想念着刚刚死去的爱人,恨不得去与她相伴。但同时,他又有着强烈的求生的本能,正是这种本能让他成为一个强有力的斗士,与命运之神斗争到最后一刻。除非有神秘的不可抗拒的力量,否则他绝不会放弃。

泰山的身边慢慢出现一片阴影,抬头一看,他发现秃鹫正在他头顶盘旋。这阴郁可怕又穷追不舍的邪恶之鸟重新唤起了泰山的意志。他站起来朝峡谷边走去,边走边抬头对着秃鹫大声吼叫,以示威胁。

"我是泰山,"他叫道,"我是丛林之王。人猿泰山绝不是秃鹫的口中食,滚到鬣狗的洞穴去吧,那里有腐肉可吃,泰山可绝不会给你一根骨头啃的。"

但是,在泰山到达峡谷底部之前,他不得不承认,他的力气已经耗尽,看着面前不得不攀爬的崖壁,他不禁咬牙切齿,低声吼叫。他在崖底的阴凉处休息了一个小时,周围静寂无声,简直静得像是在墓地。没有飞鸟,没有嗡嗡叫的昆虫,没有爬来爬去的小动物,处处都是死一般的静寂。这真是名副其实的死亡之谷。他深深感受到可怕的环境对他的影响。但他还是挣扎着站起来,像狮子一般抖擞精神,难道他不是泰山,无敌的人猿泰山吗?是的,除非他心脏停止跳动,他永远是无敌的泰山!

当他经过谷底时,他看到紧挨着崖壁的地上有个东西,这东西跟周围的环境形成了鲜明的对比,又像是一个舞台的绝佳背景,极好地衬托出男主角的表演。同时,好似烘托气氛一样,毒辣的太阳直射崖壁,让地上的东西越发显眼。

泰山走近一看,原来那是一副人类的头盖骨和骸骨,还有些残存的衣物和装备。他查看了一番,不禁陷入思索:很久以前这里到底发生过什么可怕的事情?他想了很久,都快忘掉他自己的困境了。

骸骨保存完好,这说明除了腐肉被秃鹫吃了,其他的部分都完好无缺。散落的装备说明它们出现在这里已经很久了。这里没有霜,雨水特别少,所以骸骨没有散架。除了自然之力这儿不可能有其他外力来破坏骸骨。

骸骨旁边是一个铜头盔,一个锈损的铁制铠甲,铠甲一边挂着一把长剑,另一边是古旧的火绳枪。死去的人应该是个大个子,力大无比,活力十足。泰山确信这一点,因为若不是如此,他不可能凭着这么笨重的武器克服重重危险深入到非洲的腹地。

泰山对这位无名探险者产生了深深的敬意。这个人是多么勇猛无畏,他经历了多少次荣耀无比的战斗,在他身上发生了多少传奇精彩的故事。泰山蹲下来检查骸骨四周的衣物。皮制的部分都被秃鹫吃掉了。没看到靴子(如果他穿着靴子的话)。地上散落的扣子表明他的大部分衣物都是皮制的。在他手部骸骨下有一个金属圆筒,长约八英寸,直径两英寸。泰山捡起圆筒,他发现圆筒有一层厚厚的油漆,使它能够经历几个世纪时间的侵蚀依然完好无损。

泰山仔细检查这个圆筒,他发现圆筒的一头有个盖子,轻轻一拧,盖子就开了,里面有一卷羊皮纸,泰山展开一看,羊皮纸上的字迹已经发黄,但看得出字很漂亮;他猜测这可能是西班牙语,但字迹模糊已无法认清。最后一张纸上画着一幅草图，上面有很多标记，但泰山看不出是什么意思。泰山又检查了一下这些羊皮纸，就把它们放回圆筒，盖上盖子，打算把它扔到地上去。这时泰山还是觉得他的好奇心没有得到满足，他不禁把手伸向箭袋拔出箭来，他仿佛觉得这么做，他身边的这堆白骨可以感知到他的存在似的。

然后，泰山扫视了一眼骸骨，跟他告别，继续开始攀爬崖壁。他拖着虚弱的身体爬得很慢，不时停下来休息。他一次次地因为体力衰竭而往下滑落，如果不是运气好，他就要掉到谷底去了。他不知道时间过去了多久，最后他终于艰难无比地到达崖顶，躺倒在崖边，累得气喘吁吁，筋疲力尽，连一英寸都不愿意再挪动了。

最后，他终于站了起来，他头一次感觉到他必须用力才能迈开步子。但此时泰山不屈不挠的精神依然不减，尽管步履艰难，他依然挺起背，昂起头，继续为生存而奋斗。他扫视了一眼，前方不远处又是一道峡谷，又是一样的困境。西边的山脉如此之迫近，仿佛在阳光下跳舞，嘲讽筋疲力尽的泰山不可能征服它们了。

泰山知道，越过这道峡谷就是猴子说的狩猎圣地了。但是，即使没有这道峡谷，泰山也没有力气去翻越一座矮小的山头了。翻越峡谷简直毫无希望。秃鹫依然在他头顶盘旋，而且越来越低，它好像从泰山蹒跚的脚步看出来泰山已经濒临崩溃。泰山嘴唇干裂，可是还是咆哮着表明自己决不屈服。

泰山慢慢朝前挪步，走一英里算一英里。支撑他前进的完全是意志的力量：意志薄弱的人只有躺下等死，唯有毅力可以支撑疲惫的肌肉。到最后，他完全是机械地朝前迈步，他摇摇晃晃地往前走，脑子里只有一个模糊的意识——走，走，走！前面的山脉好似只是隐隐约约地存在，有时他几乎忘了这是山，他迷迷糊糊地想,他为什么要经历这么多磨难,要这么拼命地去征服这些该死的山。现在他痛恨这些山,他精神恍惚,出现了幻觉,好像这些山都是德国的山,这些山杀死了他的某个亲人,但他又想不起是哪一个,他决定要杀死这些山。

这念头越来越强烈,好像重新给了他力量,使他振作起来。因此,有那么一会儿,他走路不再摇摇晃晃了,迈着坚实的步子坚定地往前走着。但是,没过一会儿他就摔倒了,他想站起来,却无法做到,他的力气已经耗尽了,只能手脚并用朝前爬一阵又趴下来休息。

这样的情况反复了几次,其间他听到秃鹫在他头顶上扇着翅膀发出"啪嗒啪嗒"的声音。借着仅存的一点儿力气,他翻过身来看到秃鹫在低空盘旋。这个景象让泰山清醒了。

"难道我死期将至?"他暗暗想着,"秃鹫是不是知道我马上要死了,所以才敢飞得这么低,停在我的将死之身上?"想到这儿,他肿胀的嘴唇边浮起一丝阴郁的笑容——有办法了——他意识到这可能就是陷入绝境的野兽的智慧。泰山用胳膊挡住眼睛以免被秃鹫啄到,然后闭上眼睛平静地躺着,等待将要发生的一切。

躺在地上很舒服,因为太阳被云彩遮住了,而且泰山也太累了。他担心自己会睡着,他知道,一旦他睡着就再也醒不了了。因此,他集中一切力量不让自己睡着。秃鹫在头顶盘旋,从它的角度看,泰山一动不动,连一块儿肌肉都没有动,这说明最后的时刻到了,它终于可以饱餐一顿了,也不枉费它辛苦追踪了这么长时间。

秃鹫慢慢盘旋着,一点一点接近地上的将死之人。为什么泰山不动了?他真的疲惫至极了吗?或者秃鹫的观察是对的——死神最终还是降临到了这个强大的躯体头上?那颗伟大的、野性的心脏终于停止了跳动?这简直不可想象。

秃鹫满心疑虑，继续谨慎地在上空盘旋。有两次它几乎要碰到泰山的身体，马上又飞走了。第三次飞下来的时候，它的爪子碰到了泰山的皮肤。这轻轻的接触好像电流一样击中了一动不动躺在地上的泰山，他飞快地伸出手，还没等秃鹫扇动翅膀就一把抓住了它。秃鹫没有吃到泰山，反而成了泰山的猎物。

秃鹫拼命挣扎，但它不是泰山的对手，哪怕泰山已经气若游丝。秃鹫成了泰山的食物。秃鹫的肉又粗又硬，而且散发出一股难闻的气味，味道实在是太糟糕了。但毕竟肉可以饱腹，血可以止渴，泰山快要饿死渴死了，已经顾不得那么多了。

秃鹫之战以泰山胜利而告终。

尽管泰山身体虚弱，但他还是管得住自己的食欲，他吃得很节制，只吃了一点，剩下来的都存起来。然后，他觉得现在已经安全了，就躺下来睡觉休息。

下雨了，雨点"啪啪"地打在泰山的身上，惊醒了他。他赶紧用手来接这珍贵的雨滴，送到干涸的喉咙。他一次只能接住一点点，但是这已经非常好了。秃鹫的肉和血、雨水、睡眠，这一切让他精神振作，他浑身又充满了力量。

现在他又看到山了，它们就近在眼前。尽管这会儿太阳还没出来，但整个世界看上去都是光辉灿烂的。泰山知道他得救了。想吃掉他的秃鹫，还有天赐的甘霖，在他濒临死亡的最后一刻挽救了他。

泰山又吃了几口难吃的秃鹫肉，然后以从前的气势站了起来，迈着坚定的步子朝面前的山走去。在他到达山脚之前，天已经黑了，但他还是不停地走，一直走到山脚才停下来休息。他打算休息一整晚，天亮以后爬山会更容易些。雨已经停了，但天空依旧阴云密布，四周一片黑暗，连泰山这么敏锐的视力也看不了几尺

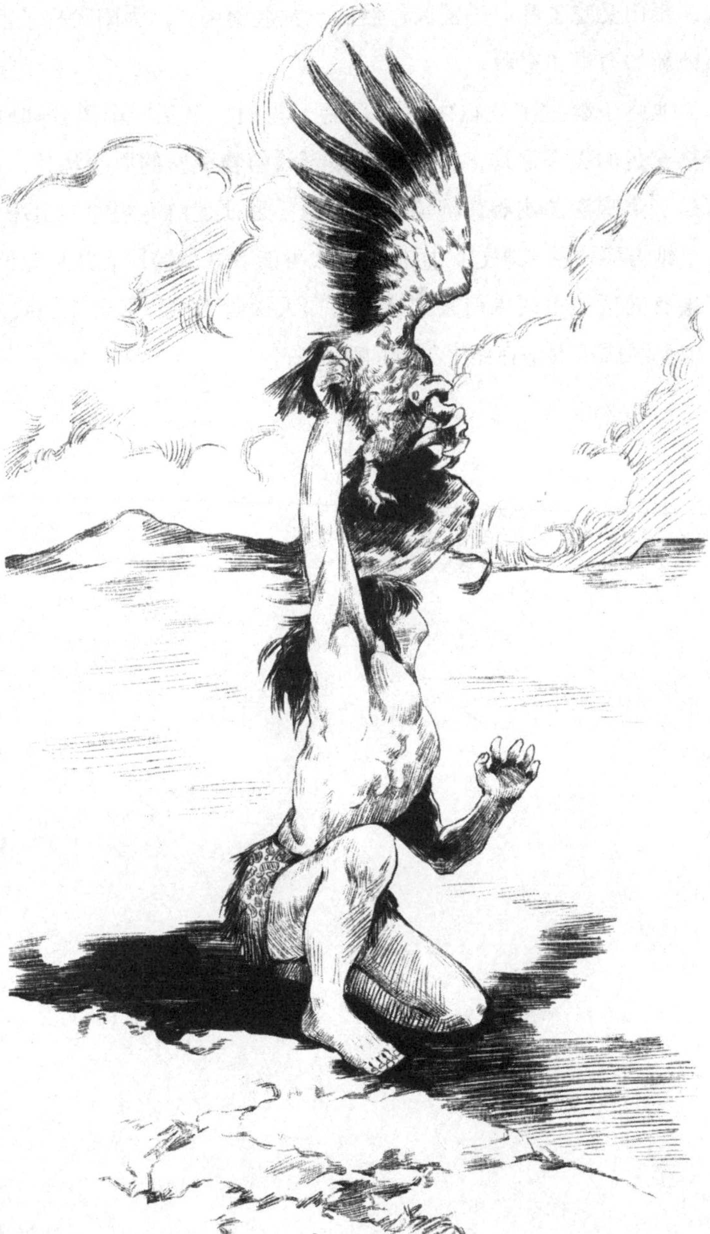

远。泰山又吃了几口秃鹫肉，然后一觉睡到天亮。太阳唤醒了他，给他新的力量和慰藉。

　　他终于翻过了死亡之谷的最后一座山，来到一个风景如画、猎物充足的美好之地。在他脚下是一片植物茂密的原始丛林，中间是一道深深的山谷，河流绵延不绝，远处是白雪皑皑的山峰。这个地方泰山从未来过，而且也不太可能有其他的白人踏足此处。如果有的话，很久以前来到这里的白人探险者可以算一个，只不过他已经成了泰山在路上见到的那堆白骨。

Chapter 8
泰山与巨猿

　　泰山花了三天在此休息调整,恢复体力。这几天他都靠吃水果、坚果和最易猎杀的小动物为生,第四天才前往山谷寻找巨猿。于泰山而言,时间只是生命中微不足道的一部分,抵达西海岸花上一个月、一年,又或者是三年都没什么区别。反正花的是他自己的时间,是全非洲的时间。他已经彻底自由了,他妻子一死他就跟文明和世俗彻底脱了关系。他孤单但不孤独,尽管这里没有他的同类,却有丛林动物相伴,他跟它们中的大多数相处和谐,甚至还和一些动物亲密无间,情同手足。当然,他也有天敌,它们的存在给泰山的生活增添了一丝乐趣,使泰山不至于觉得生活太过无聊和枯燥。

　　就这样到了第四天,他开始前往山谷寻找巨猿。他刚朝南走了一小段就闻到了黑人的气息,对方人不少,里面还夹杂着另一种气味——白人女性的味道。

泰山穿过树丛，他小心翼翼地从侧面靠近这群黑人，但他知道人类的感官很迟钝，不离他们很近他们是发现不了自己的，所以他不用担心风会把他的气息传递过去。要是他追的是狮子或黑豹，他一定会稍作徘徊，等到逆风之时，看准时机充分利用一切有利条件，万事俱备后才会出现在对方的视线里。所以，现在除了那些被追踪的黑人，周围所有丛林动物都察觉到了他的行踪。

泰山躲在树上，看到一群狼狈不堪的黑人从树下经过，他们中有人穿着德属东非土著队伍的特制军装，但是军装残破不全，还有人跟原始人差不多了，基本上光着身子。随行的还有些黑人女性，跟在这些黑人士兵后面有说有笑。

这群人拿着德国步枪和弹药，但是队伍里没有白人军官。泰山估计他们是德军在非洲招募的土著黑人部队，因为某种原因，他们杀了白人长官，带着自己的女人和从当地村落里抢的女人进了这片丛林。显然，他们想远离德军殖民地，仗着有德式武器，在当地烧杀抢掠，自立山头，建立起自己的恐怖统治。

走在两个黑人妇女中间的是个身材苗条的白人女孩，她穿着骑马装，但是已经破破烂烂，不成样子，帽子和外套也没了。那两个黑女人总时不时地猛撞或猛推她一下，却又装作并非故意挑衅。泰山本想跳下去帮这个女孩逃出他们的魔掌，但是仔细一看，那女孩竟然是柯切尔，他迟疑了。

在泰山看来，这个德国间谍是罪有应得。他自己心慈手软，不忍对女人下手，但若是别人折磨她，他自然不会多管闲事。当然，她现在的命运比死更糟糕，要是泰山亲自动手的话，她至少会痛痛快快地死掉。

所以他决定不插手，看着这群黑人带着柯切尔走了。这时，走在最后的那个士兵掉队了。他突然想起他的养母卡拉被土著酋长的儿子库隆加刺死的事,从那以后,他就对土著黑人充满仇恨,时不时要想点法子折磨他们一下。

掉队的士兵离前面的队伍有四分之一英里远,所以他匆匆忙忙往前追赶,就在他经过泰山所在的那棵树时,身手敏捷的泰山神不知鬼不觉地用绳套套住了他的脖子。士兵发出一声刺耳的尖叫,前面的队伍回过头一看,就见到士兵的身体莫名奇妙地飞到了半空,消失在茂密的树丛中。

这群黑人被吓傻了,站在那里一动不敢动。领头的队长乌桑格马上跑回来,并叫其他人也跟上。乌桑格命令手下紧紧围住那棵树,然后大声喊那个士兵的名字,没人回答。他又把步枪上膛,慢慢往前挪了几步,抬起头仔细看了看那棵树,上面什么也没有。其他黑人都睁大眼睛朝树上看,但还是什么也没发现。他们明明亲眼看到同伴被什么东西拉到树上去了,这到底是怎么回事?其中有个胆儿大的,自愿爬上树去看,过了一两分钟,他就下来了,说上面什么也没有。

这群黑人困惑不解,又觉得有点害怕,再也没心思说笑了,继续往前走,边走边时不时往回看看。走了大约一英里,领头的士兵突然发现刚才消失的那个同伴正躲在前方路旁的一棵树后面呢。他兴奋地把这个消息告诉后面的同伴,大家赶紧朝那棵树跑过去;但是先跑到树下的几个士兵突然停了下来,直往后缩,个个像见了鬼似的大惊失色。

大家围上去一看,原来那个失踪的士兵没了身体,只有脑袋卡在树枝中间,远远看起来好像他躲在树丛里看他们似的。

很多人被吓破了胆,想回到原来的地方去,说他们定是冒犯了丛林里的恶灵,才会发生此等邪门的事情;但乌桑格不听他们这些鬼话。他坚定地告诉他们,一旦折回去,势必会重新落入德国人的魔爪，等待他们的只有折磨和死亡。最后他还是说服了众人，这队人惊恐万分，像一群温顺的小羊羔一样挨得紧紧的，继续向前走，再没人敢掉队。

黑人跟小孩一样都是乐天派，他们很少会长时间情绪低落，不开心的事儿一过去，他们就又开始兴高采烈了。这不，还没走半个小时，乌桑格的队伍就又开始有说有笑，无忧无虑了。就在这时，他们刚一转弯，突然看见刚才失踪同伴的无头尸体直直地躺在路上，这下可把他们吓惨了，不知道前面还会发生什么可怕的事情。

这件事情如此离奇怪异，令人费解，弄得整个队伍人心惶惶。每个人都觉得发生在同伴身上的事也可能会落到自己头上。想想看，大白天都会发生这样的事，那么到了晚上，四处一片漆黑，还有什么可怕的事不会发生呢？一想到这里他们就不寒而栗。

柯切尔也跟他们一样对此困惑不解，但远没有他们那么惴惴不安，因为于她而言，痛快一死已然是上天对她最大的仁慈。到现在为止，没什么比落到这群刻薄的黑女人手里更糟的了，但话说回来，也正是因为她们，她才不至于被这些黑人士兵，尤其是野蛮残忍的队长乌桑格凌辱。他的女人娜若图也在这群人里，人高马大，凶悍无比，乌桑格天不怕地不怕，只怕她一个。所以，尽管她对柯切尔格外残忍，柯切尔仍觉得她是自己的保护神。

傍晚时分，这支队伍恰巧路过一个小村落，村子四周用栅栏围着，里面是些茅草屋。村子坐落在这片丛林的空旷地带，旁边流淌着一条平静的小河。这群人一来，村民们便拥了出来，乌桑格带着他的两个随从走上前去跟酋长谈判。他们今天一天都在担惊受怕，已经没有力气用武力强占这个村庄，只好采取友好协商的方式。虽然武力夺取是乌桑格一贯的行事作风，但这次不同，他怀疑有个强大的恶魔守护着这片丛林，一旦有人前来冒犯，就会对其使用神力。乌桑格想知道这些村民跟这个恶魔关系如何，若他们有恶魔庇佑，他就得更加小心谨慎地对待他们，以示友好和尊重。

谈判中，酋长表示他们有食物、山羊以及家禽，但必须用枪支弹药和衣服来换取。乌桑格很恼火，恨不得动用武力夺取食物，但又没有十足的把握取胜。

乌桑格的一个手下想出了个两全其美的法子——明天一早士兵们就出去为村民狩猎，用猎物来答谢他们的盛情款待。酋长表示同意，并且指定了猎物的种类和数量，用来换取面粉、山羊、禽类和住处。他们讨价还价了一个多小时才算谈妥，最后乌桑格带着他的手下住进了村庄。

柯切尔孤身一人住在靠近村庄尽头栅栏处的小棚屋里，虽无人看守，行动自由，但乌桑格知道她逃不出这个村子，除非她愿意跑到那林子里自寻死路。据村民说，那里到处都是高大凶猛的狮子。乌桑格说："只要你乖乖听我的话，没人敢伤害你。今晚等大家都睡了我会再来看你的，我的朋友。"

那个畜生走后，柯切尔瘫倒在地，捂着脸，浑身抽搐。她终于明白为什么没有女人留下来看守她了。一切都是乌桑格要的诡计，但娜若图就不会怀疑他吗？她可一点都不傻，而且内心极其嫉妒，乌桑格想干什么坏事她不可能不知道。柯切尔觉得只有她才能救自己，但是必须有人传话她才会过来。怎么才能给她递信儿呢？

自昨晚起，这是柯切尔第一次不受监视，单独一人待着，所以她趁机赶紧检查了一下她放在内衣口袋的那些从施耐德上尉身上搜走的文件是否完好无损。

泰山与巨猿 | 089

唉，也不知道现在这些东西对她深爱的祖国而言还有多大的价值。但她对祖国一向忠心耿耿，所以还是下定决心要把这些东西交到上司手里。

黑人士兵似乎忘了她的存在，没一个人过来，连给她送饭的人都没有。听到从村子的那一头传来大笑声和呐喊声，她便知道他们正在大吃大喝，举村欢庆呢。柯切尔越想越害怕。在这人迹罕至的中非腹地，她是一个俘虏，而且是一群黑人醉汉里唯一一个白种女人！一想到这里她就害怕。但转念一想，到现在为止一直没人来骚扰她，于是又觉得有了点盼头，她盼着他们已经彻底忘了她，盼着他们喝得不省人事，这样就不会来折磨她了。

一直到天黑都没人过来。柯切尔心想不如冒险亲自去找乌桑格的女人娜若图。乌桑格说过要来的，就不会善罢甘休。趁周围没人，她溜出棚屋，朝那些人狂欢的地方走。她看见村民和黑人士兵一起围坐在篝火旁，几个士兵裸着身子，张牙舞爪地跳着奇怪的舞。盛食物和酒的罐子在人群中传来传去。他们的手脏兮兮的，伸进罐子掏了些食物狼吞虎咽地吃了起来，看起来好像这群人都饿疯了似的。他们拿着酒就往嘴里灌，酒流得到处都是，不一会儿，酒劲开始发作，他们一个个醉得不省人事。

柯切尔继续往前走，想找到娜若图，就在此时，一个大块头女人发现了她，起身尖叫着扑过来要打她，幸亏一个士兵走过来阻止了那女人，要不然她恐怕要被撕个粉碎。乌桑格听到了动静，摇摇晃晃地走过来问她："你想要什么，吃的还是喝的？跟我来！"说着就用胳膊挽住她，把她拽到了篝火旁。

"我不要吃的！"柯切尔大叫道，"我要见娜若图，她在哪儿？"

听到这个名字，他一下子吓得酒都醒了。刚才他太忘乎所以，好像暂时忘了她似的。他惊恐地朝四周看看,确定娜若图不在这儿,就吩咐士兵把柯切尔送回她自己的屋子,并且守在那儿看着她。

士兵拿了一壶酒,然后将她护送回屋子,自己蹲在门口喝酒。

柯切尔在远离门口的地方坐下来,心里忐忑不安,不知道接下来会发生什么。她根本睡不着,满脑子都是逃跑的计划,想了半天,也想不出一个可行的办法。半个小时后,那个士兵起身走了进来,试图跟她说话。他摸索着走进来,把短矛靠墙放着,坐在她旁边,一边说话,一边往柯切尔身边凑。柯切尔往后退了退,大吼道:"别碰我!你要敢碰我,我就告诉乌桑格,他决不会饶你。"

士兵醉醺醺地笑了几声,抓着她的胳膊,把她拽了过来。她挣扎着大呼乌桑格的名字,就在这时,一个黑影出现在了门口。

"怎么回事!"来人大吼道,柯切尔听出是乌桑格的声音。他真的来了,但她会好过些吗?除非用娜若图来吓唬他,否则她不会好过。

乌桑格得知事情的经过后,一脚把士兵踹了出去,命令他滚。士兵发了几句牢骚,憋着一肚子气离开了。赶走了士兵,乌桑格就朝柯切尔扑过来了。他喝得酩酊大醉,所以她有好几次都躲开了,还猛推了他两把,他踉跄了几步就摔倒了。

乌桑格生气了,猛冲过来,用他那长臂猿般的臂膀抓住了她。柯切尔紧握双拳朝他脸上打过去,试图以此自卫并赶走他,同时还搬出娜若图来吓唬他。乌桑格一听到这个名字就怂了,转而开始求她不要说出去。哪知道刚才被踹出去的那个士兵跑去报告了娜若图。娜若图满腔怒火,冲进来对着乌桑格拳打脚踢,又抓又咬,乌桑格被她治得服服帖帖,毫无招架之力,只好落荒而逃,娜若图追出去继续打他,完全忘了柯切尔的存在。

柯切尔听着娜若图的叫骂声,想到一旦娜若图处置完乌桑格,明天就会把所有的怒火发在自己身上,到时候自己的日子就更难过了。

几分钟之后,刚才那个士兵又折回来了,他往里看了看,径直走进来,得意扬扬地说:"现在没人能阻止我了,白妞。"

泰山正在享受小鹿美味的腰腿肉,但心里却隐隐觉得不安。他现在远离人类的纷争,在丛林里自由自在地生活,按说已经毫无牵挂了,但他现在满脑子都是柯切尔被黑人折磨的惨状。这会儿,那个可怜的女孩一定被那群野蛮的黑人囚禁着,说不定正在哪里风餐露宿呢。

她不过是一个可憎的德国间谍,他怎么总是忘了这一点?他潜意识里怎么只记得她是个白人女孩?明明他讨厌她就像讨厌所有的德国人一样,而且她跟所有罪有应得的德国人一样都应该遭受悲惨的命运。泰山强迫自己去想其他的事,但还是忍不住去想柯切尔:他们此刻是怎么对她的?要把她带到哪儿去?泰山纠结不已:上次在威廉斯塔,他心慈手软放了柯切尔一马,他一直为自己的软弱感到羞耻。下次碰到她他还会手下留情吗?绝不!

天色已晚,他找了棵大树,打算在此休息一晚,但怎么也睡不着,脑子里全是白人女孩被黑女人折磨、被黑人士兵凌辱的画面。

他不忍再想,一跃而起,沿着乌桑格的队伍走过的足迹追了上去。没过多久,他来到村庄附近,嗅到了他们的气味,于是他知道目标就在村子里。

泰山一声不响地绕着栅栏移动,边听边嗅。在村子后方,他发现一棵树,比栅栏还要高,于是不声不响地从树上跳进栅栏里,悄悄进了村。

进村之后,他顺着路一间一间房子闻味道,最后,终于在一间小屋周围闻到了柯切尔的气味。现在村子里非常安静,黑人士兵酒足饭饱之后正在酣睡，但泰山动作依然非常轻，就算是清醒机警的人也听不见任何声响。

他绕到那间小屋的门口，侧耳听了听，里面没有声音，连一个醒着的人应有的轻声呼吸都没有；凭气味判断，柯切尔肯定在这待过，或许现在还在，所以他像幽灵一般悄悄地溜了进去。他先一动不动地在门口站了片刻，听了听动静，确定屋里没人。但他还是决定查看一下。屋里比外面更黑，等眼睛适应了这儿的光线之后，他才发现地板上躺着一个人。

泰山走过去俯下身子看了看，原来是一具黑人士兵的尸体，胸口上还插着一柄短矛。他闻了闻短矛的柄，会心一笑，轻轻地转身走出去，事情的经过他已了然于胸。

他迅速搜查了一下村子其他地方，确认柯切尔已经逃走，也没受到伤害，不禁如释重负。她肯定是逃进了丛林，这对她来说跟待在黑人堆里一样危险。泰山刚开始并没有意识到这一点，因为他跟你我凡人不同，对他而言丛林并非危险之地，在那儿过夜比在巴黎或伦敦安全得多。

泰山又折回丛林，刚出栅栏就隐约听到远处传来了久违而又熟悉的声音，是巨猿的鼓声。他停了下来，站在树枝上，聚精会神地倾听。他就这样静静地听了一分钟，然后长啸一声，朝着鼓声传来的方向去了。村子里的人被这声长啸惊醒了，醒来一看，白人俘虏不见了，还有个黑人士兵死在她的小屋里。他们又惊又惧，不知道这声长啸和这几天发生的离奇事件到底有何关系。

柯切尔沿着丛林小道拼命奔跑，心里只有一个念头：一定要在天亮之前远离那个村子，因为天一亮他们就会追上来。她不知道自己要去哪，但去哪都一样，因为横竖是个死。

那天晚上她很走运,她安然无恙地穿过了一片野兽频繁出没的地带,这地方麋鹿、羚羊、斑马、长颈鹿、大象、野牛、犀牛成群,除了狮子之外,没有什么食肉动物,所以食草动物过得轻松自在。

她跑了一两个小时,突然听到前面不远处有动物的咆哮声。她知道自己已经跑得够远了,黑人一时之间是追不上来的,为了躲避野兽,她爬上了一棵大树,打算在那儿度过后半夜。

她刚在树上坐安稳,就发现这棵树刚好位于一块空地边缘。透过树丛,借着明亮的月光,她清楚地看到,下面那块空地中心处有二十多只巨猿——它们块头很大,毛发蓬松,只用后腿支撑行走。月光洒在它们光滑的毛发上,浓密的毛发泛着白光,令这群可怕的生物显得近乎壮美。

几分钟之后,又来了些巨猿,有单独来的,也有成群结队来的,加起来有五十多只。有年轻的雄猿,也有带着幼崽的雌猿。它们围成一个圈坐下来,中间有一个小土堆。三只老雌猿拿着粗重的短棍蹲坐在土堆周围,重重地敲打土堆的顶,发出"隆隆"的鼓声。其他的巨猿随着鼓声站起来摇摇晃晃地舞来舞去。

鼓声慢而沉重,一开始杂乱无章,不一会儿就变得抑扬顿挫了,巨猿们晃着身子,用步子踩节拍。它们慢慢散作两个圈,外圈都是雌猿和幼猿,内圈则是成年的雄猿。外圈的巨猿停下脚步蹲下来,雄猿则围成一个圈顺着同一个方向绕着圆心慢慢移动。

过了一会儿,柯切尔隐约听到从她刚离开的那个村子的方向传来了一声长啸,巨猿立刻有了反应,它们停下脚步,聚精会神地听了一会儿,接着,一个块头最大的家伙为了回应远处的叫声,朝天大吼了一声,那声音令她不寒而栗。

三只老雌猿再次敲打起来,巨猿们继续慢慢跳舞。这种野蛮人的庆祝仪式似乎有种魔力，令柯切尔意乱神迷。柯切尔觉得自己应该不会被发现，所以她决定不妨就在这棵树上度过下半夜，天亮了之后再继续逃亡，毕竟那要安全得多。

她查看了一下内衣口袋，文件还在。于是她放下心来，打算待在树上继续观察巨猿的奇特表演。

半个小时过去了，鼓声越来越急促。刚才对远处的长啸做出回应的大块头雄猿从内圈跳了出来，跳到敲击者和其他雄猿之间开始独舞。它一跳一蹲，咆哮着，嘶吼着，昂起它那张可怕的脸，对着月亮，拍打自己毛发蓬松的胸脯，发出一声刺耳的尖叫——如果柯切尔了解猿类，她就会知道那是雄猿发出挑衅的表现。

雄猿一动不动地站在月光下，就像大力士赫拉克勒斯一样伟岸，它背后是一片原始丛林和成圈的巨猿，整个画面看起来俨然是一幅充满野性与力量的原始图景。就在此时，从柯切尔身后不远处传来了一声尖啸，片刻之后她便看见一个几乎全裸的白人从附近的一棵树上跳到了空地上。

这群巨猿骚动起来，对着不速之客愤怒地咆哮。柯切尔屏住了呼吸，不知道是哪个不知天高地厚的家伙竟敢单枪匹马跑来挑衅这群可怕的巨猿。要知道对方有五十多个，而且还是在它们自己的地盘。她看见那家伙径直走到了巨猿面前。如此匀称的身材，近乎完美的身段——是他，她一下子就认了出来。是那个从克劳特将军的指挥部抓走施耐德少校的人，那个从狮子手中救下她的人，那个要将她送到敌军手中，又被她用枪托拍倒脱了身的人，也是那个在威廉斯塔手刃施耐德上尉却放了她一马的人。

她看着他靠近那群巨猿，内心惊恐万分却又为之着迷。她听到他发出的声音跟那些巨猿的声音一模一样，简直不敢相信自己的耳朵，这个奇怪的人怎么会说巨猿的语言呢？

泰山走到外圈的雌猿面前，突然停了下来。"我是人猿泰山，"他用猿语大声说道，"你们肯定没听说过我，因为我来自另一个部族，但我既然来了，那么不是为了和平就是为了开战——至于究竟是哪一种，我想和你们的首领谈谈。"说着他穿过雌猿和年轻雄猿，径直闯了进去，一直走到了雄猿所在的内圈。"我是人猿泰山，"他再次说道，"我来这儿是想跟我的兄弟们一起共舞，你们首领在哪儿？"他说着又往里走了走。

柯切尔躲在树上，捂着脸，睁大了眼睛，心想这个疯子完全是在找死。它们马上就会把他放倒，把他撕个粉碎。巨猿冲着他咆哮不已，但没人动手。所以泰山一直走到了内圈的中心，跟首领面对面地站着。

泰山大声说道："我是人猿泰山，我过来是想跟你们和平共处。如果你们不愿意，那我只好动武了。你们是希望我们能一起共舞还是要我先杀为敬？"

"我是莱特，巨猿之王。"巨猿首领大叫道，"杀啊！杀啊！杀啊！"它愤怒地咆哮着开始攻击泰山。

柯切尔在树上看着，泰山似乎毫无防备，怕是一招之内就会被放倒，然后被干掉了。莱特伸出巨大的手，差点就抓到了泰山，但他躲开了，速度比闪电还快。泰山的左手像蛇头一般向前迅速探出去抓住了对手的左腕，然后一个转身又将它的右手钳制于自己的右胳膊之下，这是他从文明人那里学的柔术里面的一招，不费吹灰之力就能让人骨折，令人求饶。

"我是人猿泰山！"他大喊道，"你们要和平还是要杀戮？"

"杀了他！杀了他！杀了他！"莱特尖声说道。

泰山一把抓住它，把它摔在了地上。"我是泰山，巨猿之王！"他吼道，"现在能和平共处了吗？"

莱特狂怒不已，跳起来再次发起攻击，大声喊道："杀啊！杀啊！杀啊！"泰山突然再次发起攻击，莱特猝不及防，被一把抓住扔了出去。下面看热闹的巨猿都开始叫好。现在柯切尔不再怀疑泰山的能力了，他可以轻而易举地击败巨猿首领，可见他贸然闯入猿群是因为胜券在握。

"我是人猿泰山！"他大喊道，"我来是和我的兄弟们一起跳舞的。"说着他跟敲鼓的雌猿做了个手势，它们马上又开始敲打起来。之前为了看首领手刃泰山，它们停止了奏乐。

莱特慢慢地爬到他脚下。泰山也走了过来，大声喊道："我是人猿泰山，我现在可以和你们一起跳舞了吧？"

莱特抬起头看着泰山，说道："我输了，人猿泰山可以和我们一起跳舞，莱特很愿意跟你一起共舞。"

柯切尔在树上看着泰山和巨猿一起跳起了舞。他的咆哮声比巨猿更狂野，那张英俊的脸也扭曲得十分恐怖。他尖叫着拍打着自己的胸脯，和巨猿拥在一起狂放地舞动着身体。她从来没在人类世界看到过这样的场景：诡异、奇妙，又不乏美感！

她正看得出神，突然觉得背后有动静，转身一看，月光下两只黄绿色的大眼睛正直勾勾地盯着她，是一头猎豹，正伸出爪子要抓她。情急之下，柯切尔来不及思考，大叫一声就从树上跳了下来，落到了空地上。

这群巨猿在月光下正跳得来劲，突然听到树上跳下来一个东西，都围过来看，原来是个孤立无援的白人女孩。猎豹知道，就算是狮子，若不是饿急了，也不敢在巨猿跳舞时搅了它们的兴致，于是它一声不响地消失在黑夜里，到别处去觅食了。

泰山也围过来看是怎么回事，一见到柯切尔，他马上就认出了她，同时也意识到她有危险，巨猿大概是不会放过她的。泰山

098

的内心又纠结起来：她死了就死了，跟他有什么关系？但他不得不承认，他不忍心看着她死在自己面前。

巨猿已经把柯切尔团团围住，打算分享猎物，泰山赶紧跳到它们中间，把它们扒开。猿群以为泰山想要独吞猎物，都很生气，哪知道他竟当着它们的面把那个猎物搂了起来，好像是要保护她。

泰山说："她是我的女人，别伤害她。"要让它们明白不能杀她，这是唯一的办法。他很庆幸柯切尔听不懂猿语，否则在众多巨猿面前宣称这个可恨的德国人是自己的女人着实可耻。

泰山又一次迫不得已保护了一个德国人，他心里充满了罪恶感。为了安慰自己，他只好默默对自己说："她只是个女人，我不能见死不救，除此之外，我还能有什么别的办法？"

Chapter 9
从天而降

英军在德属东非的总部接到报告说,德军已在西海岸集结,正穿越沙漠来增援其殖民部队,当然,这也可能只是谣言。事实上,增援部队朝西进军才不过十到十二天。这事听起来很反常,但是反常的事常常发生在战时。不过,不管怎样,没有哪个将军会听任有关敌军的谣言四处散播而不去调查落实。因此皇家空军部队的哈罗德·史密斯中尉被指派驾机侦查。

史密斯朝西低空飞行,四处搜寻德军活动的踪迹。一望无际的丛林和茂密的树叶让德军的行迹难以察觉。史密斯一路经过高山、草场、沙漠,却没有看到德军的踪影。

史密斯希望能发现一些德军行军的痕迹,比如说丢弃的卡车、破损的拖车,或者废弃的营地。他一直不停地朝西飞行,当他飞过一片平原的时候,已是黄昏时刻了,他决定掉头回营地。要想在天黑前飞越这段距离,必须以最高速度飞行。不过,他的燃料充足，飞机性能也很可靠，所以他坚信天黑前飞回去毫无问题。然而，就在这时，飞机引擎出故障了。

他别无选择，只好紧急迫降。他的东边是一片森林，降落到森林只会让他受伤甚至是丧命。所幸刚才经过的平原上有草地和河流，所以他把飞机迫降到河边的草场，然后开始修理引擎。

他边修理边哼小曲，这是一首去年在伦敦歌厅非常流行的曲子。他这么轻松自如，简直会让人误以为他不是在非洲腹地未开发的荒野独自工作，而是在英军飞行基地和一大群同事一起工作。他的外表让人觉得他勇猛无比，其实他是那种典型的对环境满不在乎的人。

史密斯头发金黄，眼睛碧蓝，身材颀长，脸色红润，还带着点孩子气，一看就知道他是在奢华、慵懒、轻松的环境中长大的，没有经历过生活的磨难。

年轻的史密斯对他这会儿所处的环境和他可能会遇到的事情毫不在意，事实上，也的确是前景难卜。这个地方有数不清的敌人，对此他毫不知情。他弯着腰认真地修理引擎，连头都没抬一下，没想着去观察一下他周边的环境。他东边的森林里，以及更远的丛林里可能藏着一大堆嗜血的野兽，但他似乎对此完全不在意。

即使他抬眼看四周，他也可能完全没去想森林里到底藏着多少可怕的野兽。这世上有一种东西，美其名曰第六感（也可能是找不到一个更好的名称），指的是那种能感知不可见的危险的直觉。有这种第六感的人在潜伏的敌人盯着自己看的时候就能感知到危险的存在，但是史密斯没有，就算有二十双猛兽的眼睛一直在盯着他看，他也依然怡然自得，完全不知危险临近。他平静地哼着曲子，过了一会儿，引擎修好了，他试了几分钟，就关掉引擎，下到地面，打算舒展一下身体，吸根烟，然后继续返程飞行。这

从天而降 | 101

时候,他第一次注意到周围的环境,他被这原始的优美景色打动了。这片草场让他想起了英国的公园,他完全不觉得景色如此宜人的地方会有野兽和野蛮人出现。

离他飞机不远的地方有一簇非常漂亮的花丛,史密斯用欣赏的眼光看着这些花。他吐着烟圈朝花丛走去,想看得更仔细些。就在此时,食人部落沃马波的酋长努马波和他的手下从藏身之处跳了出来,朝史密斯直扑过来。

随着一阵从他身后传来的野蛮的叫喊声,史密斯第一次意识到他遇到危险了。他转过身来,看到一群裸体的黑人武士正迅速朝他扑过来。他们边走边做祷告,当他们走近时,速度明显变慢了。史密斯飞快扫了一眼,从野人来的方向和他们离自己的距离来看,他知道自己已经没有机会逃回到飞机里去了。而且他也判断得出,他们来者不善,一定会有一场恶战。他发现他们都配着长矛和弓箭,他确信,虽然自己有枪,但一个回合下来他们就可以制服自己。他不知道黑人的战术是在抵抗面前会后退,这是非洲黑人的本性,但是在几次攻守进退之后,他们会生气、发狂、尖叫、手舞足蹈,最后坚定不移地干掉敌人。

努马波在人群中最醒目,因为他体型魁梧,看上去最好斗。史密斯决定把他作为射击目标,朝他开出了第一枪。不幸的是这一枪没有命中目标,子弹从努马波身边擦身而过,击中了他后面的人的胸部,这人尖叫着倒下去,其他人吓得四散而逃。但是令史密斯懊恼的是他们是朝飞机的方向而不是森林的方向逃走的,这样他还是不能逃回飞机里面去。

现在他们停下来再次跟他面面相觑。他们在大声说着什么,不时还打着手势。过了一会儿,其中一个人跳起来,舞着长矛,大声喊叫,其他的人也跟着他的样子又跳又叫,凶猛无比,这可以激发他们的斗志,发起下一次进攻。

第二次进攻以后,黑人离史密斯更近了。虽然他用手枪干掉了一个黑人,但是他自己也被长矛刺中了两三次。现在他只剩五颗子弹了,却还要对付十八个黑人。因此,除非能吓走他们,否则他只有死路一条了。

黑人的每一次进攻都付出了折损一人的代价,因此,他们等了很久才发起第三次进攻,而且这次进攻比前两次组织得更巧妙,他们把队伍分成三组,从不同方向向他同时扑过来。这一次,尽管史密斯打光了所有子弹,最后他们还是逼近了他。他们好像知道史密斯弹药已尽,把他团团围住,想要生擒他。他们如果想要杀死他的话实在是太容易了,用长矛就可以把他刺成筛子。

他们围着他等了两三分钟。努马波一声令下,他们同时扑过去。史密斯拼死抵抗,但是实在是寡不敌众,很快就被制服了。他们把他拖起来,双手反绑着,粗暴地推着他往丛林里走。

史密斯被推搡着在窄窄的路上艰难地走着,他不知道为什么他们要留他一条活路。他知道自己已经深入非洲腹地了,这些土著部落的人根本不知道世界大战已经来临,他的军人身份对他们毫无用处。他唯一能想到的是,他有可能落到了一个喜怒无常的部落首领的手里,他的命运悬而未决。

走了大约半小时,史密斯看到河岸边有个小村庄,村里有盖着茅草顶的土著小屋,以及粗糙却坚固的栅栏。他被带进村庄,马上就有一群妇女儿童和武士围住了他。这群人兴奋异常,看上去恨不得马上把他干掉。女人比男人更凶狠,不停地踢打他,抓伤他。最后,努马波不得不出面制止,免得他被弄死。史密斯不知道酋长到底想怎么处置他。

武士把人群驱散开来,带着史密斯朝一个小屋走去。这时史密斯看到从村子的另一头走过来一群黑人，穿着破破烂烂的德军制服，不禁大吃一惊。他的第一个念头就是，他终于看到传言中从西海岸过来的德军援军了，这正是他苦苦搜寻的目标。

史密斯此刻无比后悔，他知道，他要从这里逃走并且回到飞机上去，机会简直是微乎其微。

这群黑人中有一个大块头的家伙，穿着中士的制服——那是乌桑格，当他看到史密斯的时候，不禁狂喜地大叫起来。他的同伴也跟着大叫，把史密斯推来搡去地戏弄他。

"你们从哪抓来这个英国人的？"乌桑格问努马波，"他还有其他同伙吗？"

"他是从天上飞下来的。"努马波回答道，"他坐着一个看上去像鸟的东西，刚开始把我们吓得要死。不过我们观察了好一阵子，发现那东西好像不是活的。等他从那个东西里出来，我们就开始围攻他，虽然我们死了好几个弟兄，但最后还是把他逮住了。要知道，我们沃马波人是最勇敢、最了不起的。"

乌桑格的眼睛瞪得老大，他问："他是从天上飞过来的？"

"是的，"努马波回答道，"他是坐着一个像鸟一样的东西从天上飞下来的。那东西还在那，就是河流第二个拐弯处的那四棵树附近。我们把它丢在那了，因为我们不知道那是什么东西，不敢碰它。如果它没有飞走的话，应该还在那儿。"

乌桑格说："没有这个人，那东西飞不了。那东西十分可恶，它从我们的营地飞过，朝我们投炸弹，把我们吓得要死。你们抓住这个人实在是太好了，要不然他今晚就会驾着那只大鸟飞过你的村庄，杀死你的人。这些英国人是最邪恶的白人。"

"他再也飞不起来了，"努马波说，"凡人是不可能飞到空中去的。只有恶魔才做得到，我努马波会见证这个白种人再也飞不起来。"说着,他把史密斯推到村庄中间的一座小房子里,把后者交给两个高大健壮的武士看守。

史密斯一直在冥思苦想,有没有什么办法能解开绑住他手腕的绳子。正想着,乌桑格进来了。

"他们打算把我怎么样?"史密斯问道,"我的祖国英国并没有跟他们作战。你会说他们的语言,请你告诉他们我不是他们的敌人,我们是黑人的朋友,这样他们一定会放我走。"

乌桑格笑起来:"他们不知道什么英国人德国人,对他们来说,你是哪国人不重要,重要的是你是白人,是他们的敌人。"

"那他们为什么不杀了我?"史密斯问。

"过来,"乌桑格说着把史密斯拉到小屋的门口,"你看。"他边说边指着村子尽头的一处空地,那里看上去像是个集市。

史密斯看到一群黑人女子在外面忙忙碌碌,有些忙着给火刑柱周围摆放柴火,有些在准备给一堆煮饭的锅点火。这景象预示着什么实在是太明显了。

乌桑格死死盯着史密斯看,如果他想看到史密斯恐惧的表情的话,他肯定要失望了。史密斯只是朝他转过身来,耸了耸肩:"那么这是真的了,你们这帮家伙想要吃掉我?"

"不是我的人,"乌桑格回答道,"我们不吃人肉,但是沃马波部落是食人部落,要吃你的是他们,我们杀你纯粹是为了开心,懂吗?英国佬。"

史密斯继续站在小屋的门口,他好像是一个饶有兴趣的旁观者,看着他们准备在狂欢宴会上了结自己的生命。他不可能不害怕,但是,他把他的恐惧完美地隐藏在平静的表情下面了。连残忍的乌桑格都被他的勇敢无畏打动了。他可以虐待甚至折磨史密斯,但是他没有。单单是斥骂白人,尤其是英国人,已经让他满足了,要知道,当时他们被英国空军打得可够惨的。

乌桑格接着说:"以后你的大鸟再也不会从天上飞过,把我们的人炸死了——我乌桑格可以保证。"说完他就走出去了,他的部下正聚在火刑柱周围和妇女们调笑。

过了一会儿,史密斯看到他们走出村口。于是他又一次开始谋划逃跑之计。

沃马波部落往北几英里的地方有一处高地,就在河边,这儿已经不是丛林地带了,只有几亩树木稀疏的草场。一个男人和一个女孩正在忙着给茅草屋周围安装防御野兽的栅栏。看样子,茅草屋也是刚刚才建好的。

他们很少说话,只是间或讨论或询问一下对方。

男人只在腰间围了一块布,几乎是全裸的。他光洁的皮肤因为阳光和风霜而呈古铜色。他举止优雅自如,体力充沛,当他搬运重物的时候,他看上去十分轻松,毫不费力。

当男人不看女孩时,女孩的眼光就会在他身上游移。她脸上的表情有些困惑,仿佛对她来说这男人是个难解之谜。事实上,她对他既敬畏又好奇。刚开始,她只有一种无法名状的、女性才能感受到的恐惧感觉,她觉得这可能是她当时糟糕的处境导致的。后来,接触多起来,她才发现这个英俊、庄严的巨人身上混杂着超人和野兽的特性。

在非洲腹地未开发的荒地和一个野人独处,这本身就已经够可怕了,再加上这个男人跟她有血仇,他恨她和所有其他德国人,而且过去她还攻击过他,他对她肯定怀恨在心。想到这些,女孩觉得他绝对不可能对她有一点点的怜悯和体恤。

她第一次见到他是几个月之前,那时他闯进德军在东非部队的总部，带走了倒霉的施耐德少校。没有人知道施耐德少校后来怎么样了。她第二次见到他是他把自己从狮口里救下来，并且告诉她，他知道她的间谍身份，要把她交给英军处置。后来她用枪托把他打晕，逃跑了，他又追到威廉斯塔杀掉了施耐德上尉，却没有伤害她。也许他对自己并没有怀恨在心。

不，她没法揣测他的想法。他恨她，可同时他又一再保护了她。当她被乌桑格抓到土著村落以后，她伺机逃了出来，却又落到巨猿手里，差点被撕得粉碎，是他把自己救了下来。可是他为什么要救自己？这个野人把自己从丛林野兽手里救下来到底有什么目的？她努力不去想自己的命运会如何，可是各种念头还是不由分说地占据了她的大脑。但是这个男人的行为举止却让她不得不承认她的担心没什么道理。她对他的判断也许是基于其他男人教给她的标准。她把他当成野人看待，因此她也不指望他身上有文明人的骑士精神。

柯切尔性格开朗热情，爱交朋友。此时她没有沉溺于病态的推测而自怨自艾。她最渴望的事情就是有人陪伴，她觉得人和低等动物之间最大的区别就是人与人之间有思想的交流。与此相反，泰山习惯了独处，他长期在丛林里与口头表达能力极为有限的动物相处，过的是半独居的生活，已经习惯了自娱自乐。

泰山的思维很活跃，但是因为他的丛林同伴们不能理解也不能跟上他的思路，长期以来，他已经学会了自己跟自己交流，不愿意把自己的想法告诉其他人，再加上他本来就不喜欢柯切尔，所以除非万不得已，他绝不开口跟柯切尔说话。柯切尔则是典型的女性，她发现逼着一个不喜欢说话的人说话实在是很痛苦。现在，她对泰山的恐惧之情慢慢消失了，取而代之的是无尽的好奇，她想知道他今后的打算是什么（这个跟她也有关系）；她也想了解他的个人情况，比如他的祖先是谁，他为什么一个人生活在丛林里，他怎么会跟巨猿相处得那么融洽。

柯切尔不再那么害怕了，开始大着胆子问泰山问题，问他建完茅草屋和栅栏后打算干什么。

"我打算回到我出生的西海岸，"泰山回答道，"我不知道什么时候出发。我的一辈子还长得很，在丛林生活没必要太匆忙。我们不像你们外面世界的人，总是拼命地不停从一个地方跑到另一个地方。我在这里待够了就会往西走，但是首先我必须确保你有安全的地方睡觉，还得教会你怎么打猎捕食，这些都需要时间。"

"你要把我一个人留在这儿吗？"柯切尔叫起来，她的声音听起来充满了恐惧，那是一种对可怕的未来的恐惧。"难道你要把我一个人留在这恐怖的丛林里，成为野兽或者野人的猎物？这里离白人定居地有几百英里，从来没有文明人踏足过。"

泰山说："为什么不行呢？又不是我把你带到这儿来的。再说，你们德国人对待女俘虏难道会比我更好吗？"

柯切尔哭喊着说："会，他们肯定会。没有一个男人会把一个手无寸铁的女性留在这么一个可怕的地方。"

泰山耸耸肩。他们之间的谈话毫无结果，而且他觉得对话特别令他不快，因为他们说的是德语。他痛恨德语，痛恨说德语的人。他希望柯切尔说英语，突然，他想到她在英军军营当间谍的时候应该说的是英语，所以，他问柯切尔会不会说英语。

"我当然会说英语，"她叫起来，"但是我不知道你也会说。"

泰山惊愕地看着她，没做任何评价。他只是觉得奇怪，为什么她会怀疑一个英国人不会说英语。突然间他明白了，她可能只是把自己当成一个丛林野人，因为常去德国殖民区而碰巧学会了说德语而已。她就是在德国殖民区碰到自己的，所以她可能根本不知道自己是个英国人,在英属东非有自己的庄园。她对自己知之甚少,也不知道自己对她的间谍行径以及德军情报系统了如指掌。于是泰山决定继续保持他丛林野人的形象,没有种族,没有祖国,痛恨所有白人,这正是柯切尔对泰山的印象。这也可以很好地解释他为何无缘无故袭击施耐德少校和他的弟弟施耐德上尉。

于是他们又在沉默中继续工作。栅栏已经快完工了。柯切尔尽自己最大的力量协助泰山。泰山也忍不住不情不愿地表扬柯切尔的合作态度,她一直在不辞辛劳地采集荆棘枝来搭栅栏,以免游走的动物来侵袭。她的手上和胳膊上全是被荆棘划破留下的血印子。尽管她是泰山的敌人,泰山还是很后悔叫她做这么艰辛的工作,所以最后他叫她停手。

柯切尔说:"为什么不要我做?这事你做还是我做都是一样的痛苦。而且,你建这个栅栏纯粹是为了保护我,我没有理由不做我力所能及的事。"

"你是女人,"泰山回答,"这不是女人该干的活。如果你实在是想干点活,就把我今天早上带来的葫芦拿到河边去灌满水。我走以后你应该需要这个东西。"

"你走以后——"她问道,"你要走了吗?"

泰山回答道:"栅栏造好以后我要出去打猎。明天早上我带你一起去,教你怎么打猎。"

柯切尔一句话不说,拿起葫芦就朝河边走去。她边灌水边想着她将来的悲惨命运。她知道,泰山已经给她判了死刑,一旦他离开,她就必死无疑,只是个时间问题。用不了多长时间她就死定了,她一个女人怎么可能单枪匹马战胜丛林里这些可怕的野兽呢?

她满脑子都是她即将面对的凄惨生活,完全没注意到周围发生了什么。她机械地将葫芦灌满水,慢慢朝小屋走回去。突然,

从天而降 | 109

她尖叫起来，吓得往后退，不知什么时候一个庞然大物挡住了她的路。

猿王莱特正在它的领地附近打猎，它看到一个女人去河边打水，于是就在女人往回走的时候挡住了她的去路。按人类的审美标准来看，莱特不算英俊潇洒。但是它部落里的雌猿和它自己都认为它相貌堂堂，它毛发浓密、肩膀宽厚、臂长过膝、眼神凶恶、鼻子宽大、牙齿尖利，这一切在它的部落里都被视为美男子的特征，深受雌猿的倾慕。

莱特坚信，这个属于泰山的、看上去有点奇怪的女人也会像它部落的雌猿一样对它满怀爱慕。它认为自己的魅力要远远超过泰山这个无毛的白猿。

但是在柯切尔看来，莱特丑陋无比，看上去像人，可是比人类可怕得多，凶残得多。如果莱特知道柯切尔的想法，它一定会非常懊恼，当然喽，它肯定会把这个归咎于柯切尔没有辨别力。泰山听到柯切尔的叫声，抬头一看，知道发生了什么事。他一跃而起，跳过栅栏，迅速朝柯切尔跑过去。这时莱特已经逼近柯切尔了，嘴里"咕咕噜噜"的。它是想表达它的友好之情，可是在柯切尔听起来却是野兽愤怒的咆哮。泰山走近之后大声朝莱特叫喊。

"我不会伤害你的女人！"莱特也喊起来。

"我知道你不会，"泰山回答道，"但是她不知道。她听不懂我们的语言，以为你是来伤害她的。"

泰山走到柯切尔身边对她说："它不会伤害你，你不用害怕。这只巨猿已经得到教训了。它知道泰山是丛林之王。它不敢伤害属于泰山的东西。"

柯切尔瞟了泰山一眼。泰山说的话对他自己而言没什么特别的意义，可是对她来说，这意味着她和栅栏一样都是属于他的物件，只不过栅栏是用来保护她的。

"可是我还是怕它。"柯切尔说。

"你不能表现出怕它。以后你周围会有很多巨猿,在猿群待着对你来说是最安全的。当然它们中间可能会有巨猿欺负你,我走之前会教你一些保护自己的办法。如果我是你的话,我会跟它们打成一片。丛林里很少有动物敢欺负成群结队的巨猿。如果你让它们知道你怕它们,它们就会占你的便宜,这样你就危险了。还有雌猿,它们嫉妒你,就更喜欢欺负你。所以,我要让它们知道你有保护自己的办法,有杀掉它们的办法。如果有必要的话,我会给你演示一遍,这样它们就会尊敬你,畏惧你,不敢再欺负你。"

柯切尔说:"我会试着去做的,但是我觉得很难做到。它们是我见过的最可怕的动物。"

泰山笑着说:"毫无疑问,它们也觉得你是最可怕的动物。"

这时又有一大群巨猿进入开垦地。来的有雄猿,年轻的雌猿,也有稍微年长的,雌猿们有的肩上背着幼崽,有的带着幼崽边走边打闹。它们上次都见过柯切尔,不过对她还是充满了好奇。有几只雌猿凑到她跟前,拉扯着她的衣服,用巨猿的语言对她评头论足。柯切尔竭尽全能控制住自己的情绪,没有表现出任何恐惧和退缩。泰山一直盯着她看,嘴角浮起一丝笑容。泰山并没跟文明社会脱离太长时间,他能体会到柯切尔此时所受的折磨。但他一点也不同情她,因为她是残忍的敌人,任何折磨都是她活该忍受的。尽管如此,他还是很钦佩她表现出来的勇气。

泰山转头面对巨猿,"泰山要出去打猎了,他的女人要继续留在这儿,"他指着小屋说,"你们谁也不许伤害她。懂了没?"

巨猿都点头称是。"我们不会伤害她的。"莱特说。

"是的,你肯定不会。"泰山说,"如果你伤害了她的话,泰山会杀了你。"说着他转向柯切尔,"我要出发去打猎了,你最好就待在小屋里。巨猿保证它们不会伤害你。我把我的长矛留给你,这是你保护自己的最好的武器。不过我想在我出去的这一小段时间,你应该不会有危险。"

泰山陪着柯切尔走到茅屋门口,然后关上荆棘栅栏,转身朝森林走去。柯切尔默默注视着他穿过开垦地,她发现他的脚步是如此轻盈自如,动作是如此优雅得体,跟他匀称完美的身材相得益彰。她看到他走到森林边上,一下子跳到树上,消失得无影无踪了。然后,她回到小屋,倒在地上,号啕大哭起来,这似乎是女人们在这种情况下的惯常反应。

Chapter 10
落入野人手中

泰山想捕猎一些女人吃起来可口的猎物,比如鹿肉、野猪肉。他走了很远,充分发动他灵敏的嗅觉来寻找猎物的踪迹,最终还是没找到他想要捕获的猎物。他来到河边,希望能在这碰到鹿或者野猪,至少能找到些它们来喝水留下的印记,不想却闻到了沃马波部落的浓烈的味道。食人土著是他的世仇,他决定出其不意地去"拜访"他们一下。于是他绕了一圈来到村子后面。他爬到一棵树上朝村子里张望,看到街道上有人在忙忙碌碌,从他的经验判断,很有可能是在准备盛宴、享受人肉。

泰山常常以给食人土著下套作为消遣。他觉得骚扰他们、恐吓他们、把他们要吃的人劫走,实在是很好玩的事儿。因此,泰山四处扫视,想找找看他们把俘虏关在哪里。他的视线被树丛挡住了,为了看清楚些,他往高处爬了一阵,爬到一根细长的树枝上。

泰山拥有堪称奇妙的丛林生存技能,但尽管如此,他的感觉也不是万无一失的。他站立的那根树枝看上去粗壮结实，足以承受他的重量，其实在靠近树干的地方，树枝已经被啮齿动物咬成空心了。所以，泰山顺着树枝往前走的时候，树枝突然毫无征兆地折断了。下面没有树枝可以抓，他直往下落，脚却被一个带环的钩子勾了一下，最后直挺挺地落到街道中央。

听到树枝折断的声音和什么东西"扑通"掉到地上的声音，食人土著们吓了一大跳，赶紧跑回小屋去拿武器。等他们拿了武器跑回来，他们发现地上躺着一个几乎全裸的白人。看到他没有动，他们大着胆子靠近他，又发现树上也没有他的同伙，他们越发大胆，十几个武士拿着长矛直扑到他身边。刚开始他们以为他已经摔死了，仔细一看才发现他只是摔晕了。一个武士自作主张要用长矛刺死他，但是努马波不同意。

"把他绑起来，"努马波说，"今晚我们可以大吃一顿了。"

于是他们用皮绳把泰山的手脚绑起来，把他带到关押史密斯的小屋里。史密斯也被捆住了手脚，以防他逃跑。一群食人土著聚在小屋周围，想看看刚被抓住的囚徒，但是努马波在门口派了两倍的警卫，以免他的族人太过兴奋，不小心杀死这两个人。要知道，按照他们部落的习俗，人肉宴席开始之前，他们要尽情地舞蹈一番，然后再屠杀俘虏。如果这时候把俘虏杀死了，其他人就没法兴高采烈地舞蹈了。

史密斯也听到了泰山跌落到地上的声音以及随后的骚动声。现在他靠墙站着，看到泰山被带进来丢到地上，觉得很惊讶，又对他充满同情。他觉得他从来没有见过这么完美的男性。他暗自揣测着，这个人是怎么被抓住的。如果从服装和武器上判断，很明显，这个人和抓住他的人一样是野人。但同样明显的是，他是个白人；从他的面容和神色看，他也受过良好的教育。

史密斯盯着泰山看,突然发现他的眼皮在动。他慢慢睁开眼睛,茫然四顾。过了一会儿,他慢慢恢复了知觉,眼睛也随之恢复了灵性。又过了一会儿,他挣扎着坐了起来。当他看到他的狱友也被绑住了手脚时,他不禁笑了。

"今晚他们要大饱口福了。"他说。

史密斯苦笑道:"看他们这大动干戈的样子,一定是饿坏了。他们想吃我,所以把我活捉了。你是怎样被逮住的?"

泰山悔恨地摇摇头,"全怪我自己,"他回答道,"我真是活该被吃掉。我爬到一根树枝上,结果树枝断了,我的脚被钩子挂住,所以我没能双脚着地,而是头先着地摔晕了,要不然他们肯定没法活捉我。"

"有没有什么办法逃脱?"史密斯问。

"我以前从他们手里逃掉过,"泰山回答,"我也见过别人逃掉。我还见过一个人被长矛刺得浑身是窟窿,在火刑柱上被活活烧死。"

史密斯中尉浑身颤抖。"上帝啊!"他叫起来,"我希望我不用受这些折磨,我不怕死,但是被火烧死太可怕了,我不愿意自己临死前吓得像个胆小鬼。"

"不用担心,"泰山说,"痛苦持续不了多长时间的,你不用害怕。其实没有听起来那么可怕,你只会感觉到很短暂的疼痛,然后就失去知觉了。我见过很多次了,这种死法跟别的死法没多大区别。我们总是要死的。今晚死,明晚死,或者一年以后死,有什么区别?反正我们已经活过了,我也活过了。"

"你的人生哲理可真棒,大哥,"史密斯说,"但我觉得这么说一点也不令人信服。"

泰山笑着说:"到我这边来,这样我可以用牙齿咬断绑你的绳子。"史密斯滚到泰山的身边,泰山开始用他锋利的牙齿咬绳子,眼看绳子就要断了，一个警卫突然进来了，见此情景，他马上举起长矛，朝泰山头部刺过来。他又把其他几个警卫叫进来，他们一拥而上，一顿拳打脚踢，然后把他们分别牢牢绑在小屋两头的柱子上，扬长而去。泰山难过地看着史密斯。

"哪里有生命，哪里就有希望。"泰山苦笑地说着这古老的真理。

史密斯回以微笑，他说："我估计，我俩活不长了。马上要到晚饭时间了。"

祖塔格是一只年轻的巨猿，不过马上要进入壮年了。它个头大，力气足，凶猛无比，而且远比它的同类聪明，这一点从它饱满的额头就看得出。莱特已经发现年轻的祖塔格有可能威胁它的统治地位，所以它看祖塔格时总是带着嫉妒和厌恶的眼神。正因为此，祖塔格总是独自狩猎。它勇敢无畏，所以才敢独自在远离猿群的地方游荡，这也让它的能力得到锻炼，变得更聪明，观察力更强。

今天它又是独自往南边去狩猎，回来的时候顺着河走。这条路经过沃马波部落，它以前常走。它一贯对这些食人土著的行为方式、生活习惯很好奇，所以这一次它跟往常一样，打算去村子里看看。于是它爬到一棵树上，从这里它可以俯瞰整个村子，它看到土著们正在街上无所事事地闲逛。

祖塔格还没有站稳，就看见泰山从树枝上摔到地上，人事不省。它看到土著们拥到泰山面前，把他带进小屋。祖塔格从树上站起来，仰天长啸，以示抗议和威胁。尽管泰山在它们部落只待了几天，但他轻而易举地掌控了整个部落，祖塔格对他充满尊敬和仰慕。

尽管祖塔格恨不得马上去救泰山，但它很聪明，知道此时不能贸然行事。它仔细观察了一番，发现村子里人很多，而且好几个就守在关押泰山的小屋门口，仅凭它一己之力是救不出泰山的，于是它悄无声息地从树上溜下来，往北飞奔而去。

莱特部族的巨猿在开垦地游荡，它们有的漫不经心地四处寻找食物，有的在树荫下蹲着打盹。

柯切尔从小屋里出来了。她擦干眼泪，眼巴巴地朝泰山消失的南面盯着，又疑虑地朝她周围的巨猿瞧一眼。它们要想进来杀死她简直易如反掌。她太孤立无援了，就算有泰山留给她的长矛，也没法对付这些凶猛无比、力大无穷的巨猿。她从来没有见过这么凶猛的野兽，它们的利爪一把就能把她的长矛折断，就像她折断两根火柴一样轻松，它们轻轻一击就会把她打晕甚至打死。

正当她愁眉不展，胡思乱想的时候，突然从南边的树林里跑过来一只年轻力壮的巨猿。柯切尔觉得所有的巨猿都长一个样，她一直没认识到，巨猿跟人一样，每个个体的面容和身材都有很大差异。即便如此，她还是注意到这只巨猿与众不同，动作敏捷，力大无比。当它走近一点的时候，她发现自己居然有点欣赏它光洁、厚重、闪着银光的皮毛。

很明显，这只巨猿压抑着它焦躁的情绪。事实上，就算它还没有走近，它的行为举止也早让人看出了这一点。不光是柯切尔，猿群也注意到了它。它们跑上前去，又是叫又是撸它的毛，用巨猿的方式来迎接它。莱特也过来了，它绷着身子，毛发竖立，龇牙咧嘴，低声嚎叫，谁知道祖塔格来干什么呢？也许平安无事，也许是来挑衅。莱特见过不少年轻力壮的巨猿突然犯上作乱，挑战首领的权力。它还见过年轻的巨猿杀气腾腾地从丛林里杀出来，制服部落的臣民。如果祖塔格只是随意到此找食物，它会悄悄进来，不引起大家的关注和怀疑，但是它这么大张旗鼓、义愤填膺地冲进来，莱特就不得不警觉了。

双方周旋了半天，互相嚎叫，互相闻嗅，剑拔弩张，最后终于发现彼此都没有恶意。接着祖塔格把它在沃马波部落看到的情况告诉了莱特。

莱特嫌恶地咕噜了一声就走开了，它说："让泰山这个白猿自生自灭吧。"

"他是只了不起的白猿，"祖塔格说，"他和我们部落相处得很融洽。我们去把他救出来吧。"

莱特又咕哝了一声，继续往前走。

祖塔格大叫起来："如果你莱特害怕沃马波人的话，那我祖塔格自己去救他。"

莱特愤怒地打着转，大声叫喊："莱特才不害怕呢，但是它不会去的，因为泰山不是它部落的臣民。你这么想救泰山就自己去吧，你还可以把泰山的女人也带着一起去。"

祖塔格说："祖塔格会去的，它会带着泰山的女人以及所有勇敢的莱特部族成员一起去。"它边说边用探寻的目光看着其他巨猿。"谁愿意跟我一起去跟我们的敌人沃马波人战斗，救回我们的兄弟泰山？"它问道。

八只年富力强的巨猿站了出来，但是其他年迈的巨猿老于世故，谨慎保守，它们摇摇头，跟在莱特后面慢慢走了。

"很好，"祖塔格叫起来，"我们不要老的和母的跟我们一起去，这场战斗是属于勇士的。"

老巨猿对它的话充耳不闻，但是这八只自告奋勇去救泰山的年轻巨猿，听了它的话群情激昂，手舞足蹈，龇牙咧嘴，长啸示威。

柯切尔冷眼旁观，觉得十分恐惧，她害怕巨猿间的争执会演变成一场恶斗。当她听到祖塔格和它的拥趸喊叫示威的时候，她不禁浑身颤抖。丛林里的各种声音中，最可怕的莫过于巨猿示威逞强的嘶吼了。

如果说她刚才还只是害怕的话,那么这会儿她看到祖塔格带着它的拥趸朝她走近的时候简直是要吓瘫了。祖塔格灵巧地越过栅栏,直直地站在她面前。她鼓足勇气拿起长矛直指它的胸膛。祖塔格急得又是打手势又是咕咕噜噜。尽管柯切尔不太熟悉巨猿的这种表达方式,她还是明白它并无恶意,因为它并没有龇牙咧嘴,它的表情和态度看上去是想要解释某个棘手的事情,或者是证明自己做的事是有价值的。

最后它终于不耐烦了,它一巴掌打掉柯切尔手里的长矛,抓住她的胳膊,不过动作并不粗鲁。柯切尔吓得往后缩,但是她还是隐隐觉得这只巨猿并不会伤害她。祖塔格急切地喊叫着,指着南边的丛林,把柯切尔朝那边拉。它解释了半天还是没让柯切尔明白,觉得自己简直要疯了。它指指栅栏,指指她,又指指森林,最后,好像是突然来了灵感,它弯腰捡起长矛,不停地指指长矛又指指南边。柯切尔灵光一现,突然明白它要解释的事情跟泰山有关,它们都觉得她是泰山的女人,泰山有可能遇到麻烦了,她得一起去。想到这里,她不再往后缩,而是跟着祖塔格一起往前走。在栅栏的入口处,她开始拔荆棘,祖塔格看到了也帮她拔,这样他们就把路障清理干净了。

祖塔格和它的八个同伴快速朝丛林进发,它们走得实在是太快了,柯切尔不得不飞跑才能跟上它们。后来她实在是跟不上了,只好远远落到后面。祖塔格又急又悔,不得不一趟趟往回跑,催促她加快速度跟上它们。最后它实在等不及了,抓住她的胳膊就拽着她往前走。柯切尔抗议,可是她的抗议毫无作用,因为祖塔格根本没有意识到这是抗议。柯切尔的脚被草丛绊住,摔倒在地,祖塔格只好松手,这下它真是气疯了,狂叫不已,它的同伴还在

落入野人手中 | 119

森林边等着它去领导行动呢。它突然意识到，这个可怜的柔弱女子根本不可能跟上它们的步伐。按照她这个速度前行，只怕还没赶到，泰山可能就已经被害了。于是，它不再折腾，一把抓起柯切尔把她背到肩上。柯切尔的胳膊抱着它的脖子，它一只爪子托住柯切尔的腰，这样柯切尔就不会掉下来了。然后它开始飞跑，追上它的同伴。

柯切尔穿着马裤，免去了长裙的牵牵绊绊，这样她就可以紧紧地趴在祖塔格的背上了。有时候祖塔格跳到树上去，她就吓得闭上眼睛，抓得更紧，生怕会掉下去。

这段跟随九只巨猿穿越原始森林的经历将永远留在柯切尔的记忆里。

最初的恐惧过去了，柯切尔终于敢睁开眼睛饶有兴趣地观察周围的环境。现在她目睹着这群巨猿轻松自如地穿越丛林，心里感觉到的不再是害怕，而是一种踏实。后来，当她发现祖塔格背着她依然健步如飞，毫无倦意，甚至比那些轻装前行的同伴还跑得快，她不禁对祖塔格敬佩不已。

祖塔格它们一刻不停地赶路，直到来到离那个村子不远的地方才停下来。它们能听到村子里传来的各种喧嚣声：土著们的笑声、吵闹声，狗叫声。从树丛里往前看，柯切尔发现这就是她刚刚逃出去的那个村庄。想到有可能被重新俘获，她浑身颤抖，同时她也奇怪祖塔格为什么把她带到这儿来。

现在，猿群开始慢慢地小心翼翼地接近村庄。它们在树上悄无声息地前进，简直跟松鼠一样轻巧，一直走到一个能俯瞰全村的位置才停了下来。

祖塔格蹲在一根粗大的树枝上，它把柯切尔从肩上放下来，示意她自己找个合适的地方蹲着，然后它转过身来，指着街道另

落入野人手中 | 121

一边的一座小屋的入口处不停地打手势，想对柯切尔解释什么，最后柯切尔终于明白了——泰山就被关押在那里。

小屋的房顶就在他们下方，很容易就能跳进去，但是下去以后能做什么她就不能掌控了。

天色渐渐暗了，炊具下的火也点燃了。柯切尔看到火刑柱和一堆堆的柴火，突然明白这些可怕的准备工作意味着什么。她多么希望自己手里有件武器，这样她至少占一点点优势，还有一点点希望。如果是这样，她会毫不犹豫地冲到村里去救泰山。毕竟，泰山曾经三次救过她的命。

她知道泰山恨自己，但她内心依然燃烧着救他的责任感。她无法评判他，她还从来没有碰到过像他这么既荒谬又可靠的人。很多时候，他比他周围的野兽更野蛮无情，但同时，他又像中世纪的骑士一样豪侠仗义。她曾经在丛林中迷失方向，只好跟他待在一起好几天，完全任他摆布，但是她对他有种无法言传的信任，对他的恐惧感早就消失殆尽了。

但同时，他的残酷无情也是显而易见的，要不然他也不会把她一个人留在恐怖的丛林里，让她日夜担惊受怕。

祖塔格显然在等待黑夜的来临，这样它就可以实施它精心设计的营救计划了。它和它的同伴们都安静地坐在树上，观察着土著们的举动。这会儿他们好像正在争吵着什么，一群人围在看上去像是首领的人身边，情绪激烈地边吵边指手画脚。争吵持续了五到十分钟，突然捆柴火的绳子断了，两个武士跑到村庄另一头，搬来一个火刑柱，放到原来那个的旁边。柯切尔不知道第二个火刑柱是做什么用的，难道这里除了泰山还有一个俘虏？

现在天已经完全暗下来了，村庄被火光照亮了。柯切尔看到一些武士走进祖塔格一直盯着的小屋。过了一会儿，他们又出现了，中间走着两个俘虏。柯切尔立刻认出来其中一个是泰山——她的保护者，另一个则是个穿着飞行员制服的英国人。原来，这就是摆放两个火刑柱的原因。

柯切尔猛地站了起来，一只手放到祖塔格的肩上，指着下面，"来了。"她说，好像她在跟人类说话一样。说着她轻轻落到小屋的屋顶上。屋顶到地面很近，她跳到地上，躲到离火堆最远的位置，这里一片漆黑，不可能被发现。她回头看到祖塔格和它的同伴也都下来了，心里觉得踏实了许多。

柯切尔躲在街道旁的小屋边，审慎地观察地形。离她不远的地方是村子入口，稍远的地方是街道，食人土著们正围着两个俘虏，准备把他们绑到火刑柱上去。所有的目光都聚集在两人身上，柯切尔一行得以慢慢靠近，不用担心被发现。她多希望她有件武器，这样她就可以带领巨猿们发动营救，当然，她也不确定它们是否听她的指挥。他们轻手轻脚、一个跟一个地朝街道方向行进。柯切尔想找件武器，于是走进一间小屋找到了一支长矛，然后回去继续朝街道靠近。

泰山和史密斯都被绑到火刑柱上了。他们俩一言不发。史密斯抬头看着泰山，一脸凄惨。泰山站得笔直，脸上毫无表情，看不出恐惧，也看不出愤怒。他们马上要上火刑柱了，但他的表情给人的感觉是他对即将发生的一切毫不在意。

"再见了，老哥。"史密斯轻轻说道。

泰山看看史密斯，笑着说："再见。如果你想早点了断，就尽量多吸烟雾。"

"谢谢。"史密斯回答道。尽管他脸部扭曲，他还是尽力挺胸站直。

女人和孩子围着火刑柱坐成一个圈。男人们浑身涂满油彩，

落入野人手中 | 123

开始跳死亡之舞。泰山回过头对史密斯说："如果你想扫他们的兴，就保持平静。不管你觉得有多痛，都不要哼一声，也不要露出痛苦的表情，这样他们就会觉得索然无味，一点也高兴不起来了。再见，祝你好运！"

史密斯没有说话，但是他咬紧牙关，神态平静，那些食人土著别想从他身上找到乐子。

武士们开始围成圈。现在，努马波要用他的长矛刺出第一滴血，这是行刑开始的标志，这之前火刑柱下的柴火已经被点燃了。

努马波离火刑柱越来越近。他尖利的黄牙在火光中不时闪现。他一会儿弯腰俯身，一会儿双足顿地，一会儿高高跃起，最后他跳到了泰山和史密斯的跟前。他举起长矛，直刺泰山的胸膛，血从光滑的皮肤上滴落下来。就在这时，外围传来女人的尖叫声，随后是圆圈另一侧的骚动声。泰山和史密斯看不到发生了什么，但是泰山不用看也知道是怎么回事，他已经听到了巨猿的叫声，知道入侵者是它们。他不知道的是它们怎么到这儿来的，来的目的是什么。他不太相信它们会来救他。

努马波和他的部下从圆圈冲出去，看到了他们前几天抓住又逃跑的白人女孩，令他们难以置信的是，她后面是一群身形壮硕、让人畏惧的巨猿。

祖塔格左右挥拳，龇牙咧嘴，猛冲过来，其他巨猿也学它的样子紧随其后。它们很快就越过老人、女人和孩子，直冲到努马波面前。这时，泰山看清楚来人是谁了，他简直不敢相信是柯切尔带着这群巨猿来救他。

泰山对祖塔格喊道："去对付那些大块头，让那个女孩来给我松绑。"又对着柯切尔说，"快！砍断绳子。巨猿们会对付那些黑人的。"

柯切尔飞快地跑到他身边。她没有刀，绳子又绑得很紧，但她还是马上开始行动。等祖塔格它们围住黑人武士，她已经把绳子弄松了，泰山很快就给自己松绑了。

"现在快去给那个英国人松绑。"泰山喊道，然后一跃而起，和祖塔格它们一起对付土著。努马波他们意识到巨猿在数量上处于劣势，逐渐有了战斗的决心，何况他们还有长矛和其他武器，巨猿渐渐处于下风，已经有三只巨猿倒下了。泰山也意识到，除非有什么办法打击土著的士气，否则这场战争最后一定会以巨猿落败而告终。他四处环视，想找到合适的办法，突然，他看到一样东西，他觉得这东西能帮助他达到目的。他从火堆上拎起一桶开水，朝土著们劈头盖脸地泼过去。土著们又怕又痛，直往后缩，任凭努马波一再喝令，他们也不敢往前。

泰山不容他们喘气，马上又拎起一桶水朝他们泼过去。不用再泼第三桶，土著们已经尖叫着四处逃散，躲到小屋里去了。

此时柯切尔已经给史密斯松绑了。这三个欧洲人和剩下的六只巨猿慢慢朝村口撤退。史密斯捡了一支长矛做武器，这是土著们狼狈逃跑的时候丢弃的。

努马波的手下现在又怕又痛，他没办法再鼓舞士气，只好眼睁睁地看着他们撤退出去，消失在黑暗的丛林里。

泰山一言不发地大步前进。祖塔格走在他旁边，后面跟着幸存的巨猿、柯切尔以及史密斯。史密斯被发生的一切弄得莫名其妙。

泰山一生极少感谢他人。他的一切成就全是凭借自己的本事得来的：他拥有勇猛无敌的体力、极其敏锐的感官、凡人所不能及的理性。但是现在他不得不对他人感恩不已，因为他的命是别人救的，而且还是被他最讨厌的人救的。想到这儿，泰山不禁摇头低吼。

落入野人手中 | 125

Chapter 11
找到飞机

泰山出门狩猎，满载而归。他肩上扛着鹿肉，在开垦地旁的一棵树上歇脚时，看到柯切尔和史密斯从河边走到小屋旁。

泰山摇头叹息。他朝西边望过去，脑海里浮现出他小时候的生活场景：小屋、港湾、沙滩……虽然父亲很早就去世了，但和他一起生活的记忆依然是他最宝贵的财富。泰山失去了伴侣，越发想回到他童年生活的地方。在人类野蛮入侵之前，那里人迹罕至，他生活得惬意。他想回到那里度过余生，忘记所有的痛苦。

但是现在他离那里还很远很远，更重要的是，他因为对两个人的责任而被缚住了手脚。一个是穿着破烂的英国皇家空军制服的史密斯，另一个是柯切尔，穿着更破烂的骑马装。

命运让这三个完全不相干的人聚到一起。一个是半人半兽的野人，一个是英国空军军官，一个是德国女间谍。

他该怎样甩掉这两个人呢？泰山无法想象。难道他穿越丛林再把他们送回东海岸去？但是除此之外又能有什么别的办法？这两个人也没有穿越丛林的力量、耐力和能力；带他们一起去西海岸？他也不愿意。对史密斯他还能忍受，可他绝不能忍受一个德国女间谍去玷污他神圣的旧居。既然他不可能抛弃他们，现在就只剩一个办法了。他只能带着他们慢慢朝东海岸走，至少得走到第一个白人定居点去。

他以前的确考虑过让柯切尔自生自灭，但是她把自己从食人土著的火刑柱上救了出来，他就不得不对她感激不尽了，虽然他并不愿意承认这一点。当泰山看着他们俩走过来的时候，既有点悔恨，一想到他们在丛林中的生活状态是多么无助，又觉得他们可怜。人类是多么渺小！在大自然的威力面前是多么无力！为什么连莱特这样小的部族都比人类的生存能力强？它们至少可以在危险来临时逃命。在丛林里，除了乌龟，大概没有哪一种动物比人类行动更迟缓、更虚弱无力。

没有泰山，这两人在丛林里即使能逃过各种野兽的攻击，也会被饿死。那天早上泰山给他们拿了水果、坚果和一些植物，今天他又带来猎物。他们俩唯一能做的事情就是去小河打水。这会儿他们正从小河往回走，完全没感觉泰山就在他们附近，不知道他正盯着他们，也不知道周围还有很多不友好的眼睛在对他们虎视眈眈。他们不懂这些，但是泰山懂。他能看到树丛里蹲着的野兽，知道那是什么野兽，它们意欲何为。尽管它们藏在树丛里，对泰山来说，他看得一清二楚，就好像它们待在空旷的地方一样。

一根树枝上几片树叶在晃动，泰山就知道有野兽出现了，因为这不是风吹动树叶的感觉。像他这样长期在丛林里生活过的都知道，树枝承受重力所带来的颤动与风吹动树叶是不一样的。同时，通过风吹过的气息泰山已经嗅到了豹子的味道，他确信它正在等

找到飞机 | 127

着这俩人呢。

当他们俩快要走到小屋时，听到泰山在头顶叫他们停住。他们一脸惊异地看着泰山从树上跳下来，朝他们走过来。

"慢慢朝我走过来，"泰山对他俩喊道，"不要跑，一跑希塔就会袭击你们。"

他们按照泰山说的慢慢走过去，但是满脸都是疑虑和好奇。

"你说的是什么意思？"史密斯问道，"希塔是谁？"泰山没有回答，他突然把鹿的尸体往地上一扔，飞快地跳过来，眼睛一直盯着他们身后的地方。这时，他们俩才转过身，原来泰山口中的"希塔"是一头凶狠的豹子，正朝他们扑过来。

豹子看到泰山从树上跳下来，凭它的经验和直觉，它觉得泰山要抢走它的猎物，不禁勃然大怒。豹子已经饿坏了，绝不允许谁从它嘴边夺走它的猎物。

柯切尔看到豹子凶神恶煞地扑过来，吓得掩口惊叫。她颤抖着抓住史密斯，虽然史密斯自己毫无抵抗能力，但他还是把柯切尔推到身后用身体护住她，自己昂然面对豹子的袭击。泰山注意到这个场景，尽管他对勇敢的行为早已司空见惯，他还是为史密斯的勇气所感动。

豹子猛扑过来，转眼之间就扑到泰山身边。但是，豹子虽然快，泰山更快。史密斯看到泰山闪电一般冲过去，豹子不得不改变进攻方向，以躲闪泰山的冲击。

史密斯目瞪口呆地看着眼前发生的一切。他看到泰山也调整方向，朝豹子扑过去，就像足球运动员朝带球的对手扑过去一样。泰山用左臂抓住豹子的左肩，右臂钳住豹子的右前腿，双方纠缠在一起，在草地上翻滚较劲。史密斯听到他们发出野兽的嘶喊咆哮声，他几乎分辨不出泰山的声音和豹子的声音。

这时柯切尔没有刚才那么害怕了，她松开抓住史密斯的手，对他说："我们能不能帮帮泰山？不能叫他给豹子咬死啊。"

史密斯朝地上张望，希望能找到一件武器来对付豹子。柯切尔突然尖叫了一声，然后朝小屋跑去，"等着我，"她说，"我去把泰山留给我的矛拿过来。"

史密斯看到豹子的利爪试图抓破泰山的皮肉，泰山使出浑身解数不让豹子得逞。他肌肉紧绷，青筋暴起，用尽全身气力。现在，泰山咬住豹子的脖子，用腿压住豹子的腹部。豹子不停地挣扎嚎叫，在地上滚来滚去，想要摆脱泰山的束缚。

这时柯切尔气喘吁吁拿着泰山留给她防身用的长矛跑回来了。史密斯跑过去想接过长矛，柯切尔已经从他身边跑过去，冲到泰山和豹子旁边。她几次想把矛插进豹子的身体，又担心误伤了泰山而不敢下手。最后，泰山和豹子都不动了，豹子看上去有点体力不支，想要停战片刻恢复体力。柯切尔趁着这个空当把长矛直插入豹子的心脏。

泰山站起来，浑身抖动，这是毛发茂盛的动物在打斗后惯常的动作。这个习惯和其他一些习性一样不是遗传或者返祖，而是环境使然。譬如狮子，就会在战斗结束后使劲抖动身体，以便把乱糟糟的毛发理顺。尽管泰山从外表看完全是人类，他做起这个动作来却娴熟自如，史密斯和柯切尔看了自然觉得十分怪异。

泰山看着柯切尔，脸上的表情一言难尽，她又一次救了他，可是泰山不想欠一个德国间谍的人情。不过，泰山从内心深处还是非常佩服她的勇气。泰山本人就是勇气的化身，他特别在意勇敢这种品质。

"猎物在这儿，"他边说边把豹子的尸体从地上捡起来，"我猜想你们要烧熟了吃，不过我用不着那么麻烦。"

史密斯和柯切尔跟着泰山来到栅栏边,泰山给他们切了几块肉,自己留了一块带骨头的。史密斯生火,柯切尔因陋就简地烹饪。柯切尔做饭的地方离两个男人有一小段距离,他俩边看她做饭边聊天。

"她很不错,不是吗?"史密斯小声说。

"她是个德国人,而且是德军间谍。"泰山回答道。

史密斯马上扭过头看着泰山,"你是什么意思?"他喊了起来。

"我没什么意思,"泰山回答,"她是德军间谍。"

"我不相信。"史密斯叫起来。

"你没必要相信,"泰山说,"你信不信对我来说都无所谓。我第一次见到她是在德军军营的会议室,将军正跟他的部下开会,他们都认识她,叫得出她的名字,她交给将军一份文件。第二次见到她是她乔装打扮混入英军军营。第三次见到她是她到威廉斯塔给德军军官带话。她肯定是个德军间谍,但是因为她是女人,我就放过她了。"

"你说的这一切都是真的?"史密斯问道,"我的天啊,我没法相信。她是这么甜美、善良、勇敢。"

泰山耸耸肩。"她确实很勇敢,"他说,"但是就算是老鼠这么卑劣的动物也会有些好的品质。她就是我所说的德军间谍,因此,我恨她,你也应该恨她。"

史密斯用手捂住脸,最后他终于开口了:"上帝饶恕我吧,我没办法恨她。"

泰山轻蔑地看了史密斯一眼,站起身来说:"我又要出门打猎了,你们的食物还够吃两天。两天后我就回来了。"

柯切尔和史密斯注视着他消失在丛林深处。

泰山一离开,柯切尔就觉得焦虑不安。丛林里看不见的危险现在似乎更迫近了。他在这儿的时候，小屋以及栅栏围住的地方似乎是世界上最安全的地方。她多希望泰山不走。两天是多么漫长，两天里的每一分每一秒都充满着危险，每一分每一秒都担惊受怕。她转过身对史密斯说："我多希望他不走。他在附近我就觉得特别安全。是的，他这人又冷酷又讨厌，可是跟他在一起比跟任何我认识的人在一起都让我安心。他不喜欢我，但我知道他不会让我受伤害。他简直让我无法理解。"

"我也没法理解他，"史密斯回答道，"但是有一点我很清楚，我们的出现打乱了他的计划。他想甩掉我们，我甚至猜测他希望我们在他离开的时候被丛林中的某个野兽干掉，这样他回来以后就没有负担了。"

"我认为我们应该想办法回到白人定居点。泰山不希望我们在这儿，我们也不可能在这个蛮荒之地生存很长时间。我去过非洲的很多地方，但是从来没有见过也没有听说过非洲还有这么落后的地方，到处是凶猛的野兽和没有开化的土著。如果我们朝东海岸走，我们遇到的危险也不会比在这里更多。我们只要能顺利走一天的路程，就能找到我迫降的飞机，这样我们就能在几个小时内飞回东海岸。这里没有人会开飞机，他们也没有理由破坏飞机。事实上，这些土著觉得飞机是个奇怪又不可捉摸的东西，他们害怕这玩意儿，很可能不敢靠近飞机。对，飞机一定还在那里，会把我们安全地带回基地。"

"但是我们不能在他回来之前就这么走了，"柯切尔说，"我们不应该不道谢、不告别就走了。我们欠他的太多了。"

史密斯一言不发地看着柯切尔。他不知道柯切尔是否知道泰山对她的态度，他甚至怀疑泰山对他说的他恨柯切尔的话不是真的。跟柯切尔在一起的时间越长，他越不能接受她是德军间谍的

找到飞机 | 131

事实。他恨不得直截了当地问柯切尔泰山说的是不是真的，可是最后还是控制住自己。他决定还是让时间来证明一切。

"我相信，"史密斯说，"泰山回来后发现我们走了会非常高兴。我们没有必要为了跟他说声谢谢而再在险境中多待两天，当然我们确实该感谢他。你也救过他两次，你们之间扯平了。况且，从泰山跟我说过的事情来看，你尤其不应该在这里久留。"

柯切尔惊愕地看着史密斯，"你说这话是什么意思？"她问道。

"我不想说，"史密斯回答道，他显得很紧张，一直用一根棍子在土里戳来戳去，"但是你要相信我说的话，他不希望你留在这里。"

"告诉我他说了什么，"柯切尔很执着，"我有权知道。"

史密斯挺起胸膛，看着柯切尔的眼睛，脱口而出："他说他恨你，他帮助你只是出于责任感，因为你是个女人。"

柯切尔脸色白一阵红一阵，过了一会儿，她说："我马上就走。我们最好带些肉，不知道什么时候才能弄到吃的。"

他们收拾妥当，便沿着小河朝南出发。史密斯带着泰山留下来的长矛，柯切尔没有武器，只好从地上捡了一根棍子带着。走之前，她坚持要史密斯给泰山留言感谢他的照顾，并跟他道别。史密斯写好道别信，用木头钉在小屋的墙上。

他们一路保持着高度的警惕，因为他们不知道在丛林的下一个拐弯处会遭遇什么，也不知道密集的灌木丛中藏着什么危险。还有一个最大的危险——他们有可能碰上沃马波部落的人，因为部落村庄就在他们走的路线上。他们很有必要绕一个大圈，以免跟敌人狭路相逢。

"相比食人土著，"柯切尔说，"我更害怕乌桑格的人，他们是德军的附属部队。他们抓我，可能是想绑票，也可能是想把我卖给北部的黑人苏丹做小老婆。乌桑格比沃马波人更可怕，因为他们受过欧洲的军事训练,还拥有一些现代的武器弹药。"

"我太幸运了,"史密斯评论道,"幸亏我是被无知的沃马波部落发现和俘虏了,乌桑格部队见过世面,他们肯定不会害怕飞机,有可能把它给拆散了。"

"上帝保佑乌桑格部队没有发现你的飞机。"柯切尔说。

他们朝离村庄大约一英里的地方前进,然后朝东转入一片人迹罕至的低矮灌木丛。树丛太茂密了,他们行进得非常困难,有时候不得不手脚并用,从树桩上爬过去。枯死的树叶间还有很多恶心的爬虫,让他们的行进愈发困难。

此时,在他们南面的一块空旷的草场上,一群黑人士兵正围着一个让他们好奇又兴奋的大玩意儿。这群人穿着破旧的德军当地驻军制服,他们就是臭名昭著的黑人军团乌桑格部队。他们围着的是一架英国飞机。

史密斯被沃马波人带走没多久,乌桑格就出来搜寻飞机了,既是出于好奇,也是想毁掉飞机。但是当他找到飞机以后,他又有了新的想法,不想毁掉飞机了。他知道,飞机价值极大,他也许可以从中捞点好处。他每天都跑去看看飞机,刚开始很是敬畏,慢慢地看习惯了,就觉得这是属于自己的东西了,他甚至爬进机身,希望自己学会开飞机。

能像鸟一样飞到天空,飞越最高的树梢,这是多么了不起的事情!会让那些对他不够尊敬的人敬畏不已!如果乌桑格会飞,那么整个非洲内陆的所有部族的人都会对他俯首称臣,他们会觉得他就是上帝!

乌桑格沉浸在自己的憧憬中,不禁又是搓手又是咂嘴。他想:如果真能这样,那么他就是最富有的人了,所有的村庄都要给他进贡,他还可以娶十二个老婆。但是一想到这,他脑海里就蹦出了他老婆娜若图的样子，娜若图是个泼妇，他事事都得听命于她。乌桑格皱皱眉头，想忘掉娶十二个老婆的事儿，不过，这对他实在太有诱惑力了，他自己给自己找理由：上帝要是没有几十个老婆哪能叫上帝呢？

他触碰着飞机上的各种零件和仪表盘，希望自己运气好能一下子让飞机飞起来，不过又有点害怕。他以前经常看到英军飞行员在德军上空盘旋，他觉得驾驶飞机看上去挺简单的，只要有人给他示范一下，他也能学会开飞机。如果被努马波俘虏又逃走的那个白人飞行员落到他的手里，他就有希望学会开飞机了。正是怀着这种希望，乌桑格每天都在飞机周围徘徊，他相信那个飞行员一定会回来找他的飞机的。

最后，他终于等到了。这一天，他刚刚离开飞机回到丛林，就听到北面传来声音，于是带着属下躲到树丛里。当他看到英军飞行员和那个从他们手里逃走的白人女孩的时候，他简直欣喜若狂。

乌桑格忍不住大叫起来，他实在是控制不住自己的狂喜，他没想到自己最想要的两个人居然同时出现在他面前。

史密斯和柯切尔顺着小路走过来，他们完全没有意识到危险即将来临。两人的注意力都在眼前的小路上，他们无时无刻不盼望着在小路尽头看到草场，草场上就是能让他们重获生命和自由的飞机。

小路不算窄，两人并肩走着。突然一个急转弯，眼前出现了一片宽阔的草场，他们同时看到了日思夜想的飞机。

两人发出惊喜的欢呼，就在此时，乌桑格和他的属下从树丛里跳出来将他们团团围住。

Chapter 12
黑人飞行员

柯切尔又恐惧又绝望，简直快要崩溃了。本来马上就可以登上飞机离开这恐怖的地方，哪知道残酷的命运又一次捉弄了他们。史密斯也很绝望，但更多的是愤怒。他注意到那些黑人穿着残破的德军军服，就问他们长官在哪里。

"他们听不懂你说的话。"柯切尔说道，接着用德国人用来与其殖民地黑人交流的语言重复了一遍史密斯的问题。

乌桑格狰狞地笑了笑，对柯切尔说："你不是知道他们在哪儿吗，白妞？他们被我弄死了。如果这个男人不照我说的做，也得死。"

"你想让他做什么？"柯切尔问道。

"我要他教我怎么开飞机。"他回答。

柯切尔十分惊讶，但还是将他的要求翻译给史密斯。史密斯沉吟片刻，说："他想学飞行，对吧？告诉他我可以教他，但条件是放我们走。"

柯切尔将他的意思转达给了乌桑格，乌桑格虽然不乐意，但他一贯奸诈狡猾、毫无原则，心想开个空头支票又有何妨，于是立马答应了史密斯的要求。

"如果他教会了我开飞机，我会负责把你们送到白人殖民地附近，但这架飞机得归我。"

柯切尔转达了乌桑格的话。史密斯耸了耸肩，皱着眉头说："好吧，我答应。除此之外，也没有其他法子了。不管我答应不答应，这架飞机都保不住。如果我拒绝那个无赖的要求，毫无疑问，他会马上干掉我，最后飞机也只能烂在这儿；与其如此，我还不如接受他的条件，这样至少你能安全回到文明社会，这对我而言，比英国飞行队的所有飞机都重要。"

柯切尔扫了他一眼，这是他第一次对她说这样的话，她听出了他的意思：他对她的感情并不仅限于患难之交。她心里五味杂陈，不知该如何面对史密斯的爱意。而史密斯自己也是刚一说完就后悔了，他看到柯切尔的表情，马上意识到自己让她犯难了。

"对不起，"他马上说道，"我没有别的意思，我并非有意冒犯，我保证在脱险之前再不说这样的话了。"

她笑了笑，谢谢他的好意。话已说出又怎能收得回，虽然史密斯没有明确说出那三个字，但柯切尔已经知道了他的心意，知道他爱上了自己。

乌桑格想马上开始学飞行，史密斯准备先教他一点飞行的基本常识再上机实践，但这个家伙立刻暴跳如雷，怀疑史密斯有什么阴谋诡计。

"好吧，老兄。"飞行员小声说道，"那就给你点颜色看看。"然后他转身对柯切尔说，"你得说服他让你跟我们一起上飞机。我可不放心把你一个人留在一堆恶棍中间。"柯切尔一开口，乌桑格就琢磨着史密斯肯定另有所图，搞不好会开着飞机把他交到英军手里，那就糟糕了。想到这儿，他狠狠地瞪了一眼柯切尔，果断拒绝了这个提议。

"这个女的必须留在这儿，"乌桑格说道，"只要你将我安全送回来，他们就不会伤害她。"

史密斯没办法，只好对柯切尔说："告诉他，返航时如果在草场上没有见着你，我不会着陆，而是直接开着飞机把他带回英国营帐处死。"

乌桑格答应他，返航时一定能看到柯切尔。然后他走到部下面前，命令他们不得伤害柯切尔，违令者死。士兵们簇拥着他和史密斯来到飞机前。但一坐进飞机里，他就开始害怕了，发动机和螺旋桨一启动，他就开始尖叫起来，要史密斯停下来让他下飞机，但飞机发动的声音太大了，史密斯根本听不清他在叫喊什么。这时，飞机正掠过地面准备起飞，乌桑格打算跳舱，但是他又解不开安全带。飞机从地面开始上升，不一会儿就飞得比树还高了。乌桑格害怕得几近崩溃，他看到地面正迅速下降，接着树木、河流和远处村庄里的茅草屋都出现在了视野里。为了转移注意力，乌桑格只好想象娶二十四个老婆这种美事，有了这架飞机他就能实现自己妻妾成群的梦想了。飞机越飞越高，在森林、河流和草场上空盘旋着，这时，乌桑格惊讶地发现自己不再那么恐惧了，他开始注意史密斯怎么操纵飞机。

就这样飞行了半个小时，史密斯决定吓唬吓唬乌桑格，于是他突然加速，把飞机上升到一个非常高的高度，然后开始在空中翻滚转圈。乌桑格惊恐万分，吓得大声尖叫，声音甚至盖过了螺旋桨的"呼呼"声。片刻之后，史密斯重新摆正飞机，他在草场上方慢慢盘旋了几圈，看到柯切尔还安然无恙地待在那里，才缓

黑人飞行员 | 137

缓着陆,把飞机停在离柯切尔不远的地方。

乌桑格下舱时哆哆嗦嗦,脸色苍白,他刚刚被颠得头晕目眩,一时还缓不过神来。但脚一着地,他又迅速恢复了冷静,趾高气扬地大步走到他的随从面前,一副若无其事的样子,好像在丛林上方上千码高的地方飞行很平常似的,然而事实是,他花了很长时间才通过心理暗示完全说服自己:飞行中的每一刻,他都在享受,并且在飞行这件事上他非常有经验。

乌桑格十分宝贝这个新玩意儿,所以他不想回努马波的村子了,坚持要在飞机附近扎营,生怕它会被人偷走。他们在那儿住了两天,一到白天乌桑格就逼着史密斯教他飞行,没过多久,他竟然要一个人开飞机上天。

史密斯心想,要成为一个合格的飞行员,必须接受几年的艰苦训练,这个狂妄无知的非洲人竟然会有那么不切实际的幻想,才学了两天就异想天开要求独自驾机。

"要不是怕飞机坠毁,"史密斯跟柯切尔解释道,"我早就让那个傻瓜自己去开了,不到两分钟他就会摔得粉身碎骨。"

然而,他最后还是劝乌桑格再多接受几天训练。但这个黑人生性多疑,他越来越觉得史密斯这样提议是另有所图:他一定是打算等到天黑自己开飞机逃走,所以才不肯让自己独自操纵飞机。这样一想,乌桑格下定决心要撇开史密斯,一个人冒险驾机离开。娶二十四名性感迷人的老婆的诱惑实在是太大了,柯切尔这个漂亮迷人的白妞就更不用说了。

夜里,乌桑格躺下睡觉时满脑子都是这些事儿,但娜若图不断地浮现在他的脑海中,一想到她的暴脾气,他就全然没了兴致,要是能摆脱她就好了!他早有此意,但他实在是太怕这个女人,不敢公开违逆她,只能趁她睡着了悄悄行事。乌桑格辗转反侧,

138

思前想后，最后突然灵光一闪，想到一个妙招。

一大早，乌桑格就迫不及待地要实施他的计划。吃饭的那会儿工夫，他便把几个随从叫到一边跟他们谈了一会儿。

史密斯一直盯着乌桑格，看见他正跟自己的手下嘀嘀咕咕，从他的手势和行为可以看出，他显然是在给他们布置什么新的任务。黑人士兵接受了指令，从史密斯身边经过，看了他好几眼，然后迅速朝柯切尔走过去。

一切似乎都并无异样，但史密斯却十分害怕，他预感他和柯切尔即将发生不测。他满脑子都是各种凄惨的景象，但又不得不承认，不管发生什么，他都完全无法逆转命运的安排。他连长矛都被没收了，现在完全是手无寸铁，毫无反抗能力。

这时，乌桑格的手下突然冲了过来，抓住史密斯，将他重重地摔在地上。史密斯挣扎着爬了起来，试图反抗，无奈对方人多势众，他们很快就制服了他，把他绑了起来。他看到柯切尔一样也被捆住了。

史密斯所在的位置可以看到整个草场和不远处的那架飞机。乌桑格正在跟柯切尔说些什么，而柯切尔重重地摇了摇头拒绝了他。

"他跟你说什么？"史密斯大喊道。

"他要把我带上飞机，"柯切尔大声回答道，"他要把我带到内陆的另一个部落，他在那里做国王，要我做他一堆老婆中的一个。"令史密斯惊讶的是，她突然笑了起来，"但是不用担心我有危险，"她继续说道，"因为几分钟之后我就要跟他同归于尽了——不妨给他足够的时间启动这架飞机，只要他能开到离地一百英尺的高度，我就再也不需要怕他了。"

"上帝啊！"史密斯大叫道，"你快阻止他，承诺给他任何东西都行，任何你能想到的东西。我有钱，有很多钱，超过这个蠢货的

黑人飞行员 | 139

想象。得到这些钱之后，他想买什么就买什么，好看的衣服，美味的食物还有漂亮的女人，什么样的女人都能买到。就这么跟他说，告诉他只要放了你我就会兑现我的诺言，把我的财富都给他。"

柯切尔摇了摇头，"没用的，"她说，"他听不懂你的意思，而且就算他能明白，他也不会信你。他们自己不讲原则，也觉得其他人都跟他们一样，没有原则不讲诚信。他们尤其不相信英国人，因为德国人一直蛊惑他们，说英国人最为奸诈下流。所以，这是最好的解决方式。很遗憾你不能跟我一起去，我可能死得比你要舒服一点。"

乌桑格一直在打断他们的对话，试图强迫柯切尔翻译给他听，因为他担心他们正在合谋阻止他的计划。为了安抚他的情绪，柯切尔只好跟他说史密斯不过是在跟她话别和祝福她而已。接着她突然转身对乌桑格说："如果我心甘情愿跟你一起走，你能答应我一个请求吗？"

"什么？"他问道。

"吩咐你的人在我们走后放了那个白人，反正他也追不上我们。我只有这一个要求。如果你能放他一条生路，我就心甘情愿地跟你走。"

"无论如何你都得跟我走，"乌桑格大吼道，"我才不管你愿不愿意，我即将成为一个伟大的国王，而你只能听我的吩咐。"

他知道一开始就得好好调教这个女人，决不能再出现第二个娜若图了。柯切尔和其他二十三个女人都必须经过仔细筛选还得训练有素，这样他才能坐稳一家之主的位置。

柯切尔眼看着祈求无果，一想到史密斯还这么年轻，对她又一往情深，却不得不面对残酷的命运，不禁心如刀绞。

乌桑格一声令下，一个黑人士兵将她从地上拎了起来，朝飞机的方向走去。乌桑格上了飞机,把她放在机舱里,解开绑住她手脚的绳子,又把她绑在了座位上,然后自己坐到驾驶员的位子上。

柯切尔看了一眼史密斯,她脸色苍白,但依然勇敢地微笑着。

"再见!"她大喊了一声。

"再见!愿上帝保佑你!"史密斯回应道——他的声音有点嘶哑——然后接着说道,"我想说的那番话——我现在可以说了吗?我们可能再也见不到了。"

他看见柯切尔嘴唇动了动,但并不知道她是同意了还是拒绝了,因为她的声音淹没在了螺旋桨的"呼呼"声里。

乌桑格学得不错,他熟练地启动了发动机,然后飞机掠过草场飞了起来。史密斯眼看着他深爱的女人被带走,而且等待她的几乎就是死亡,不禁悲痛难忍,心如刀绞。他看见飞机倾斜着从地面开始上升,起飞非常不错——他自己也只能做到这样,但他知道这次只是因为乌桑格运气好。飞机随时可能坠落,而且就算乌桑格能奇迹般地把飞机飞起来,他也不可能安全着陆。

突然,史密斯看到了惊人的一幕,吓得心脏都快要停止跳动了。

黑人飞行员 | 141

Chapter 13

乌桑格得偿所愿

这两天泰山一直在北边悠闲地狩猎,他绕了一个大圈子,现在,他离出发的地方已经不远了。

柯切尔和史密斯这两天怎么样?泰山想到了他们俩。他在河边的树上睡了一夜,清早起来以后就一直蹲在河边,想抓一条鱼带回去给他们俩吃。

泰山一动不动地蹲着,他知道鱼非常警觉,一点点动静就会把它们吓跑,只有特别有耐心的人才能抓住它们。泰山没有鱼钩和诱饵,只能靠动作快和出其不意。凭借他了解到的水生动物的习性,他知道在哪里守候最合适。也许他只需要等一分钟,也许要一小时,但不管怎样,鱼迟早会出现的。泰山知道这一点,所以他耐心地等待着猎物出现。

终于,水中出现一道光亮,鱼出现了,就在泰山伸手可及的地方。泰山飞速出手,马上就要抓住鱼了,就在这时,泰山身后传来一阵讨厌的声音,鱼一下子被吓跑了。泰山恼火地回头看是谁这么可恶,原来是祖塔格。

"你来干什么?"泰山问。

"我来找水喝啊。"祖塔格回答。

"其他巨猿呢?"泰山问。

"它们到森林深处打猎去了。"祖塔格回答道。

"那个女的和男的还安全吧?"泰山又问。

"他们走了,"祖塔格回答道,"之后太阳已经出来两次了。"

"是你们把他们赶走的吗?"泰山问。

"不是的,"祖塔格说,"我们没看到他们走,也不知道他们为什么走。"

泰山飞快地跑回开垦地。小屋和栅栏还是他走的时候的样子,但已经没有史密斯和柯切尔的踪影。泰山凭嗅觉就知道他们走了至少两天了。泰山转身准备离开,突然看到墙上有一张字条,上面写道:

"自从你告诉我柯切尔的身份,而且知道你很讨厌她,我就觉得我们这样相处下去对你对她都不公平。我知道,我们在这里妨碍了你继续往西海岸旅行,所以我决定,我们立刻出发往白人定居点去,这样就不会妨碍你了。我们俩都非常感谢你对我们的善意和保护。如果我能为你做些什么以回报你的恩情,我一定十二分的乐意。"后面是史密斯和柯切尔的签名。

泰山耸耸肩,把字条捏成一团扔到一边。他有一种解脱感,也非常开心他们主动把他解脱出来。他们走了,可以忘掉他们了,但是,他似乎又忘不掉。他穿过栅栏走进开垦地,总觉得隐隐的不安和担心。他开始朝北走,继续他回到西海岸的旅程。他可以沿着河朝北走几英里,河水朝西流去,穿过一片树木茂盛的平原,

乌桑格得偿所愿 | 143

流到小山脚下。在山脉的另一侧他能找到朝西流淌的河流，顺着河走肯定会有充足的猎物和水源。

但是他没有走远，可能只走了几步，他就突然停了下来。"一个是英国人，"泰山低语道，"另一个是女人。没有我的帮助，他们不可能走到白人定居点。我没有亲手杀掉柯切尔，可是如果我任由他们自生自灭，这跟我杀死她又有什么区别？"他摇摇头，"不，泰山真是个蠢货、懦夫。"说着他转身朝南走去。

森林中的猴子看到两个人两天前经过，它喋喋不休地告诉泰山，它亲眼看到他们朝沃马波部落的方向去了。于是泰山继续朝南追赶。他并没有专门去寻找他们路过的痕迹，但是他看到了无数的证据证明他们走的就是这条路——他能闻到他们留在树叶或树干上的淡淡的味道，看到他们在泥地上留下的脚印。尽管他们走过的路杂草丛生，他还是能看到他们的鞋子留下的印记。

一种无法言传的动力敦促着泰山加速前进。他耳边仿佛有两个声音，一个声音责怪他不该忽视他们的感受，还有一个声音不断告诉他他们此刻迫切地需要他。泰山经受着良心的折磨，他甚至把自己比作软弱无能的老太婆。泰山从小在野蛮冷酷的环境长大，饱受磨难和历练，他不愿意承认自己有任何温柔的特性。事实上，人人都生而有温柔甚至软弱的权利。

泰山沿着小路走，起初朝东边沃马波部落的方向弯了一下，又回到河边大象走的宽阔大路来，然后继续朝南走了几英里。这时泰山听到一阵奇特的呼啸声，他停下来仔细听了一会儿，"是飞机！"他低语道，然后飞快地朝前奔跑。

泰山终于跑到史密斯停飞机的草场边缘，他飞快地扫视了一眼，对于眼前发生的一切了然于心又有点难以置信。史密斯被绑着，无助地躺在地上，身边站着几个黑人士兵。泰山以前见过他们，知道他们是什么人。草场中间,乌桑格正在驾驶飞机,柯切尔坐在他的后面。一个无知的野蛮人居然学会了开飞机!泰山没时间去猜测和推想个中经过。从他对乌桑格的了解和史密斯的处境来看,乌桑格是想带走柯切尔。泰山不明白他为什么要这么做,柯切尔已经在他手掌心里,唯一能救她的史密斯也被他抓获了,他为什么还要带着柯切尔离开?泰山并不知道乌桑格娶二十四个老婆的梦想,也不知道他现在的老婆娜若图有多么凶悍。乌桑格想带着柯切尔离开,离娜若图远远的,再也不回来了。这些想法连他的属下也不知道。他只对他们说,他要把柯切尔进献给北方的苏丹王,换回赏赐,这样他回来的时候就可以给他们带回赏物。

泰山当然不知道这些前因后果。他唯一知道的就是他眼前看到的事实——一个黑人试图带着一个白人女孩驾飞机离开。

飞机已经慢慢离地了,再过一会儿,飞机就会平稳飞离。泰山刚开始打算用箭射死乌桑格,但是他马上放弃了,因为他想到,乌桑格一死,飞机就失控了,会冲进树丛里,柯切尔必死无疑。

现在他只有一个办法可以救柯切尔,这个办法一旦失败,他就必死无疑,但是他毫不迟疑地决定把这个方案付诸实施。

乌桑格没有看到泰山,他还是个新手,全部注意力都放在开飞机上,无暇他顾。但是其他人看到泰山了,他们冲着他大喊大叫,用步枪对着他阻止他前进。泰山从树上跳下来,飞快地朝飞机跑去,他背上背着一根长长的草绳,绳套在他头上飘来飘去。柯切尔从飞机往下看,惊喜万分地发现泰山来了。

飞机在泰山上空二十英尺的地方盘旋上升,泰山把绳套往飞机上扔,柯切尔大概猜出了泰山的意图,她抓住绳套,套在自己身上,两手紧紧握住绳子。与此同时,泰山用力往后拉,飞机被阻力带得东倒西歪。乌桑格拼命抓住操纵杆,飞机陡然往上升。

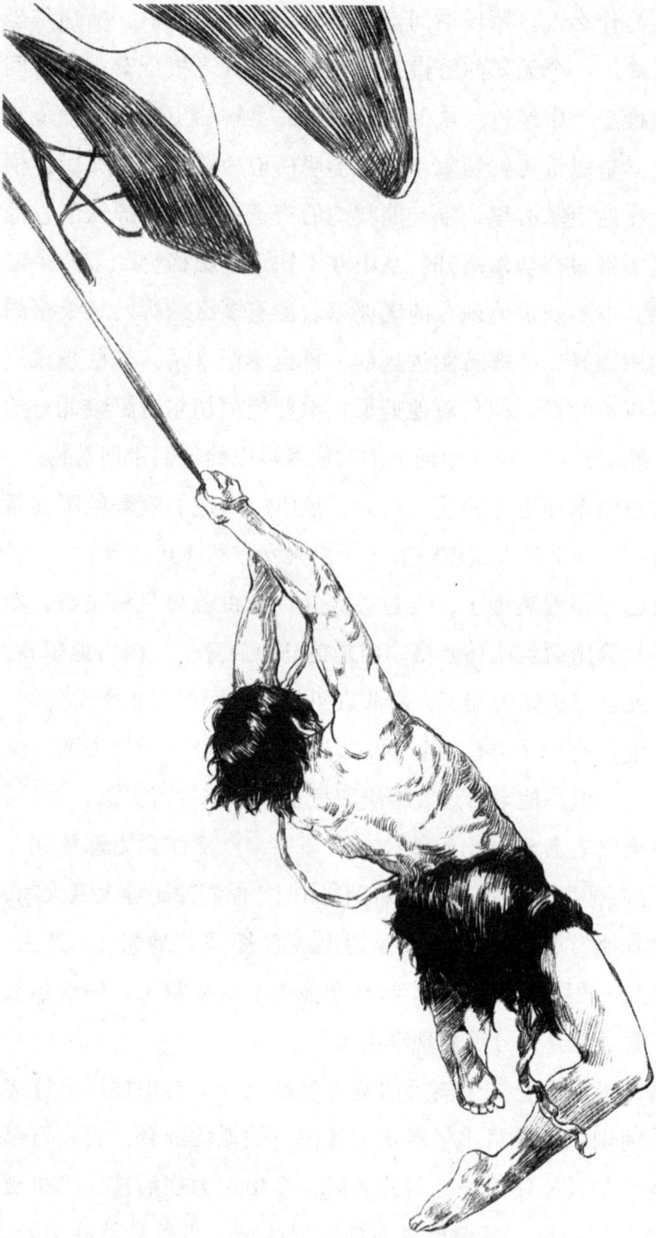

泰山抓着绳子尾端，被飞机甩来甩去，像个钟摆一样。史密斯躺在地上眼睁睁地看着眼前发生的一切，当他看到泰山被飞机甩到树梢，必死无疑时，他的心脏都快停止跳动了。但是飞机上升得很快，泰山避开了树枝，然后慢慢顺着绳子朝机舱爬过去。柯切尔拼命抓住绳子，用尽全身力气拉住吊在绳子另一端的泰山。泰山像钟摆一样在空中摇摆。

乌桑格不知道他身后发生了什么，一个劲地驾驶着飞机往上飞。

泰山朝下看，树梢和小河在他身下飞快掠过，维系他生命的只有这细细的草绳和一个女孩微弱的力量，稍有不慎，他就会从千尺高空跌落下去，粉身碎骨。

柯切尔觉得她的手指、手臂都已经完全失去了知觉，她还能坚持多久，她自己也不知道。就在她感觉双手已经气力用尽，快要放弃希望的时候，她看到一只手伸上来抓住了机翼的一侧，绳子下拉的重量一下子就没有了。泰山爬进机舱，飞快地瞟了乌桑格一眼，然后凑到柯切尔耳边低声说道：“你开过飞机吧？”柯切尔肯定地点点头。

"等会儿我对付那家伙的时候，你有没有勇气爬到他旁边去驾驶飞机？"

柯切尔朝乌桑格看了一眼，颤抖地回答道："有，但是我的脚被绑住了。"

泰山从刀鞘里拔出猎刀，割断绑在她脚踝上的绳子。柯切尔解开安全带，泰山一只手抓住她的胳膊，两人慢慢朝前面爬去。泰山明白，哪怕一点点意外都有可能让他们俩灰飞烟灭，他们接近乌桑格并且控制住飞机的机会非常小，但是他知道无论如何都要抓住这微小的机会，因为他发现乌桑格完全没有驾驶经验，他那拙劣的驾驶技术很可能令他们送命。

乌桑格得偿所愿 | 147

乌桑格感觉不妙，柯切尔突然爬到他身边抓住了操纵杆，同时一双有力的手扼住了他的喉咙。他的安全带被割断了，身体被一把从座椅上举了起来。乌桑格在空中挣扎尖叫，像个婴儿一样无助。在草场上仰头观察飞机的人发现飞机在空中倾斜，因为柯切尔夺过操纵杆的时候引起了飞机的俯冲。他们看到飞机转了一个圈，朝他们的方向飞回来。但是飞机离得太远，光线又太强烈，他们看不见机舱里发生的一切。史密斯看到一具身体从飞机里被扔了出来，不禁倒吸一口冷气。那具身体在空中翻滚，越来越快地往下坠落，史密斯屏住了呼吸。

"啪"的一声，一具身体落到草场中央。史密斯鼓足勇气朝那个方向看过去，他看到那个被摔得血肉模糊的人是个黑人，不禁长出了一口气，心中感念不已。乌桑格想像鸟儿一样飞起来，他倒是得偿所愿了！

飞机不停地在草场上空盘旋。黑人士兵看到他们的头领死了，刚开始都觉得很沮丧，随即决定为他复仇。泰山和柯切尔看到他们围着乌桑格的尸体，挥舞着拳头，竖起步枪示威。泰山坐在飞行员座椅后面，螺旋桨和引擎的噪音实在是太大了，他不得不扯着嗓子告诉柯切尔接下来该如何做。

柯切尔听明白他的意思后，脸色有点发白，但是她紧闭的嘴唇和喷火的目光显示出她的决心。她把飞机降落到草场的一侧，然后全速朝黑人士兵冲过去。飞机冲过来的速度太快了，等黑人士兵意识到危险，已经没有机会逃跑了。飞机像割草机一样把他们一扫而光，这种破坏性实在是摧枯拉朽，势不可挡。等飞机停住，泰山飞快跳下来，朝史密斯跑过去。他边跑边看是否有幸存的黑人士兵偷袭他——一个也没有，他们全部血肉模糊地躺倒在五十英尺开外的草地上。

148

泰山给史密斯松绑，柯切尔也过来了，她想对泰山说谢谢，但泰山用手势表示她不必如此。

"你自己救了自己，"泰山坚持道，"如果你不会开飞机，我不可能救得了你。现在，你们有回白人定居点的交通工具了，天色还早，只要燃料够用，你们几个小时以后就能到达目的地。"他边说边探询地看着史密斯。

史密斯点点头，回答道："燃料还够。"

泰山笑着说："那么赶快走，你们俩都不属于丛林。"

柯切尔和史密斯也笑了。史密斯说："丛林毕竟不是我们待的地方，这里也不是任何白人待的地方，你为什么不跟我们一起回到文明社会呢？"

泰山摇摇头说："我更愿意待在丛林里。"

史密斯把脚尖在地上磨来磨去，低头看着地面，吞吞吐吐地说："如果是因为生计，呃……钱的问题，你知道——"

泰山笑起来，他说："不，不是钱的问题。我知道你想说什么。不是你想的那样。我出生在丛林，在丛林长大，也将在丛林老去。我不愿意在其他任何地方生活、故去。"

柯切尔和史密斯摇头叹息，他们实在无法理解泰山的想法。

"快走吧，"泰山说，"越早走越安全。"

他们一起朝飞机走去。史密斯握握泰山的手，爬进驾驶室。柯切尔跟泰山握手道别："再见！在我走之前，你能不能告诉我你不再恨我了。"泰山的脸浮起一层阴影，他一言不发，把柯切尔抱起来放进后排座椅。柯切尔的脸上掠过一丝苦楚。引擎发动起来，他们朝东海岸飞去。

泰山站在草场中间目送着他们。他喃喃自语："她为什么非要是个德国间谍？我实在是对她恨不起来。"

Chapter 14

黑狮

一头从干旱地带来到此处觅食的狮子现在感到十分饥饿,尽管此处猎物丰富,它也年轻力壮,却很难捕获猎物,因为那些食草动物都特别小心谨慎,总能躲过它的利爪。

它已经两天没有进食了,饥饿难忍,狂躁不安,只好耐着性子出来狩猎。它小心翼翼地朝前走,以免惊动猎物。

狮子闻出了小鹿的气味,它从这条路经过最多不超过一个小时,也许几分钟以后又会出现。狮子于是加倍小心地往前走,寻找小鹿的踪迹。

一阵微风掠过,把小鹿浓重的气息带进狮子的鼻翼,它越发感觉饥肠辘辘,烦躁痛苦。但是狮子决定控制住自己的情绪,绝不贸然行动,打草惊蛇,像上次那样与快到手的斑马肉失之交臂。它加快步伐,继续在小路上小心翼翼地潜行。突然,小路在一棵巨树旁拐了个弯,它发现前面有一头小鹿慢悠悠地走着。

狮子目测它们之间的距离，两眼火光直冒，神情狰狞。没问题——这一次它很肯定，只要它大吼一声，可怜的鹿就会被吓瘫，它就可以闪电般扑过去把这头小鹿变成口中美食。狮子的尾巴本来一直在身后晃来晃去，现在一下子直直竖立起来，这是发动进攻的标志。就在狮子准备嘶吼的时候，一头豹子突然如同晴空霹雳般跳了出来，挡在狮子和小鹿之间。

这头豹子的进攻太鲁莽了，它从树丛里蹦出时弄出的动静太大，小鹿吓了一大跳，转身就逃。

狮子愤怒地嘶吼起来，这吼叫本来是要吓倒小鹿的，现在它冲着豹子狂吼不已，谁叫它横插一竿子，吓跑了快要到手的猎物。狮子想要跟豹子干一架，但是它注定要失望了，因为豹子一听到它的怒吼就跳到旁边的一棵树上去了，它知道自己是打不过狮子的。

半小时后，愤怒的狮子意外地闻到了人类的气味。在此之前，狮子是很不屑于吃人肉的，它觉得人肉太没味儿，只配给老弱病残或者没牙的吃，因为它们抓不住动作灵敏的食草动物，只能吃这些。鹿、野猪，特别是最谨慎的斑马，是属于年轻力壮、敏捷灵活的野兽的。但是此刻狮子实在是太饿了，从它出生到现在五年间它从来没有这么饿过。

狮子年轻、精壮、凶猛，可是那又怎么样呢？在饥饿面前，它跟那些老弱病残没什么两样。它腹如擂鼓，口水直流。斑马肉、鹿肉，或者是人肉又有什么区别呢？它们都是肉，都可以果腹，都有甜美的鲜血可以止渴。就算是专吃垃圾的鬣狗此刻对于狮子来说也是珍馐美味。

尽管狮子以前从来没有捕杀过人类，但它深知人类的习性和弱点。它知道人类动作迟缓、头脑呆滞，是最没有抵抗力的物种。捕杀人类不需要技术，不需要绞尽脑汁、小心翼翼。狮子也没有兴趣悄然下手,只想马上得手。

它的愤怒和饥饿一样不可阻挡。所以,当它此刻闻到人类的味道,它便低头咆哮,快步朝前追赶,完全不在意自己弄出的声音会惊扰猎物。

丛林之王狮子完全不关注周围的环境,一个劲儿地顺着小路往前追。此刻,野生动物特有的警惕性在它身上已经荡然无存。它想,丛林之王猎杀人类又何须谨慎、何须恐惧?因此,它没有察觉到前方有陷阱等着它,这精心设计的陷阱正是狡诈的沃马波人特意为狮子挖的。

泰山站在草场中央看着飞机越飞越高,变成玩具大小,最后消失在东边的天空。看到柯切尔和史密斯安全离开,他终于长舒了一口气。

这段时间他不得不为他们的安全负起责任,在这蛮荒之地,他们毫无防范能力,随时可能成为野兽或野人的猎物。泰山喜欢无拘无束的自由生活,既然现在他们二人安全离开了,他就可以继续他回归西海岸的旅程,回到他父亲建造的小屋,那里已经长期无人居住了。

但是,当泰山看着飞机远去,他心里突然冒出另一种感觉,不是如释重负的感觉,而是另一种泰山从来没有过的、也不愿意承认的感觉。泰山是丛林动物,已经完全放弃了人类的群居生活,打算重返他最爱的丛林,他怎么可能因为两个人的离开而难过呢?又怎么会在他们离开后感到哪怕一丝丝的寂寞呢?泰山无疑是喜欢史密斯的,可是柯切尔是他所痛恨的德国间谍。尽管他发誓杀死所有德国人,他也从来没有动心思杀她。他把他的软弱归咎于他对女人的怜悯。事实上,他一直被自己的矛盾心理所困扰,一方面他恨她，另一方面，他又一次次在她身处险境时施以援手。

他懊恼地摇摇头，转身朝西走去，好像他背对着飞机就可以抹掉他对飞机上那两个人的回忆似的。在开垦地的边缘他停住了，他面前有一棵巨大的树，好像是被一种无法抗拒的冲动所驱使，泰山跳上树，像巨猿那样轻快地荡到能承受他重量的最高的树枝。他站在树枝上努力朝东边看去，想要找到飞机的踪影。飞机上有他与文明世界告别之前遇到的最后两个人类朋友，他多么希望能与他们再次相遇。

最后，泰山凭借锐利的眼力终于看到飞机正在朝东边飞行，飞行高度很高。刚开始，飞机飞行平稳，几秒钟之后，他惊恐地看到飞机突然朝下猛栽。飞机好像一直在坠落，这让他意识到飞机飞行的高度有多高。就在飞机马上要消失在泰山的视线中时，泰山发现飞机坠落的速度突然减缓了，但是下降的速度依然不慢，最后，飞机消失在远山的后面。

泰山盯着飞机坠落的方向看了半分钟，想确定一个地标来判断坠落的具体方位。他意识到，史密斯和柯切尔又遇到麻烦了，他内心深处的责任感驱使他又一次推迟自己的计划，前去营救他们。

泰山对飞机坠落的位置深感恐惧，因为那是一片极度荒凉的区域，峡谷深不可测，难以通行，那正是他九死一生穿越的地段。从他自己的经验来看，几乎没有人可能从那里活着走出来。他回想起他在峡谷底部看到的多年前死去的勇士的尸骨，他还记得那铜铸的头盔、锈损的铁质胸甲以及长剑和火绳枪。这些东西证明这个勇士凭借壮硕的体格和战斗精神来到古老非洲的腹地，最后葬身于此。他可以想象，瘦削的史密斯和娇小的柯切尔在这样的险境中是无法逃生的，即使不被杀死，飞机坠落下去也会让他们遍体鳞伤，甚至粉身碎骨。

泰山知道，他们受伤身亡的可能性极大，但是他们也有可能在落地时没有受致命伤，为了这微小的概率，泰山决定出发去救他们。他知道这将是一次艰苦卓绝的行程，充满艰辛和危险，但是他决定去救他们，只要他们还活着。

泰山走了差不多一英里，听到他前面的路上传来快速奔跑的声音。声音越来越大，说明声音是朝他的方向而来。泰山训练有素的感官告诉他，脚步声是小鹿的。泰山的身上兼具人类和动物的属性，二者难以分清。长久以来的经验告诉他，只有营养充足才能走得快，战斗起来更有力，因此，一般情况下，即使是最紧急的事情发生，他也会先吃饱喝足再出发。这可能是动物的天性。他是一个英国绅士，充满人道主义精神，但同时，他又是一个蹲在树丛里时刻准备扑向猎物的野兽，这二者的转换几乎是瞬间发生的。

小鹿过来了。它刚刚从狮子和豹子的口中逃命出来，恐惧和惊慌让它的感觉变迟钝了，它没意识到前面有同样危险的敌人在等着它。小鹿走到泰山藏身的树丛旁边，突然，一个褐色的身影从树丛里跳出来，强壮的胳膊勒住它的脖子，利牙咬住它细嫩的皮肉。泰山和小鹿在地上翻滚，一会儿工夫，泰山站起来，一只脚踏在小鹿的尸体上，发出胜利者的长啸。

突然，泰山听到一阵狮子的怒吼，好像是对他的长啸的呼应与挑战，泰山却从狮吼里听出了惊诧和恐惧。生活在丛林的野兽和生活在文明社会的人类一样都具有强烈的好奇心，泰山也不例外。狮子是他的世仇，但是今天这狮吼的声调太奇怪了，他忍不住想去一探究竟。于是，泰山把鹿尸往肩上一丢，迅速朝狮吼传来的方向奔去，这也正好和他刚才走的小路在同一个方向。

距离越来越近，狮吼声越来越大，这说明他正在接近一头狂怒的狮子。过了一会儿,在被无数动物踩踏出沟壑的小路中间,泰山看到了一个沃马波人挖的捕狮陷阱,一头狮子正在陷阱里挣扎,想要逃出来。泰山以前从没有见过这样的狮子:年轻力壮、魁梧健硕、皮毛黝黑。在陷阱深处,这头狮子看起来浑身上下全是黑的,没有一丝杂毛——原来这是一头黑狮!

泰山本想奚落嘲讽落入陷阱的狮子,此刻却为狮子不凡的外表所吸引,甚至对它欣赏不已。这头狮子太威风了!跟它一比,其他的狮子简直就是不值一提的侏儒,这才是真正的百兽之王!泰山第一眼看到狮子就知道他刚刚听到的狮吼声中并没有恐惧,惊诧是毫无疑问的,但是这么强悍的狮子是绝不会发出恐惧的叫喊的。

泰山在欣赏之余,不禁对狮子的处境深表同情。倒霉的狮子在陷阱中苦苦挣扎,无法脱身。尽管狮子是泰山的敌人,但是相比俘虏过他的食人土著,他还是更愿意与狮子友好相处。对于吃人肉的沃马波部落,泰山尤为憎恶。

狮子怒视着泰山,它黄绿色的眼睛和泰山清亮的眼睛对视着。突然它闻到了鹿血的味道,目光转向泰山背上的鹿尸,不禁发出一声低沉的哀嚎,好像在说:"我饿了,不仅仅是饿了,我快要饿死了。"泰山看着陷阱里的狮子,神情古怪地笑了笑,然后从肩上取下鹿尸,放到树枝上,又拔出他父亲留给他的猎刀,动作娴熟地砍下一条后腿,随后在鹿皮上把沾了血的猎刀擦干净,放回刀鞘。狮子流着口水眼巴巴地抬头望着那令人垂涎三尺的鹿肉,嘴里不停地哀嚎着。泰山淡淡地笑着把割下的鹿肉慢慢放到嘴边。

狮子一次次哀嚎、恳求。泰山沮丧地摇摇头,举起鹿肉扔进陷阱,扔给快要饿死的狮子。

"老女人,"泰山咕噜着,"泰山变成软弱的老女人了。刚才他居然因为杀了小鹿而流泪。现在他又不忍眼睁睁看着他的敌人挨饿。这一切都是因为他和来自文明社会的那些温柔、软弱的人接触多了，心也变软了。"不过，泰山并没有因为自己屈服于善良和软弱的情感而觉得懊恼。

泰山一直盯着狮子看，观察它的一举一动。他看到狮子狼吞虎咽地吞食着鹿肉，对它优美健硕的体型越发欣赏了，同时他也注意到陷阱的设计极为巧妙。泰山熟悉的捕狮陷阱一般都是在底部插上很多棍子，棍子顶部削得很尖，落入陷阱的狮子会被刺穿。但眼前这个陷阱不是这么设计的。这个陷阱是把削尖的棍子插在离陷阱口很近的四壁，每根棍子间隔差不多一英尺，尖头朝下。这样狮子落入陷阱时不会受伤，但是没法跳出来逃跑，因为每次试图跳起来的时候，它的脑袋都会被尖头戳中。

很明显，沃马波人是想活捉狮子。据泰山所知，沃马波部落跟白人并没有接触，不可能想逮住狮子卖给白人，他们这么做的目的纯粹是为了慢慢把狮子折磨死，他们可以在狮子痛苦死去的过程中得到享受。

想到这一点，泰山意识到，如果把狮子留给残酷的沃马波人，他喂饱狮子的举动就毫无意义。他又想到，与其让狮子在这里自生自灭，不如把它救出来，让沃马波人的计划受挫，这样他会更开心。但是怎么施救呢？拔出两根带刺的棍子就能有足够的空间让狮子从陷阱里蹦出来，因为陷阱并不是很深。但是怎样才能保证泰山自己的安全呢？也就是说，泰山要在狮子蹦出来之前跳到树上去。泰山并不像你我这些人类那样惧怕狮子，但是他拥有丛林生存所必需的谨慎小心。如果需要的话，泰山愿意跟狮子一决高下，而且，凭借聪明的头脑或者运气他也可以击败一头正值盛年的狮子。但是毫无意义地白白送死就跟见死不救一样是应该被唾弃的行为。不过，不用担心，当泰山想要做什么的时候，他总能找到合适的办法去完成。

现在他下定决心救出狮子。一旦决心已定，即使会面临很大的危险，他也会尽力去完成。泰山知道，狮子要花一点时间进食，他也知道，狮子进食的时候最讨厌被人打扰。因此，泰山必须谨慎行事。

泰山从树上跳下来，开始检查陷阱口的尖头短棍。令他惊讶的是，当他靠近的时候，狮子并没有表现出愤怒，它抬头看了泰山一眼，又低头继续吃鹿肉。泰山试着检查短棍的牢固程度。他想用力把棍子拔出来，拔的过程中他发现可以把棍子弄松动。一个新点子冒了出来。他开始用刀在嵌入短棍的位置的上方挖坑。土很松软，很容易挖开，不一会儿就把短棍周围挖空了，只留下一点点土以免棍子掉下去。接着他如法炮制，把旁边一根短棍周围的土也挖空了。然后他把草绳的绳套扔到两根棍子上，迅速跳到树上。他抱住树干，慢慢拉起绳子，短棍也开始慢慢从嵌入的地方脱离出来。狮子在下面看着发生的一切，疑惑不已，开始嚎叫起来。

难道泰山出了什么新花招来剥夺它的自由和权利？狮子天生脾气暴躁，一下子就被激怒了。泰山蹲在陷阱口的时候它并没有在意，毕竟是他给自己食物的。但是现在新的情况发生了，狮子的警觉性被激发了。它观望着，发现短棍垂直慢慢往上升，最后落到陷阱外面的地上。狮子马上明白这对它意味着什么，同时它也明白上面那个长得像人的家伙是故意在给自己一条逃生之路。狮子咬着剩下的鹿肉，从陷阱底部一跃而出。泰山见狮子已经脱险，就头也不回地往东而去了。

泰山可以轻而易举地分辨出地面或者树丛里任何动物或者人

黑狮 | 157

类的足迹，但是飞机不会留下任何痕迹，这可难住了泰山。追踪一个在千米高空飞行的东西，再好的眼力、耳力、嗅觉又有什么用呢？泰山只能凭借他的方向感确定飞机坠落的位置，他甚至无法判断飞机离他有多远，他只知道，飞机在坠落之前已经朝预定方向飞行了相当长的一段距离。如果机上的人已经死了，或者受了重伤，那么即使他现在马上找到他们也毫无意义了。

现在能做的只有一件事，那就是尽量朝他判断的飞机坠落的地点靠近，然后在附近兜大圈来追踪他们的气味。

离开丛林之前，泰山又猎杀了几只动物，把骨头都扔掉，选了最好的肉随身携带。到了西边的陡坡，四周开始变得荒凉贫瘠，植物越来越少，只有稀疏干枯、毫无生气的小草，间或有几棵生命力顽强的树，在干旱无水的环境下勉强生存。

泰山站在小山顶朝下面看，下面是一派荒芜的景象。远处是蜿蜒曲折的峡谷，那些峡谷差点要了泰山的命。泰山擅自闯入，破坏了那里自古以来的宁静和神圣，他所受的苦大概是大自然对他的惩罚吧。

泰山找了两天，想找到飞机或者飞机上的人，结果一无所获。他把他带的食物藏在不同的位置，用小石头来做标记。他穿过第一道峡谷，四处搜寻，不时停下来大声喊叫，希望能听到回复，但是什么声音也没有。这种寂静似是不祥之兆，让人毛骨悚然。

第二天他来到记忆最深刻的峡谷，就是那个发现古代勇士尸骨的峡谷。在这里，秃鹫又开始追着泰山飞。泰山嘲弄地喊道："这次你别想得逞了，现在你面对的是泰山，真正的泰山，不是那个饿得皮包骨头的泰山，就算是那样，你还是失手了。不要在泰山身上浪费时间，现在他精力正旺呢。"但是秃鹫还是在他头顶盘旋，泰山尽管充满自信，还是觉得不寒而栗。他脑海里不自觉地蹦出一句话，并且不断在他耳边重复："秃鹫知道！秃鹫知道！"泰山心里透着凄凉和不安，他恼怒地摇摇头，捡起一块石头朝阴郁邪恶的秃鹫扔去。

泰山半爬半滑地从绝壁落到下面的沙地上。他走的路线和几个星期前他走过的路线几乎是一模一样。在那里，他看到了他上次看到的，几个世纪以来一直躺在那里的骸骨和盔甲。

泰山低头看着地上的东西，这些东西见证了另一个有勇有谋的人被残酷无情的沙漠击败而死。突然，他听到一声枪响，枪声从南边的峡谷深处传过来，在狭长的峡壁不断回响。

Chapter 15

神秘的脚印

史密斯驾着飞机飞离荒野丛林，朝东飞去。此时，柯切尔突然觉得喉咙一阵发紧，似乎努力想往下吞咽些什么。这真是一种奇怪的感觉，她几次在这片荒野死里逃生，现在就要离开这个危险可怕的地方了，居然感觉很难过，但她心里清楚，她离开的不仅是危险和恐惧，更是一个闯入她的生活、对她有一种难以名状的吸引力的男子。

她前面的驾驶舱里坐着的是英国军官和绅士，她知道他爱她，但是她居然对跟他待在一起并离开那个野人感到很难过。

史密斯此时异常兴奋。他终于又可以驾驶他挚爱的飞机飞向他的战友、重履他的职责，而且身边还坐着他心爱的女人。美中不足的是泰山对柯切尔的指控，他说她是德军间谍。史密斯原本觉得身处幸福的云端，一想到如果泰山说的话是真的，又觉得跌入了绝望的深渊。他感觉自己被爱情和道义的矛盾撕裂成两半。

一方面，他不忍让自己心爱的女人受到作为敌军间谍应受的处罚，另一方面，作为一个英国军官，他绝不能给她提供帮助和保护。

史密斯一遍遍在内心否认她的罪行，这样心里才好受些。他想说服自己，泰山说的不是事实。他一遍遍回想着跟柯切尔在一起的情形，越发觉得这么甜美温柔的女孩，眼神如此清澈坦诚，怎么可能是可恶的敌人呢？

他们各怀心事，继续朝东飞去。渐渐地，飞机飞离了草木茂盛的丛林，植物越来越稀疏，再往前飞，下面就是一望无际的荒野，荒野上时不时可见狭窄干涸的峡谷，里面看不到一点水源的痕迹。

就在他们刚刚飞越丛林和沙漠的分界线所在的山峰时，一只秃鹫也正在振翅朝它的巢穴飞。它突然看到一个从来没见过的巨型大鸟朝它的领空飞去。秃鹫决定飞高一些去会会这奇怪的大鸟，它这么做也许是出于好奇，也许是想跟入侵者干上一架。毫无疑问它错误地判断了飞机的速度，飞机的螺旋桨碰到了秃鹫，秃鹫被撞得血肉模糊，骤然坠落到地上。一片碎片反弹回来击中史密斯的前额，他一下子失去知觉，飞机抖动了一下，头朝下猛然朝地面俯冲。

史密斯只是瞬间失去知觉，但是这一瞬间对他们而言是灾难性的。史密斯恢复知觉的时候意识到问题严重，同时也发现飞机引擎失灵了。飞机俯冲的力量太大了，而且离地面已经很近了，没办法安全着陆。史密斯朝下看了一眼，下面是一道狭窄的峡谷，谷底看上去比较平坦，有沙子覆盖，于是他迅速做出决定：眼前最安全的办法是争取着陆到谷底。他凭着丰富的经验迫降成功，但是飞机还是受到重创，他和柯切尔也被震得够呛。

幸运的是他们都没有受伤，但是他们的处境却令人绝望。史密斯能不能修好飞机继续飞行是个大问题。如果不能，他们也不太可能走回东海岸或者返回他们刚刚飞离的地方。他们不可能在没有食物没有水源的情况下穿越这片沙漠地段，往回走同样危险，那里有无数的食肉动物和吃人的土著。

飞机迫降以后，史密斯急切地转身看他身后的柯切尔是否受伤。他看到她脸色苍白但面带微笑。有那么一会儿，他们互相看着对方，一言不发。

"我们完了吗？"柯切尔问道。

史密斯摇摇头，回答道："还没完，还有办法。"

"但是你不太可能在这里把飞机修好。"柯切尔怀疑地说。

"确实不能，如果飞机损坏得太厉害的话。但是我也许可以试一试。先检查一下飞机，但愿问题不算太严重。要知道这里离铁路还很远很远。"

"我们不可能走那么远，"柯切尔说道，言语中充满了绝望，"我们身上什么武器也没有，能安全走一小段路都是奇迹。"

"我们有武器，"史密斯回答道，"我有一支手枪没被他们发现。"说着他揭开一个箱盖，拿出一把自动手枪。

柯切尔往座位后背一靠，放声大笑起来，笑声听起来既有点郁闷又有点歇斯底里。"这么小一把枪，跟玩具枪差不多，除了激怒野兽还能有什么用？"她大声说。

史密斯沮丧地说："但这毕竟是武器，你不能不承认，而且我敢肯定它能杀人。"

"如果你碰得到人，也许你可以杀掉他，还得这枪不出毛病。说实话我对自动枪没有信心，我用过的。"柯切尔说。

"哦，当然，"史密斯嘲讽地说，"有一把大步枪当然更好，谁知道我们会不会在沙漠里碰到一头大象呢。"

柯切尔明白他受伤害了，她觉得很抱歉。她知道，只要能保护她，史密斯什么都愿意为她做，而且他只有这么一把小手枪也不是他的错。

况且史密斯自己也知道这把小手枪无济于事，他拿出来只是为了减轻她的焦虑，让她安心。

"对不起，"柯切尔说，"我不是有意让你难过的。刚才这段插曲快成为压倒我的最后一根稻草，我觉得我已经无法再忍受了。虽然我愿意为我的祖国献身，但我实在无法想象我在临死前还要遭受这么长时间的折磨。今天我才意识到，过去的几个月我几乎时刻都处在死亡的边缘。"

"你是什么意思？"史密斯惊叫起来，"你这么说是什么意思？你活得好好的，离死远得很。"

"我不是说现在马上要死了，"柯切尔说，"我是说从我被乌桑格和他的叛逃队伍抓住，带到非洲内陆，我的死就已经注定了。有时候我会想象死期暂缓，有时候我会希望死里逃生，但是在内心深处我已经确信我不可能活着回到文明社会。我已经为我的祖国尽了微薄之力，虽然贡献不是很大，但我已经尽了全力。现在我唯一希望、唯一要求的是能够速死。我不想在恐惧和忧虑中苟延残喘，我宁愿忍受肉体上的折磨，也不愿意再受精神摧残。我知道你认为我是个勇敢的女人，但事实上我怯懦无比。夜里野兽的嚎叫让我浑身疼痛，我感觉利爪在撕扯我的肌肤，腥牙在啃咬我的骨头，这种感觉是如此真切，就好像我正在受折磨而死一样。我不知道你能不能理解——男人的感觉总是不一样的。"

史密斯说："我能理解，正因为我理解，我就越发欣赏你在这些磨难面前表现出来的英勇气概。没有恐惧就无所谓勇敢，小孩子敢独闯虎穴，但是大人要进去救他就得有十二分的勇气。"

"谢谢你，"柯切尔说，"但是我真的一点也不勇敢。我刚才完全不顾及你的感受,真是太不好意思了。我会重新鼓起勇气,和你一起再渡难关。告诉我,我能做什么,我一定竭尽全力帮你。"

史密斯说:"第一件事是看看飞机受损到底有多严重,然后看看我们有没有办法修好它。"

史密斯花了两天时间在飞机上捣鼓,其实从一开始他就知道修好飞机是不可能的,最后他把实情告诉了柯切尔。

"我知道,"柯切尔说,"我相信你跟我的想法是一样的,修好飞机的希望虽然是渺茫的,但是回到丛林或者朝前走也同样是不可能的。我们都知道不可能靠步行走到坦噶铁路。还没走一半的路我们就会饥渴而死。如果我们往回走,回到丛林,即使我们走得到,结果还是死路一条,只不过死法不一样而已。"

"所以我们就坐在这儿等死,不必浪费精力想法逃生?"史密斯问道。

"不,"柯切尔说,"我绝不会自暴自弃。我的意思是既然我们不能朝已知的两个方向走,那我们就要想办法找一个新的方向。如果这片荒野有水源的话,最可能的方向就是顺着峡谷往下走。我们的食物和水还比较充足,如果我们省着点吃,还能管好些天,那时说不定我们已经找到水源甚至到达植物茂盛的地方了。我知道我们的南边就有这么一个地方。乌桑格把我从海边带到沃马波部落的时候是朝南走的,一路上水源和猎物都很充足。所以,如果我们能走到那里,我们就有希望回到东海岸。"

史密斯半信半疑地摇摇头,说:"那我们就试一试吧,我也不愿意坐在这里等死。"

史密斯靠在飞机上,垂头丧气地盯着脚下的土地。柯切尔顺着峡谷朝南望过去,那个方向或许能带给他们一线生机。突然,她碰了碰史密斯的胳膊。

"你看。"她小声说。

史密斯抬眼朝柯切尔注视的方向看去,他看到峡谷第一个拐弯处突起的一块岩石上立着一头巨大的狮子,狮子也看见他们了。

他惊叫起来:"啊,哪里都有这些可恶的东西。"

"它们应该不会远离水源,对不对?"柯切尔的语调充满希望。

"我想也是,"史密斯回答道,"狮子不是特别耐饥渴。"

"那么这头狮子就是我们的希望使者。"柯切尔欢呼起来。

史密斯笑了:"这么小巧的希望使者,让我想到了春的使者知更鸟。"

柯切尔飞快地瞟了他一眼:"别傻了,我不介意你笑话我。它的确让我充满希望。"

"只怕希望是相互的,"史密斯说,"我们也让它充满希望。"

狮子显然对它眼前的两个猎物很满意,慢慢朝他们走过来。

"快,快上飞机。"史密斯叫道,边说边把柯切尔推进飞机。

"它进不来吗?"柯切尔问。

"我想它进不来。"史密斯回答。

"你保证。"柯切尔说。

"恐怕不能。"说着史密斯掏出手枪。

"看在上帝的分上,"柯切尔喊道,"不要对它开枪,你可能会伤到它的。"

"我不想射杀它,但是如果它想靠近我们,我可以开枪把它吓跑。你没见过驯兽员驯狮子吗?他拿着把没上子弹的小手枪,再加上一把厨房椅,就可以制服最凶猛的狮子。"

"但是你并没有厨房椅。"柯切尔说。

"是没有,"史密斯说,"政府做事总是不靠谱,我已经很多次提出来飞机上要装配厨房椅。"

柯切尔笑了，虽然还是笑得有点歇斯底里，但是这下午茶式的轻松对话还是让她心生感动。

狮子朝他们慢悠悠地走过来。它走过来似乎是因为好奇，而不是想来吃掉他们。它走到飞机旁边停了下来，盯着他们看。

"好漂亮好威风的狮子，不是吗？"史密斯惊呼起来。

"我从来没见过比它更漂亮的动物，"柯切尔回答道，"更没有见过一身黑黝黝皮毛的狮子。天哪，它浑身上下全是黑的。"

他们对话的声音似乎惹恼了狮子，它突然皱紧眉头，龇牙咧嘴地发出一阵怒吼，与此同时，它一跃而起，扑向飞机。史密斯迅速掏出手枪朝地上开了一枪。狮子没被枪声吓着，反而被激怒了，它咆哮着朝史密斯扑过去，谁叫他开枪制造噪音，让它的耳朵难受。

史密斯立刻跳出机舱，他叫柯切尔也赶快跳出来。柯切尔觉得跳到地上也于事无补，决定爬到飞机顶上去。

狮子还不习惯飞机这奇特的结构，所以尽管它控制了机舱前部，还是没能在第一时间拦住柯切尔，眼睁睁地看着她爬到顶上。把飞机据为己有让它怒气顿消，所以它没有立刻追捕史密斯。柯切尔意识到她现在的位置相对比较安全，于是她爬到机翼的外侧，叫史密斯从另一侧爬到飞机顶上。

这一幕刚好被泰山收入眼底。他听到枪声后马上围着峡谷四处找，此时正好找到了飞机，看到了眼前的一幕。柯切尔急切地看着史密斯往上爬，生怕他找不到安全的落脚点；史密斯使出浑身解数努力攀爬，所以两个人都没有注意到泰山悄悄走过来了。

狮子首先注意到有人来了，它马上对着来人咆哮不已，表示不满和警告。狮子的举动引起了史密斯和柯切尔的注意。"感谢上帝！"柯切尔脱口而出，她甚至不敢相信自己的眼睛，泰山又出现了。他每一次出现都是在最紧要的关头，每一次出现都救她于危难之中。

狮子突然离开飞机，转头朝泰山扑过去。泰山有所防备，他拿着长矛沉着地向着狮子走去。事实上，此刻他已经认出了这就是他从陷阱里救出来的那头狮子。他从狮子的神态看出，它扑过来不是出于敌意而是出于好奇，但是史密斯和柯切尔看不出这一点。泰山暗自揣测，狮子对他的善意搭救会不会怀有感激之情呢？

泰山明白，狮子认出他了。他非常了解他的丛林伙伴，它们对有些事情比人类忘记得快得多，但对有些事情它们可以保持长久的记忆。比如，对于特殊场合下闻到的气味，野兽是永远也不会忘记的。泰山确信，狮子的嗅觉已经帮它回忆起他们第一次见面的特殊情形了。

喜欢冒险是盎格鲁-撒克逊人与生俱来的性格，此时，泰山不再是人猿泰山，而是英国人约翰·克莱顿，是格雷斯托克勋爵，他嘴角含笑，走上前去，想冒险看看这头狮子对他到底有没有感激之情。

史密斯和柯切尔看着他们越走越近。史密斯一边在心里暗暗祈祷，一边捏紧手枪，柯切尔把手放在胸口，一动不动，一言不发。她对泰山的能力有十足的信心，知道他敢直面丛林之王的挑战，但是她对即将发生的事情却毫无把握。她见证过泰山与豹子的搏杀，因此她知道，即使是泰山这么强大的人，跟丛林动物对决的时候，只有凭借机敏、智慧、运气才能势均力敌。而机敏、智慧、运气这三个要素里，运气又最为重要。

她看到泰山和狮子同时停住了，相距不到三英尺。狮子的尾巴摇来摇去，不停发出低沉的嚎叫，但她不知道尾巴的动作和嚎叫的声调意味着什么。

对柯切尔来说，这些就是动物发怒的表现，但是泰山明白这个动作和声调是和解与友好的标志。她看到狮子又往前走了几步，鼻子凑到泰山的胳膊上，吓得捂住眼睛。她好像等了一个世纪那般漫长，等着随之而来的残酷的搏斗声，但是过了一会儿，她听到史密斯长出一口气，惊呼道："天哪，太神奇了！"

柯切尔放下手，看到狮子用它毛茸茸的头蹭着泰山的臀部，泰山则用手挠着狮子的耳朵。

动物之间经常会产生奇特的友情，但是人类和野兽之间却很难产生，因为人天生就害怕野兽。但是，泰山不一样，他深谙丛林生活，熟悉各种野兽，所以他和狮子之间迅速建立起来的友情倒也显得合情合理。

泰山走近飞机，狮子跟在他边上。泰山停下来朝飞机顶上看，狮子也停下来。

"我差不多已经不抱找到你们的希望了，"泰山说，"很明显，我来得正是时候。"

"但是你是怎么知道我们遇到麻烦了？"史密斯问道。

"我看到你们的飞机坠落了，"泰山回答道，"你们起飞的时候我在树上看着。我无法准确判断你们的位置，只知道大概的方向。看上去你们已经朝南飞行了很长一段距离，然后就消失在山后面了。我找了好久，正准备往回走的时候听到了枪声，顺着枪声才找到你们。飞机没法修好了吗？"

"是的，"史密斯回答道，"毫无希望。"

"那么你们准备怎么办？你们想做些什么？"泰山问柯切尔。

"我们想走到海边去，"她说，"但是现在看来不可能了。"

"我早该想到的，"泰山说，"但是这里有狮子意味着附近有水源。我两天前在沃马波部落附近把这头狮子从陷阱里救了出来。它一定是走了一条我不知道的路到的这儿。我经过的地方既没有水源也没有动物。狮子是从哪个方向过来的？"

"从南边，"柯切尔回答，"我们也这么想过，那个方向一定有水源。"

"那我们就去找吧。"泰山说。

"但是狮子怎么办呢？"史密斯问。

"看情况吧，"泰山回答道，"你们先从飞机顶上下来再说吧。"

史密斯耸耸肩。柯切尔朝他看着，看他是否接受泰山的建议。史密斯突然脸色发白，他还是笑了笑，一句话没说就从飞机顶滑到地面上。

柯切尔意识到史密斯有点害怕，她也意识到他跳下去面对狮子需要多大的勇气。

狮子紧挨泰山站着，盯着史密斯看，它吼叫了一下，又抬头看看泰山。泰山摸摸它的毛，用猿语跟它说话。从人类的口里发出这种奇怪的"咕咕噜噜"的声音，史密斯和柯切尔听起来感觉特别不可思议。但是狮子好像听懂了，他们好像已经达成共识。当泰山走到史密斯边上的时候，狮子跟着他，不再咆哮，也没有对史密斯示威。

"你对它说了什么？"柯切尔问。

泰山笑着说："我告诉它，我是人猿泰山，伟大的猎人，丛林之王，而你们是我的朋友。我不确定是否丛林中所有的动物都能听懂巨猿的语言，我只知道猴子和大象听得懂我说的话。丛林动物都爱自吹自擂，我们的言行举止必须给其他动物留下这样的印象：我是最强大的，我是不可战胜的。这就是为什么我们一见到敌人就要嚎叫。我们是想借此警告它们要小心，否则我就会扑上去把它撕成碎片。也许狮子并不理解我的语言，但是我相信，我的语调和神态已经传递了我想传递的信息。现在你可以下来跟它

神秘的脚印 | 169

打个招呼了。"

柯切尔鼓起所有的勇气从飞机顶滑下来,第一次跟如此野蛮凶残的动物近在咫尺。好在狮子只是龇了一下牙,低声叫了一下,没有其他举动。

"我想只要我在这儿,它就不会伤害你们。"泰山说,"最好的办法就是不去理它。不要靠近它,也不要表现出害怕。我走在你们和它中间可能会好点,不过,它马上就会离开了,我们很可能不会再见到它了。"

根据泰山的建议,史密斯把飞机上的水和食物搬下来,他们三人各背了一部分,开始朝南行进。狮子没有跟他们一起走,而是站在飞机边上目送他们离开。

泰山顺着狮子刚刚走过的路朝南走,相信他们一定能在前面找到水源。峡谷底部有沙,所以狮子的脚印很清楚。刚开始只看到这头黑狮留下的脚印,但走了一阵子,泰山发现了其他狮子留下的脚印。临近黄昏的时候,他突然吃惊地停了下来。两个同伴疑惑地看着他,为了回复他们的疑问,他指着他脚下的土地。

"看看这是什么?"他叫起来。

刚开始史密斯和柯切尔什么也没看出来,只看到一堆杂乱的脚印,但是过了一会儿,柯切尔明白泰山看到的是什么了,她脸上浮现出惊讶的表情。

"这是人的脚印!"她叫起来。

泰山点点头。

"但是没有脚趾。"柯切尔指出来。

"他们穿着草鞋。"泰山解释说。

"那么这附近一定有土著居民。"史密斯说。

"对,"泰山回答道,"但不是我们以前遇到过的那种土著居民。

据我所知,除了乌桑格部落穿德国军靴,其他的非洲土著都不穿鞋。我很确定这脚印不是土著留下来的。如果你们仔细查看的话,你们就会发现,尽管他们穿着草鞋,地上还是能看到脚后跟和拇趾头的印记,也就是说,他们落脚的重心和非洲黑人土著不一样。黑人土著都是整个脚掌着地,他们却是足弓着地。"

"那么你觉得这些脚印是白种人留下的?"

"看起来是的。"泰山回答道,他突然趴到地上闻脚印的味道,这让史密斯和柯切尔吃了一惊,因为这是一种动物获取信息的办法。泰山在小范围内反复闻气味来辨识脚印的主人,最后,他站起来说:"这些脚印不是黑人土著的,也不是白种人的。有三个人从这里经过,都是男人,但我不知道是什么种族的。"

峡谷还是老样子,只是越来越深了。他们顺着峡谷往下走,两边岩壁陡峭险峻,不时可以看到高高低低的洞穴,看起来像是很久以前雨水冲刷侵蚀的结果。他们面前就有一个洞穴,跟地面平齐,洞门呈拱形,地上是白色的砂石。泰山指了指这个洞穴,笑着说:"今晚我们在这里休息,或者说,今晚我们在这里露营。"

吃完简单的晚餐,泰山叫柯切尔到洞里去。

"你睡里面,"他说,"我和中尉在洞口睡。"

Chapter 16
夜袭

柯切尔跟两人道晚安的时候,感觉他们旁边有黑影移动,但她不是很确定,几乎在同一时刻,她非常肯定地听到了悄悄移动的声音。

"那是什么?"她小声问,"外面好像有什么东西。"

"是的,"泰山回答,"是狮子。已经在外面待了好久了,难道你们没注意到吗?"

"噢,"柯切尔惊呼一声,松了一口气,"是我们那头狮子吗?"

"不是,"泰山说,"不是我们那头狮子,是另一头正在捕猎的狮子。"

"它一直跟着我们吗?"柯切尔问。

"是的。"泰山回答道。史密斯下意识地握紧手枪。

泰山看到史密斯的举动,摇摇头说:"不要管他,中尉。"

史密斯紧张地笑了一下,说:"老伙计,你知道的,我控制不住,可能这是自我保护的本能吧。"

"你要真开枪麻烦就大了，"泰山说，"外面至少有三头不怀好意的狮子。如果有火光或月光的话，你可以清清楚楚地看到它们的眼睛。它们也许会攻击我们，也许不会。但你一开枪，它们就肯定会扑上来了。"

"如果它们真的冲过来，我们怎么办？"柯切尔问，"我们没有任何逃生的办法。"

"那么，我们就只能跟它们斗一斗了。"泰山回答道。

"我们三个对付它们，胜算如何？"柯切尔问。

泰山耸耸肩，说："人总有一死。对你们来说，被狮子咬死是一件可怕的事情，但是对泰山来说，以这种方式死去是迟早的事情。丛林动物很少能长寿，所以我不怕死。也许有一天狮子会吃了我，也许是豹子，也许是黑人土著，也许是其他什么动物。所以，今晚死，明年死，或者十年后死又有什么区别呢？我死了，世界依然如故。"

柯切尔浑身颤抖，"是的，你说得对，"她语调低沉绝望，"我死了，世界依然如故。"

说完她走进洞穴，躺在沙地上。史密斯靠着崖壁坐在洞口，泰山蹲在他对面。

"我可以抽烟吗？"史密斯问泰山，"我存了些香烟，如果烟不会招惹外面的野兽，我想在临死前抽最后一支。你要来一支吗？"说着他递给泰山一支烟。

"不用了，谢谢，"泰山说，"你抽吧，没事的。野生动物对香烟的味道不是特别感兴趣，它们不会扑过来的。"

史密斯点上一支烟，慢慢吐着烟圈。他给柯切尔也递了一支，但她没要。他们就这么默然无语地坐着。夜的寂静时不时被狮子的脚步声打破。

夜袭 | 173

史密斯首先打破沉默，"狮子是不是总这么安静？"他问。

"不是，"泰山回答，"狮子最爱咆哮，只有在追踪猎物的时候才会非常安静。"

"我巴不得它们咆哮，"史密斯说，"我倒希望它们现在就冲上来攻击我们。就这么看着它们的影子，听着它们的脚步声，在恐惧中干熬着，我简直快发疯了。不过，我还是希望三头狮子不要一起扑过来。"

"三头？"泰山说，"现在外面有七头狮子了。"

"我的天哪！"史密斯惊呼。

"我们能不能生火吓退它们？"柯切尔问。

"我不知道这有没有用，"泰山说，"我发现这些狮子跟我们熟悉的狮子不太一样，它们跟人在一起的时候异乎寻常的温顺，一般狮子是不会这样的。现在，外面就有一个人跟这些狮子在一起。"

"这不可能，"史密斯惊叫，"它们会把他撕成碎片的。"

"你为什么觉得外面有一个人？"柯切尔问。

泰山笑着摇摇头："我想你们可能无法理解，人们往往很难理解超过他能力范围的东西。"

"你这么说是什么意思？"史密斯问。

泰山说："如果你出生时就没有眼睛，那么你就无法理解别人把看到的东西传递到大脑的感觉。你们生来嗅觉就不发达，所以你们无法理解我为什么知道外面有人。"

"你的意思是你闻到外面有人？"柯切尔说。

泰山点头表示同意。

"那么你也是通过味道判断外面有几头狮子？"史密斯问。

"是的，"泰山说，"没有两头长得一模一样的狮子，也没有两头狮子的味道一模一样。"

史密斯摇摇头说:"我理解不了。"

"我怀疑外面的狮子和人守着我们不是为了攻击我们,"泰山说,"如果他们要攻击我们的话早就可以动手了。我有个猜想,但是这猜想实在是很荒谬。"

"什么猜想?"柯切尔说。

泰山回答说:"我觉得他们待在这儿是为了阻止我们去一个他们不想让我们去的地方。也就是说,我们现在正被监视,只要我们不去那个地方,他们就不会骚扰我们。"

"但是我们怎么知道他们不想让我们去什么地方呢?"史密斯问。

"我们没法知道,"泰山回答,"很可能我们想要找到的地方就正是他们不想让我们染指的地方。"

"你是说有水源的地方吗?"柯切尔问。

"是的。"泰山回答。

随后,他们就继续保持沉默,夜幕中唯一听到的声音就是外面时不时传来的脚步声。大概过了一个小时,泰山悄悄站起来,从刀鞘里拔出猎刀。史密斯正靠着崖壁打盹,柯切尔因为激动和疲劳已经筋疲力尽,这会儿睡得正香。泰山站起来之后没过一会儿,史密斯和柯切尔就被一阵可怕的咆哮惊醒了,随后听到一阵嘈杂的脚步声朝他们扑过来。

泰山站在洞口,握着猎刀严阵以待,他没想到外面的狮子和人会一致行动。他早就知道晚上又有一批人加入了围困他们的队伍,他刚才站起来是因为他听到狮子和人正悄悄朝他们靠近。他其实完全可以丢下他们轻松逃生的,因为他发现洞口的崖壁对他来说很容易爬上去,此时逃跑是明智之举,他知道面对如此险境,他也无能为力。但是他岿然不动,他自己也无法解释这是为什么。

对柯切尔他既没有友情也没有义务,而且看目前的情形,他

夜袭 | 175

留下来也保护不了他们俩。但是，一种无法说清的情绪让他决定留下来做无谓的自我牺牲。

泰山正在琢磨怎么应对狮子的进攻，突然几头狮子猛地朝他扑过来，把他撞倒在地，倒地时头撞到崖壁，他一下子昏迷过去。

泰山恢复知觉的时候天已经亮了。迷糊之中他听到一阵杂乱的声音，渐渐地他听清那是狮吼声。他慢慢回想起他晕倒前发生的事情。

泰山闻到一阵浓烈的狮子的味道，同时感觉自己腿挨着某种动物的皮毛。他慢慢睁开眼睛，发现自己侧躺着，顺着身体往下一看，他看到一头狮子紧挨着他站着。这头魁梧的狮子正朝着泰山看不见的什么东西狂吼。

泰山完全恢复了知觉，嗅觉告诉他，这狮子正是他从陷阱里救起来的那头。

泰山确定他的判断没错，他朝狮子喊了一声，又努力活动了一下身体，但是他还是不能站起来。狮子马上朝他走过来。泰山抬起头，发现他还躺在他晕倒的地方，也就是洞口。这头黑狮背靠着崖壁，显然是在保护他，因为外面有两头狮子正在徘徊着想攻击他。

泰山朝洞里看，发现柯切尔和史密斯都不见了。

他的一切努力都化作泡影了！泰山觉得十分恼怒。他甩甩头，又朝外面两头狮子看过去。黑狮友好地朝泰山看了一眼，在泰山身上蹭蹭头，继续对着外面的狮子怒吼。

"我想我们俩快让这些家伙烦死了。"泰山对黑狮说。他说的是英文，黑狮当然听不懂，但是它还是从语气中听出泰山想宽它的心，它嚎叫着，不耐烦地走来走去。

"来吧。"泰山突然说道，然后用左手抓住黑狮的鬃毛，朝那

夜襲 | 177

两头狮子走过去。他们一步步逼近，那两头狮子慢慢朝后退，接着各自朝不同方向跑掉了。泰山和黑狮慢慢走过去，他们都密切观察着狮子的动向，所以当那两头狮子突然同时从不同方向扑过来的时候，他们并没有猝不及防。

泰山用他惯常对付狮子和豹子的方法迎接对手的进攻。跟狮子硬碰硬地过招，即使对强悍如泰山一样的人来说，也无异于自杀。所以泰山用的办法是出奇制胜，以快取胜。狮子的动作固然快，可是泰山的动作更快。

狮子伸出利爪直扑泰山的胸部。泰山像拳击手应对进攻时那样举起左臂，直袭狮子的左前爪，用肩膀抵住狮子的躯体，同时掏出猎刀直刺狮子的肩部。狮子痛苦地嚎叫打滚，恨不得一口吃掉这个胆敢攻击丛林之王的家伙。泰山和狮子扭打在一起，他死死抓住狮子脖子上的鬃毛，再一次把猎刀插进狮子的身体。

狮子又痛又恼，快要发疯了。泰山此时骑到狮子身上，用力抓紧狮子的长鬃毛，狮子拼命反抗，把泰山从身上摔了下来，而且还趁势重重打了他头顶一掌，把泰山打得眼冒金星，差点晕倒。泰山懊恼不已，他本可以趁机击败狮子的，却被狮子反败为胜了。正在紧要关头，一个黑影冲了过来，泰山赶紧站起身，原来是他的黑狮朋友赶过来救援了。

黑狮在身材、体力、勇猛各个方面都远胜它的对手。它们互相试探纠缠了一番，黑狮终于咬住了对手的喉咙，像猫戏老鼠一样折磨着手下败将，最后一口咬死了对手。战斗终于结束了。

黑狮击败了第二个对手，全身抖动，以示胜利之威。此时泰山再一次被它完美匀称的体型所吸引。他们击败的这两头狮子本身也是非常出众的品种，泰山发现他们的皮毛和黑狮具有同样的特点。它们的毛色比一般的黑狮还要略微深一点，但是皮毛中又透出一点黄褐色。泰山意识到它们和他以前在丛林中遇到过的狮子都不是一个品种，这个品种最典型的代表就是曾经掉入陷阱的这头黑狮。

现在障碍清除了，泰山出发寻找柯切尔和史密斯，心里暗暗为他们的命运担忧。他突然感觉一阵饥饿，于是四处寻找食物，嘴里不自觉地发出饥渴的哀嚎。狮子竖起耳朵，盯着泰山看了一会儿，又回应了一下泰山的哀嚎，就轻快地朝南边前进了，边走边停下来看泰山是不是跟上了。

泰山明白黑狮是带他去找食物，所以他紧跟着，一边走一边四处寻找柯切尔和史密斯的踪迹。在地上凌乱的狮子脚印中，泰山发现了很多草鞋的脚印，嗅到了一种奇特的味道，应该就是昨晚跟狮子在一起的那帮家伙，他也依稀嗅到了史密斯和柯切尔的味道。慢慢地，路变窄了，史密斯和柯切尔的气息和脚印也越来越清晰了。

从脚印看，他们俩是肩并肩走着的，前后左右有狮子和人类的脚印。泰山对眼前看到的情景感到很困惑，这群神秘的人为什么和一群狮子在一起？他们要把史密斯和柯切尔带到哪里去？

峡谷还是老样子，蜿蜒曲折，绝壁陡峭。有时候突然变宽，有时候又特别狭窄，越往南走，峡谷越深，谷底也突然变得崎岖不平，时不时可以看到溪流和瀑布的遗迹。路越来越难走，但是看得出人为开凿的痕迹。他们走了差不多半英里，在一个峡谷的转角处，泰山的眼前突然出现一道狭窄的山谷，这山谷好像是被人活生生从地壳上切下来的一段，山脊一路朝南绵延。泰山看不出从东往西延伸了多长，但很明显从北到南至少三至四英里。

这道山谷水源充足，不管是在山脊还是山峰，到处可见茂盛的植物。

泰山的脚下有一条小路直插谷底。泰山跟着黑狮一路往下，看到四周大树参天。树上鸟儿"叽叽喳喳"，猴子蹦上跳下。小路一直蜿蜒到谷底中心位置。

树林里生机一片，但是泰山却感到一种说不出的荒凉，这种感觉是他在丛林中从未有过的。一切仿佛都不真实：藏在这里被人遗忘的山谷不真实；鸟雀猴子跟他以前见过的都差不多，可是看上去都奇奇怪怪的，树木植物也仿佛都变了个样。泰山觉得自己仿佛突然来到另一个世界，他坐立不安，似乎预感危险将近。

树上结着果实，泰山看到猴子在吃果实，他也觉得饿了，就跳到低一点的树枝上摘了一些猴子吃过的果实，这样会比较安全可靠。他快吃饱的时候往树下看了一眼，发现黑狮已经走了。

Chapter 17
神秘城堡

泰山从树上跳下来,又看到了柯切尔他们的足迹。他顺着这些足迹往前走,没走多久,来到一条小溪前,于是蹲下来喝水解渴。再往前走的时候他发现小路的方向和溪流的方向差不多是一致的,都朝西南方向蜿蜒。一路上他不时看到岔道,路上随处可见狮子和豹子的足迹。

除了一些啮齿动物,山谷里似乎没看到其他野生动物,比如鹿、野猪和水牛。奇怪的是有很多蛇,泰山在其他地方还从来没见过这么多蛇。在一个长满芦苇的水池边他闻到了鳄鱼的味道,但是他不想用这些东西果腹。

泰山想吃肉,只好打鸟儿的主意了。他那晚虽然受了伤,却没有丢掉武器。不论何时何地,泰山始终紧握着他的武器——长矛、猎刀和弓箭,以及草绳。

泰山握着弓箭,等待机会射杀几只大鸟。机会来了,他一击而中，鸟儿扑棱着翅膀跌落到地上，其他的鸟儿和猴子一起惊恐地叫着，整个森林突然陷入尖叫和嘶吼的合奏中。

如果只是附近的几只鸟惊恐尖叫的话，泰山不会觉得奇怪，但是整个森林似乎都在抗议，这太古怪了，泰山觉得有点厌烦。他生气地瞪着鸟雀和猴子，也怒吼着表达他的不满，以示对它们的抗议的回应。于是森林里第一次回响起泰山挑衅和炫耀胜利的吼叫声。

泰山的吼叫立竿见影。森林里刚刚还喧嚣一片，现在一下子安静下来，只留下泰山和那只死鸟。

突如其来的安静让泰山觉得是不祥之兆，这越发让他恼怒。他拾起地上的猎物，收回弓箭，插回箭袋。泰山拿出刀飞快去掉鸟的皮毛，怒气冲冲地开始吃肉，边吃边怒吼，一方面是因为他觉得敌人可能就近在咫尺，另一方面是因为对鸟肉的味道很不满意。附近没有他熟悉和喜欢的猎物，鸟肉充饥，聊胜于无。他多想享用鲜美多汁的斑马肉和水牛肉，一想到这些美食，他就口水直流，于是越发憎恨这奇怪的森林，居然连他喜欢的猎物都没有。

鸟肉还没吃完，他突然感觉不远处有动静，过了一会儿，他闻到相反的方向有狮子的味道。从两个方向都传来脚步声和身体掠过树枝的声音。泰山笑了，它们这么大张旗鼓地走过来，是觉得他愚蠢至极，不会被惊扰到吗？

从声音和气味判断，狮子正从各个方向慢慢朝泰山包抄。显然它们胜券在握，懒得费心思悄悄进攻，泰山甚至能听到它们踩断枯枝和掠过植物的声音。

泰山揣测是什么把它们引来的。它们不太可能是被鸟和猴子的叫声引来的，如果是的话，那只能说是巧合。他的常识告诉他，森林里到处是鸟儿，一只鸟儿死了无足轻重，不代表会发生什么。

但是，眼前发生的一切却有悖于他的分析和经验，这让他困惑不已。

泰山伫立在小路中间，等待着狮子的进攻。他猜测狮子会用什么办法进攻，或者它们到底会不会进攻。这时，一头毛发茂密的狮子出现在泰山的视线中。看到泰山，狮子停住脚步。这头狮子跟昨晚袭击他的狮子长得差不多，比一般的狮子体型更大，皮毛更黑，但是没有掉入陷阱的那头体型大，皮毛也没那么黑。

现在，其他的狮子也出现在泰山的视线里。它们全都停下来，一声不吭地盯着泰山。泰山思忖着它们到底要等多久才开始进攻。他静静等着，边等边继续吃鸟肉，却一刻没有放松警惕。

狮子一个挨一个躺下来，默默地面向泰山，紧紧盯着他的一举一动。这一切都太反常、太诡异了。泰山生气了，他吃完鸟肉，跳下树来，对着狮子大声辱骂喊叫，这是他从小学会的激怒狮子的办法。他骂它们是吃腐肉的秃鹫，是最恶心最讨厌的蛇。最后他朝它们扔树枝、丢土块儿，狮子似乎被激怒了，开始龇牙咧嘴地嗥叫不已，但是还是没有上前进攻。

"一帮胆小鬼！"泰山嘲弄地骂道，"你们跟鹿一样胆小怯懦。"他告诉它们，他就是丛林之王人猿泰山，他向它们炫耀他的力量，威胁它们他什么都做得出来。但是，狮子还是死死盯着他，在原地岿然不动。

大约过了半小时，泰山听到小路远处传来了脚步声，那声音越来越近，听起来是两条腿走路的动物。虽然泰山还闻不到来者的气味，但是他确定过来的是人类。没等多久，泰山的判断就得到了证实——来的正是一个男人，他在第一头狮子后面停下脚步，跟泰山面对面地站着。

一看到来人，泰山就辨识出他的气味跟前一晚闻到的洞穴外面的人的气味很相似，他们的气味跟泰山熟悉的其他人类的气味截然不同。

来人身材魁梧,皮肤粗糙枯黄。头发很黑,约莫三四英寸长,发际线很低,几乎看不到前额。眼窝深陷,眼珠又黑又小,显得眼白特别突出。脸上长着稀稀疏疏的胡须,鼻子呈鹰钩状,上嘴唇又小又薄,下嘴唇很厚且往下耷拉着。总之这张脸给人的感觉是,这人以前很强壮英俊,却因为外力或者坏习惯被糟蹋了。

这个人的胳膊特别长,腿却很短,而且有点弯曲。他穿着件紧身的长背心,脚上穿着软底草鞋,腿上打着绑腿,跟行军绑腿的样子差不多。手里拿着一把短矛,腰里挂着一把带有刀鞘的刀。他的衣服看上去像是植物纤维织成的,绑腿则是啮齿类动物的皮做成的。

泰山注意到,这个人走过来的时候对狮子漫不经心,狮子对他也不甚在意,他们好像对彼此十分熟悉。他停下来,似乎是想探探泰山的虚实,然后穿过狮群往前走。

在离泰山大约二十英尺的地方,那人停了下来,用一种奇怪的语言跟泰山打招呼。这是一种泰山完全无法理解的语言。他不停地指着狮子,又摸摸他的短矛,指指他的刀。

泰山边听那人讲话,边仔细观察他的举动,他觉得这个人似乎是疯狂与理性的结合体。想到这里,泰山不禁笑了,这个想法也太荒谬了。但是事实的确如此,这个人的面相、举止以及说话时头部不停抽搐说明他神志不正常,但是他说话的口气以及姿态又表明他神志清醒、心智健全。

那人说完话,好像在等待泰山的回答。泰山先用巨猿的语言跟他说话,发现他听不懂,又换了几种本地方言,他还是没有反应。

泰山终于失去耐心了,他还从来没有如此大费口舌来解释一件事情过。浪费一大堆时间来做无用功让他忍无可忍,他举起长矛朝来人冲过去。这一下对方明白他的意思了，也拿起武器，低吼一声，躺在地上的狮子都应声而起，顿时整个森林回响起一阵狮吼，与此同时，狮子分散到各个方向朝泰山包抄而来。那个男人退到后面，咧着嘴阴险地笑了。

这时泰山才注意到那人的上齿像是獠牙，又尖又长。泰山来不及细看，一下子从地上迅速跳到树上，消失在树丛中，让狮子和狮子的主人大吃一惊。泰山边走边喊："我是人猿泰山，无敌的猎人，无敌的勇士，论勇猛、机智，丛林里谁也比不上我！"

泰山在树丛中跳跃了一段距离，又重新回到小路上追踪柯切尔和史密斯的踪迹。很快他就找到了他们的足迹，顺着足迹走了差不多半英里，足迹突然离开森林，来到一处开阔的地方。令泰山大为惊诧的是，他的眼前居然出现了一座城堡，里面有尖顶和圆顶的建筑。

一条大路直通城堡的大门，大门是低矮的拱形门。城墙和森林中间的空地上是一片农田，农作物品种丰富，分布均匀，长势良好，看起来是有人精心种植栽培的。农田旁边还有人造水渠，水渠又分出几个小的分支，水流潺潺，不断流到田间。泰山看到在他的右边有人正在田间劳作。

城墙看起来大约三十英尺高，外墙刷着石灰，墙上间或有射击孔。城墙脚下有一排修剪整齐的灌木丛，东边尽头的城墙则攀爬着藤蔓。越过墙朝城里望去，只见一些圆顶的建筑，但更多的是尖顶建筑。城市中心最大的圆顶建筑是金色的，其余的或是红色，或是蓝色、黄色。

泰山站在小路的尽头仔细观察他眼前看到的景象。正在这时，他听到身后有动静，原来是刚才那群狮子和领狮子的人回来了。泰山马上跳到树上，找到一根结实的树枝，待在上面静观其变。

那群狮子像被豢养的狗一样乖乖地跟着那个怪人,沿着小路走到开阔地,穿过农田,来到城门边。

怪人用短矛的柄敲击城门,一会儿城门开了,他领着狮子走进去。门开的那一瞬间,泰山远远看到城里人来人往,这说明城里是有人居住的。门马上就关上了。

泰山判断,柯切尔和史密斯应该就被关押在这座城堡里。他不知道他们此刻命运如何,也不知道他们被关押在城里的哪个地方。他唯一能确定的事就是,只有进城去他才有可能把他们救出来。他必须想办法混进城去,只要进去了,他相信凭他的机敏一定能找到他们的委身之处。

太阳西沉,在农田劳作的人陆续回城堡了。泰山看到其中一个男人关掉水渠的总闸,其他人跟着他往回走。泰山原来还没有意识到有这么多人在农田劳作,现在才发现一大群人从农田走出来,有的背着农具,有的用篓子背着刚采摘的新鲜蔬菜。

为了看得更清楚些,泰山爬到树顶,这样他可以俯瞰整个内城。

他发现整个城堡呈狭长状,虽然外墙是标准的长方形,但是里面的街道却弯弯曲曲。城中心有一座白色的低矮建筑,周围的建筑都比它高,泰山依稀在两栋建筑中间看到有一条河流。他在文明社会生活的经验告诉他,这里可能是集市,要找寻柯切尔和史密斯最好从这里开始。

此时太阳已经完全落下去了,城里漆黑一片,随后各家各户都点燃灯火。泰山倒宁愿城里没有灯光。

泰山注意到城里的大多数房子的屋顶都是平的,只有少数是尖顶或圆顶的,估计是公共建筑。泰山完全想象不出,这座城堡是如何在非洲腹地这块被遗忘的地方出现的。突然之间他意识到在广袤的非洲大陆还有很多文明尚未涉足的地方。尽管如此,他还是无法相信这座规模不小、组织严密的城堡已经在这里存在几个世纪了,且跟外界完全隔绝。泰山不能理解,虽然城堡被无尽的沙漠所包围,这里的人怎么能够满足于一辈子局限在这小小的方寸之地,在这里生老病死,却一点儿也不愿意走出去了解一下外面的世界?

夜色越来越沉,丛林里响起狮子和豹子的吼叫声,城里的狮子也呼应起来,一时之间,吼叫声此起彼伏,地动山摇。

泰山想到了一个进城的办法。这个办法是否成功取决于城墙上的藤蔓能不能承受他的重量——他决定趁夜色顺着藤蔓爬上城墙。森林和城墙之间有一段距离,大约四分之一英里,都是耕地,没有大树可以遮蔽。泰山知道穿越这段距离会非常危险,他很可能被狮子袭击,无处可逃。但是他别无选择,只能依靠他的速度和机智来取胜了。

泰山朝四周仔细看看,又竖着耳朵听了听周围的动静,闻了闻气味,确信附近没有狮子,至少没有狮子盯着他,才从树上跳下来,悄悄朝城墙走去。

此时月亮升起来了,月光照着城墙下空旷的农田,泰山的身影在月色下格外显眼。正巧一头狮子看到了泰山,泰山听到狮吼,回头一看,狮子正从森林里朝他猛扑过来。尽管月色朦胧,距离又远,泰山还是看出来这头狮子跟他从陷阱中救出来的黑狮是一个品种,体格魁梧,毛发黝黑。泰山别无选择,飞快地朝城墙跑去。

狮子的奔跑速度很快,但是耐力不够。如果距离较短,狮子可以跑过世界上绝大多数的动物,但是泰山不同,他既有速度又有耐力,当然速度比狮子略微逊色一点。泰山的生死取决于他能否在很短的距离里不被狮子追上,跑到城墙边并爬上城墙。

泰山屏住呼吸,拼命朝前跑,狮子紧追不舍,月色下上演了

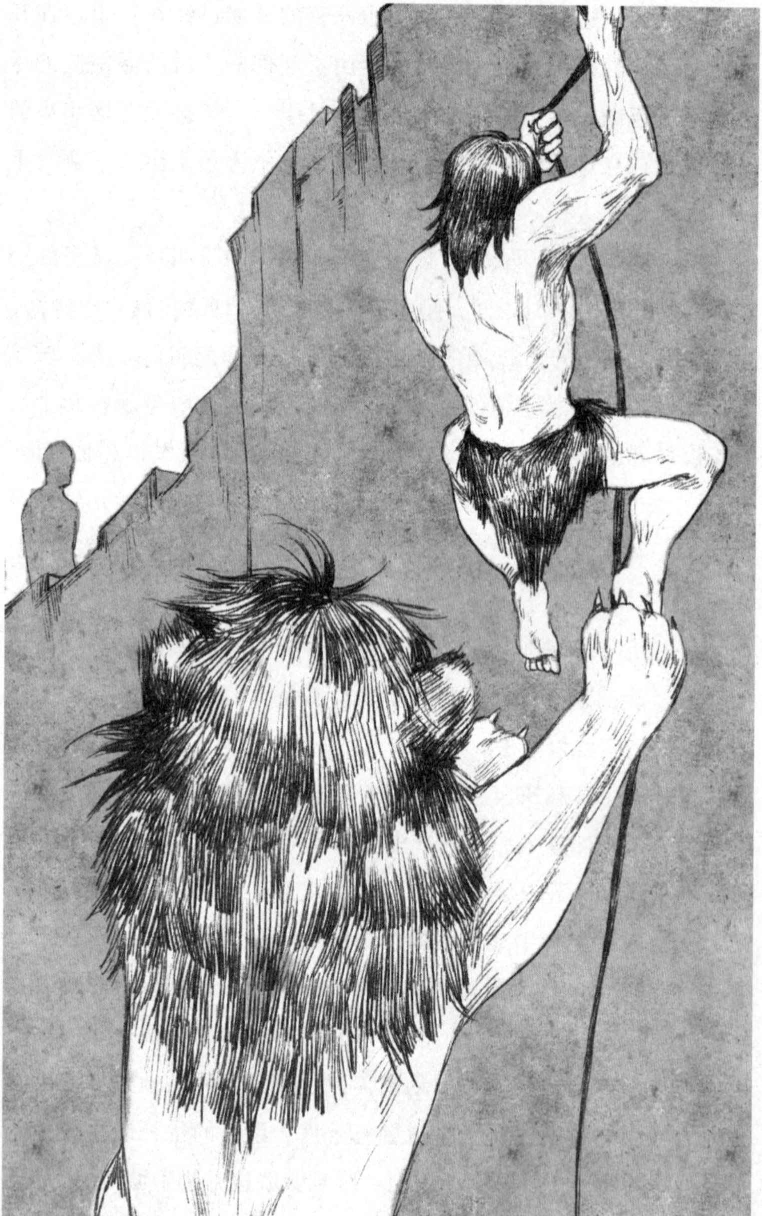

一出前所未有、惊心动魄的人狮赛跑。泰山离城墙越来越近,狮子离泰山也越来越近,仿佛下一秒它就能扑倒泰山。泰山紧握着刀,万一被狮子追上,他还能跟狮子搏斗一番。

终于,狮子筋疲力尽,越跑越慢,但它还是没有放弃,依旧穷追不舍。泰山此时已经跑到城墙下,抓住了一根藤蔓,此刻他最大的愿望便是这藤蔓足够结实,能承受住他的重量。

如果说人狮大战的观众最开始只有月亮和星星的话,那么现在有了一个新的观众:城墙上有一双眼睛正盯着泰山和狮子。泰山此刻无暇他顾,连选择一根结实一点的藤蔓的时间都没有,抓住一根藤蔓就飞快往上爬,狮子不断地往墙上扑,泰山的性命就系于这根细细的藤蔓之上。

Chapter 18

在疯子中

眼见着狮子扑向泰山和史密斯，柯切尔缩在洞里一动也不敢动。这些天来她经历了太多的折磨和恐惧，勇气和气力都已经耗尽了。

洞内洞外充斥着狮子的咆哮声和人类的呼喊声。在这一片混乱与喧嚣中，有人走进来抓住了她。洞里太黑，她完全看不清来人的模样，也没看见史密斯和泰山在哪里。那个人好像在用一根结实的矛驱赶狮子，然后又大吼了一声，好像是在命令和警告狮子不要靠近她，随后就把她拽出洞去。

月光下，洞外的情形依稀可见。她发现外面还有其他人，有两个人半拖半抬着一个人，那人走路跟跟跄跄的，想必是史密斯。

狮群费尽心思想要靠近史密斯和柯切尔，但那群人一次又一次将它们打了回去。狮子跳着、咆哮着，他们却似乎一点不害怕，只当它们是一群疯狗。那伙人沿着穿过峡谷的河床行进，这时东边出现了第一道微弱的光——黎明要来了,他们在陡坡边上停了一会儿,借着那道奇异的光,柯切尔以为前方是一个巨大的无底洞;但他们继续往前走时,天也慢慢亮了,她这才发现前面其实是一片浓密的森林。

一走到参天大树下面,四下里便又都黑了,直到太阳冒过东边的悬崖才变得明亮起来。这时,柯切尔发现他们走的那条道宽阔而整齐,地面干得出奇。那些矮树丛尽管枝繁叶茂,却并不像她往常见到的那样浓密结实。这些树和灌木好像都缺水似的,丛林里没有植被腐烂的霉臭味儿,也没有湿地生长的那些小昆虫。

他们继续往前走,太阳越升越高,丛林里的生物也活跃起来。猴子在高处的枝干上尖叫着、咒骂着;鸟儿们扑打着翅膀到处乱飞。柯切尔发现这群人经常向那些鸟投去敬畏的目光,嘴里念念有词,好像在跟鸟儿说话似的。

接下来的一幕让柯切尔瞠目结舌:走在她前面的是一个身材魁梧的男人,当一只色彩斑斓的鹦鹉俯冲下来时,他竟吓得跪倒在地,拼命磕头。其他的人看起来也很紧张。那人一直磕头,直到那只鹦鹉飞走后才站起来继续赶路。

就在这时,史密斯趁机走到柯切尔身旁。史密斯被狮子咬伤了,因为惊吓和失血过多已极度虚弱,只能勉强支撑着往前走。

"太糟了。"史密斯苦笑着说,听起来他伤得不轻,说话有气无力。

"是的,"柯切尔说道,"你伤得不重吧?"

"还好,不算太严重,"史密斯回答,"但我觉得纳闷的是,这些家伙都是些什么人?"

"我也不知道,"柯切尔说道,"他们的样子看起来真可怕。"

史密斯盯着其中一个人看了片刻,然后转向柯切尔,问道:"你去过精神病院吗?"

柯切尔一下子就明白了,她恐惧地大喊道:"原来他们是一群疯子!"

"他们的行为举止和面部特征都跟疯子无异,"他说道,"他们瞳孔周围泛白,头发又直又硬,没有前额,这些都是疯子的特征。"

柯切尔听了,不禁打了一个寒战。

"还有一点也很奇怪,"史密斯继续说道,"他们怕鹦鹉,却完全不怕狮子。"

"没错,"柯切尔说道,"不知道你注意到没有,鹦鹉好像一点也不怕他们,完全没把他们放在眼里?对了,你知道他们说的是什么语言吗?"

"不知道,"史密斯说道,"我也一直在想这个问题,他们说的话跟我知道的那几种本地方言都不像。"

柯切尔说:"听起来一点也不像本地语,但有些耳熟,我经常觉得自己差点就能听懂他们的话,或者说,我有种似曾相识的感觉,但却说不上来究竟是什么语言。"

"我想你应该没听过他们的话,"史密斯说道,"他们一定在这个偏远的峡谷住了很多年,可能保留了其祖先原来的语言,但这种语言现在已经在峡谷外面的世界失传了。"

走着走着,前面出现了小溪,队伍停下来喝水。溪水干净清凉,柯切尔和史密斯趴在地上喝水时,突然听到前方不远处传来了雷鸣般的狮吼声。狮群立刻躁动起来,不安地到处走动,时而望向咆哮声传来的方向,时而看看他们的主人。那群人从剑鞘里拔出剑,又握紧长矛,严阵以待。

他们自己掌控着成群的狮子,而且一点也不怕它们,但对于那雷鸣般的狮吼,他们显然十分紧张。尽管如此,却没有人想要逃跑，反倒朝着那恐怖的咆哮声传来的方向继续前进。这时，道路中间突然出现了一头体型庞大的黑狮。史密斯和柯切尔乍一看，这头狮子像是在飞机旁遇到的那头，当时是泰山救了他们。但仔细一看，却并不是那头。

黑狮站在路中央，猛地摇了摇尾巴，冲着那群人凶狠地咆哮着。这边的狮群在主人的指挥下也咆哮着，却不敢主动出击。黑狮明显有些不耐烦了，加上对自己的力量十分有把握，于是直直地翘起尾巴，朝前冲了过去。这边的几头狮子装模作样地试图挡住它的去路，但这无异于螳臂当车。黑狮将它们一把甩到一旁，径直扑向其中一个疯子。他们赶紧挥动长矛和剑朝它砍去，但黑狮动作之快令这些光亮锋利的武器瞬间黯然失色。

黑狮狂吼了几声，扑向它早已选好的猎物。这时两支矛飞过来伤了它，黑狮更愤怒了，继续抓住那家伙的肩膀，找准角度迅速转身，跳进了路旁隐蔽的灌木丛里，带着它的猎物消失了。

黑狮动作非常快，他们几乎来不及行动，眼睁睁看着黑狮带着猎物消失了。这群人并没有追上去，只停留了片刻，将那两三头散落在队伍之外的狮子召唤回来后，便继续沿着小路前进。

"看他们的反应，这可能是常事。"史密斯对柯切尔说。

"没错，"柯切尔说道，"他们看起来不惊讶也不慌张，显然他们非常清楚，只要黑狮得到了它想得到的东西就不会再来打扰他们。"

史密斯说道："我曾认为，沃马波的狮子是最凶猛的，但跟这些黑狮一比，它们不过就是长斑的猫。你见过比这更势不可挡、所向披靡的攻击吗？"

他们并排走着，想的聊的都是最近的经历。走着走着，眼前突然出现了一座城堡和一片耕地，他们对此十分惊讶。

"不可思议，那墙可是一项大工程。"史密斯惊叫道。

在疯子中 | 193

"你看城里的圆顶和尖顶建筑，"柯切尔叫道，"那里面一定住着文明人，要是我们能碰到他们，或许我们还有救。"

史密斯耸了耸肩，"我希望如此，"他说，"虽然我不了解这群与狮子为伍却害怕鹦鹉的人，但他们肯定不是正常人。"

这群人和狮子沿着小道穿过耕地来到一个拱门前，那些疯人用矛击打门上厚厚的木板，一个人一声令下，门便开了。里面是一条狭窄蜿蜒的街道，似乎只是丛林小径的延伸。街道两边都是两层楼的房子，二楼比一楼多出约十英尺，在狭窄通道的两边各形成一条拱廊。有柱子和拱门支撑着上层突出的部分。

街道中心的通道未铺砌，但拱廊的地面却是由形状大小各异的琢石精心铺砌，地面看上去显然有些年代了，通往街道中心的地方有明显的磨损，应该是长期被人踩来踩去，最后磨成了这样。

天色还很早，出来活动的人不多，他们和那些疯人长得差不多。一开始史密斯他们只看见了男人，往里面走了走，才遇到几个赤身裸体的孩子在街道上玩泥巴。路上的人对他们的到来感到十分惊讶和好奇，追着看守他们的人问个不停，也有些人似乎根本没有注意到他们。

"我真希望我们能听懂他们说的话。"史密斯说。

"是的，"柯切尔回应道，"我想问问他们要怎么处置我们。"

"那倒是很有趣，"史密斯说，"对此我做了无数的猜想。"

"我不喜欢他们那排尖牙，"柯切尔说，"这总让我联想到我见过的一些食人族。"

"你不相信他们吃人，对吗？"史密斯问道，"你不相信白人会吃人，对吗？"

"他们是白人吗？"柯切尔问道。

"他们不是黑人，这是肯定的。"史密斯又说道，"他们的皮肤是黄色的，但却不像亚洲人，没有一点亚洲人的特征。"

就在这时，他们看到了第一个当地女人。她的外貌特征和男人差不多，只不过个子更小，身材更匀称些。她的长相比男人更令人厌恶，眼睛更加白多黑少，嘴唇下垂，牙齿尖而硬，头发发根生得很下，但却比男人的更长更厚，一直垂到肩上，用彩色丝带绑着。她身上只有一条薄丝巾，丝巾紧紧裹在她身上，从裸露的胸下一直裹到脚踝附近。头饰和裙子上点缀着像金子一样的金属亮片，除此之外，再无其他饰品。她裸露在外的手臂细长秀丽，手脚比例协调，十分匀称。

队伍经过时，她走了过来，对守卫说了些什么，但对方并未理会。她走到史密斯和柯切尔身旁时，他们借机近距离观察了一下她。

史密斯说："美女的身材，疯人的样貌。"

他们沿着街道继续往前走，不时路过十字路口，沿着那些路望去，发现其他街道和现在走的这条一样蜿蜒曲折。路上的房子设计都差不多，只不过有的涂了色，有的稍有装饰。通过敞开的门窗，他们发现房屋的墙壁非常厚，所有门窗都很小，这种设计好像是用来抵御酷暑的。在非洲沙漠的这个深谷里，这一点十分必要。

再往前走，时不时便能看到更大的建筑物，走近了才发现是这座城市的商业区。住宅间坐落着集贸市场和许多小商店，商店的大门上绘着看上去像是希腊文的字符，但并不是希腊文，因为史密斯和柯切尔都认识希腊文。

此时，史密斯开始感到伤口疼得越来越剧烈，再加上失血，他的身体变得更加虚弱，走路跌跌撞撞。柯切尔看到他这个样子，赶紧伸手去扶他。

"不用,"史密斯说道,"你自己已经够累的了,不能再给你添负担了。"尽管他努力跟上大部队,但偶尔还是会掉队,守卫开始不耐烦,朝他发火了。

走在史密斯左边的大个子好几次抓住史密斯的手臂,不紧不慢地把他往前推,但史密斯一次又一次掉队,终于把大个子惹毛了,他几拳就把史密斯打倒在地上,左手掐住后者的喉咙,右手拿着锋利的长剑想要刺过去。

其他人也停了下来,回过头看了看他们,并没有觉得这有什么稀奇,就好比队伍里的一个人停下来系鞋带,其他人等着他准备好继续上路似的。

那些人虽无动于衷,柯切尔却急了。那个人两眼冒火,龇牙咧嘴,面容狰狞,好像要杀了史密斯似的。史密斯身受重伤,还要遭对方的毒打,这一切唤起了她作为女性与生俱来的保护欲。此刻,她心里只有一个念头,绝不能眼睁睁地看着一个虚弱且手无寸铁的人在她眼前被残忍地杀害,于是她毫不犹豫地冲过去,一把抓住了那个人的胳膊,她紧紧抱住那家伙,用尽浑身力气向后一摔,那家伙便失去了重心,倒在了路面上,剑也掉到地上。柯切尔赶紧捡起剑,对着那群疯人。

虽然柯切尔身上的骑马装又脏又破,头发也乱糟糟的,但她看上去气概十足。被她放倒的那家伙迅速爬了起来,瞬间像换了个人似的。前一秒还愤怒似恶魔,后一秒又歇斯底里地笑了起来,柯切尔也说不上来哪种状态更为恐怖。

他的同伴也不知所以地笑了起来,那家伙跳上跳下,大笑大叫。如果柯切尔先前还不相信这群人是疯子,这个男人现在的举动则足以说明这一点。他突然像失了控一般发怒,现在又发出瘆人的笑声,这些都是疯子的表现。

柯切尔突然想到，万一现在有个人过来对付她，她简直毫无招架之力；她不想再招惹这群疯子，赶紧把剑抛到一边，转过身来，蹲在史密斯身旁。

"你真厉害！"史密斯说，"但你不应该这样做，别跟他们对着干，他们都是疯子。你没听人说吗？不要跟疯子硬碰硬，要顺着他们来。"

柯切尔摇了摇头："我不能眼睁睁地看着他们杀了你。"

史密斯的眼里突然闪过一道光，他伸出手抓住女孩的手指，"你现在有点在乎我了吗？"他问道，"你能告诉我你在乎我吗——哪怕只有一点也行。"

她没有把手收回来，只是忧伤地摇了摇头，"别这样，"她说，"我恐怕只能说，我只是单纯喜欢你而已。"

史密斯眼里的光消失了，松开手低声说："对不起，我本来是打算等到我们摆脱困境，安全回到自己人那里再说这些的。刚刚看到你拼死保护我，我有些受宠若惊。总之，我有点控制不住自己，我现在说什么都没太大意义，对吧？"

"你说这些是什么意思？"她立刻反问。

他耸耸肩，无可奈何地笑了，"我是不可能活着离开这座城市的，"他说，"如果不是觉得你应该知道这件事，我是断然不会提起的。我伤得很重，刚才那个人差点就要了我的命。如果我们跟文明人在一起，或许我还有获救的希望，但现在我们在这群可怕的怪人中间，就算他们为人友善，也不可能治好我的伤。"

柯切尔知道他说的都是事实，但还是不愿意面对他即将死去的现实。她非常喜欢他，其实，没有爱上他是她自己的遗憾，但她有自己的苦衷。

史密斯可以说是所有女孩的梦中情人，身为英国军官的他举止绅士,家世显赫,家境殷实,年轻英俊,平易近人。柯切尔知道史密斯爱她,这一点毫无疑问。

她叹了口气,温柔地把手放在他的前额上,低声说道:"再难也不要放弃希望,为我,为你自己好好活着,我会试着去爱你。"

史密斯如获新生,脸色瞬间有了好转,不知道哪儿来的一股劲,他竟颤颤巍巍地站了起来。他站起来后,柯切尔一直扶着他。

他们看了看那群疯子,发现他们又重新回到了一贯的冷漠状态,其中一个人打了个手势,队伍便又开始赶路了,好像什么麻烦事儿都没发生过。

柯切尔这才反应过来,她刚刚的承诺令史密斯欣喜若狂。她知道自己说得有点过了,但木已成舟。早在说这番话之前,她就意识到,她不可能像他爱自己一样去爱他。但她承诺了什么呢?仅仅就是试着去爱他而已,"从现在开始?"她问自己。

她意识到他们回到文明世界的希望十分渺茫,就算这些人友好相待,愿意放他们走,他们又怎么找到回去的路?泰山死了,她被疯子拉出洞穴时看到他躺在洞口,一动不动,毫无生命的迹象,从那刻起,她就坚信泰山已经死了,所以现在再无任何其他人能护他们周全。

从他们被捕起,两人几乎就再没有提过泰山,因为他们都清楚泰山的逝去对他们而言意味着什么。他们回忆了一下被捕时的场景,发现记忆并未出差错。史密斯目睹了狮子一跃而起,扑向泰山,泰山被扑倒以后就一直一动也不动,可以说,泰山的死是确凿无疑的。

所以,如果说过去几周柯切尔的感受是希望渺茫,那么现在的情况就是绝望。

走着走着,街上的男男女女开始多了起来。有时候,个别人会注意到他们,看起来对他们很感兴趣;但大多数人都眼神空洞,看起来对周围的环境完全无意识,也没有注意到他们。突然,街道一边传来了可怕的尖叫声,他们看到一个男人像着了魔似的,痛苦不堪,满是怒气,跟刚刚殴打史密斯的那个人情况差不多。他将自己的怒火都宣泄在一个孩子身上,一直不停地殴打孩子,边打边尖叫。最后,他将浑身无力的孩子举过头顶,用尽浑身力气将其摔在路面上,又转过身,歇斯底里地疯狂大叫起来,猛冲向前方蜿蜒的街道。

两个女人和几个男人站在一旁看着这残酷的一幕,史密斯和柯切尔离事发点太远,看不到那些人的表情,不知他们是同情还是愤怒,但不管是哪种,最后都无人站出来干涉。

几码开外,有一个长相可怕的丑老太婆,从楼上的窗户探出头来大笑,喋喋不休地说话,冲着每个经过的人做鬼脸。但其他人只管走自己的路,没人理睬她,这一点倒是跟文明人一样。

"上帝啊,"史密斯咕哝着,"这地方真是太恐怖了。"

柯切尔突然回过头来,问他:"手枪还在你手上吧?"

"在,"他回答,"塞在我的上衣里面,他们没有搜我的身,天色太黑,他们也看不见我带没带武器,所以我把它藏了起来,指望靠此脱险。"

她靠过来握住他的手,"给我留颗子弹,好吗?"她祈求道。

史密斯低头看着她,不停地眨眼睛,气氛变得凝重,令人不安。他当然已经意识到他们的处境有多糟糕,但他觉得这一切该由他独自一人来承受,任何人也不能伤害这个甜美的女孩。

她怎么能被毁灭——被他毁灭!这太可怕了,难以置信,不可思议!不管他们的结局有多可怕,他也绝不愿意看到柯切尔死在自己手里。

"柯切尔,我觉得我做不到。"他说道。

"就当是帮我解脱,好吗?"她问道。

他沉痛地摇了摇头,回答道:"我永远无法做到。"

走着走着,前方突然出现了一条宽敞的大街,进入眼帘的是一片宽阔美丽的咸水湖,平静的湖面倒映着清澈蔚蓝的天空。建筑物更为高大,设计和装饰更为华丽,街道地面的设计是虽野蛮原始却美妙绝伦的拼花图案。建筑物的外墙五颜六色,还装饰了许多看起来像金叶的物件。建筑物上雕刻了不同形态的鹦鹉形象,也有少量的狮子和猴子的形象。

那群疯子领着他们沿着湖泊旁的小道走了一小段,穿过一个拱形回廊进入一座面朝大街的建筑。入口处是一间大房,摆放着许多长椅和桌子,其中许多都精心雕刻了城里随处可见的鹦鹉、狮子或猴子的形象,当然鹦鹉居多。

桌子后面坐着一个男人,在史密斯和柯切尔眼里,他跟那些疯子没什么差别。他们在此停下来,其中一个人好像做了个口头报告。虽然不知道这个人到底是法官、军官还是民事高官,但显然他是一个有权威的人。听完汇报后,他仔细审视了两名俘虏,想盘问他们,发现语言不通,就放弃了,然后跟手下人发布了一些指令。

接着两名男子走过来,示意柯切尔跟他们走。史密斯一开始想跟上去,但被一名守卫拦了下来。柯切尔停下脚步转过身去,看着桌旁的那个人,冲他打手势,表示她希望史密斯能和她一起,但他摇了摇头示意守卫带她走。史密斯不死心,又跟上去,还是被制止了。他十分虚弱,已经没法表达自己的诉求了,他想起藏在上衣里的那把枪,但用枪膛仅剩的那些弹药摆平整座城根本不可能。

到目前为止，除了挨打之外，没有任何迹象表明他们会受到不公正待遇，所以他才推测不正面与之对抗或许是更明智的选择。但现在他彻底相信，那些人对自己充满敌意。他眼睁睁地看着柯切尔被带走，临走之前她转身冲他挥了挥手。

"祝你好运！"她大喊道，接着便消失在了他的视线里。

在桌旁那个人检查他俩的那会儿工夫，跟着队伍一起走进这栋大楼的狮子就被赶进了他身后的门道里。两个男人带着史密斯进了这个门道，来到一条长廊，两边其他的门都开着，可能通往其他房间，走廊尽头是一道巨大的栅栏，外面是开放的院子。史密斯被两个守卫带进院子。一进去才发现这片开阔之地也有围墙，有许多树和花丛点缀其中，几棵树下设有长凳，南边的墙那边也摆着一条。那些狮子就被关在这个院子里，要么四脚朝天地躺在地上，要么不安地来回走动。

两个守卫在门口停了下来，说了几句话，便转身回到走廊了。史密斯惊恐万分，满脑子都是被狮子撕咬的场景。他转身抓住栅栏，试图打开它回到走廊，但栅栏锁得很牢，根本打不开。他又冲着那两个人大声叫嚷，只听见对方尖声阴笑了几声，走到走廊尽头穿过门道消失了，留他孤身一人与狮子为伴。

Chapter 19

王后的故事

他们领着柯切尔沿着广场走向最大最豪华的那栋建筑，建筑跟广场一样宽，有好几层，主要入口是一段很宽的石阶，一楼蹲坐着许多石狮子，上面的入口两侧有两个基座，每个上面都有一尊鹦鹉大石像。柯切尔走近了才发现鹦鹉脚下的圆柱都雕成了骷髅状。拱形门廊上方以及建筑的墙上也都是鹦鹉、狮子和猴子的形象。其中一些是浮雕，其他则为拼花图案，还有些是画上去的。

墙上的那些画历经岁月洗礼，颜色较淡，给人一种温和柔美的感觉。雕塑和拼花也都设计精巧，体现出高超的艺术技巧。刚才那栋楼的进口处没有门，这栋与之不同，入口处有许多门。拱门下方有圆柱，形成壁龛。壁龛上，石鹦鹉底座周围以及台阶上都站着武士。他们身着艳黄色的制服，胸前和背部都绣了鹦鹉。

柯切尔被带上台阶，其中一个黄衣士兵走过来，在台阶顶上拦住了他们。他们交谈了一会儿，这时柯切尔注意到，这个人以及周围其他人似乎比之前那群人看上去更心智低下。他们粗糙竖立的头发一直长到前额上，有的甚至长到了眉毛处，而且瞳孔更小，眼白更多。

简短的交流后，看门的那个人转过身去，用矛柄敲打其中一块门板，又叫上其他几个同伴，命他们上来。紧接着，大门便慢慢开了，吱吱嘎嘎地作响，柯切尔看到每扇门后面都站着六个没穿衣服的黑人。

押解她的两个守卫在门口转过身，由六个黄衣士兵接着带她往里走。他们带着她穿过门廊，那些黑人拖着沉重的链子把门重新关上。柯切尔惊恐地发现他们的脖子上都套着铁链，铁链的另一头拴在门上。

前面是一条宽阔的走廊，正中间是一个清澈的小水池。这里的地板和墙上都是各式各样的鹦鹉、猴子和狮子的图案，设计千变万化，看上去像是金子铸成的。走廊两侧的墙上开有许多拱门，通过拱门可以看到其他宽阔的房间。走廊里并无家具，但其两侧的房间里摆了长凳和桌子。墙上挂有五颜六色的帘子，地板上铺着厚毯子、黑狮皮以及豹纹皮。

入口右侧的房间里满是身穿黄色制服的士兵，墙上挂满了矛和剑。走廊尽头是低矮的台阶，通往另一扇关着的门。她的守卫在此被拦了下来，守门的士兵收到指令后，留他们在此等候，自己进了门。大约十五分钟后才见他回来，这些守卫又接替了之前的守卫，将她带了进去。

穿过三间房子，经过三扇更大的门，每经过一处便换一次守卫，最后她被带到了一间小房子，一个身穿红色外套的男人在里面来回走着，衣服前后也都绣了许多鹦鹉图案，头上裹着鹦鹉皮做的头巾。

墙上挂满了帘子，上面绣了上千只鹦鹉。地板上镶有金鹦鹉，天花板上也浓墨重彩地画着鹦鹉，色彩鲜艳，张着翅膀，一副飞翔的姿态。

这个男人比柯切尔在这座城市之前见过的其他人都要高大，由于上了年纪，他的皮肤像羊皮纸一样满是皱纹，也比其他人要胖许多。然而，他裸露在外的臂膀又展现出他的强壮，走起路来一点也不像个老人。他的面部表情给人一种近乎白痴的感觉，简直就是柯切尔见过的人里面最令人厌恶的一个。

柯切尔在里面待了几分钟，但他似乎一直没注意到她，依旧不安地走来走去。他本来站在离柯切尔很远的地方，背对着她，这时突然转过身，疯似的冲过来，令她猝不及防。她下意识往后躲，伸出双手想让他离自己远点，但她一边站着一个守卫——领她进来的那两个人——抓住她不让她动。

他来势汹汹，但一到她面前就停了下来，没有碰她。他眼睛泛白，十分恐怖，仔细打量了她一会儿，随即开始疯笑。兴奋了两三分钟，突然停下来又开始打量她。他摸了摸她的头发、皮肤、衣服，还示意她张开嘴巴。他好像对她的嘴巴很感兴趣，还命其中一个守卫也来看了看她的牙齿，又把自己锋利的牙齿露出来给柯切尔看。

折腾了一番之后，他又开始走来走去，仿佛忘了柯切尔，过了大约十五分钟，他像突然想起什么似的，跟守卫交代了几句，他们便马上将她带走了。

守卫带着她穿过几个走廊和房间，到了一处狭窄的石阶，石阶通往上面的楼层。最后他们停在了一扇小门前，门口站着个裸体黑人，拿着一柄矛。其中一个守卫一发话，黑人便开了门，他们进到一处低矮的房间，她马上注意到里面的窗户都装了铁栏杆。

房间的陈设跟她之前见过的类似，有刻了图案的桌子和长凳，地毯和墙上的装饰也都一样，只不过没有刚刚那间房子的设施奢华。角落里有一张矮矮的床，铺着薄毯，上面坐了个女人。

看到这个女人，柯切尔大吃一惊。她发现这个人长得像是白种人，虽然年纪很大了，一双黯淡的蓝眼睛深深凹了进去，脸上满是皱纹，牙齿也掉光了，但从眼神可以看出她头脑清醒、心智健全。

看见柯切尔后，这个女人拄着拐杖颤颤巍巍地站起来。一个守卫对她说了句话便转身离开了。柯切尔站在房里，静静地等着。

老妇人走过来，在柯切尔面前停下脚步，用她衰老的双眼看着那张年轻的面孔。她从头到脚打量了柯切尔一番，最后眼睛又落在了女孩的脸上。同时，柯切尔也在打量她。老妇人开口说话了，她的声音微弱嘶哑，断断续续，说得很吃力，好像她长期没有说过这种语言，已经忘了怎么说了。

"你是从外面来的？"她用英语问道，"上帝保佑你能听懂并会说英语。"

"英语？"柯切尔惊讶不已，"我当然会说英语。"

"谢天谢地！"这个身材矮小的老妇人叫起来，"我自己都不知道别人是否还能听得懂我说英语。六十年了，我只能说他们那种鬼话，我都六十年没听过一句英语了！"她又低声问道，"可怜的孩子，可怜的孩子，你是怎么落到他们手里的？"

"你是英国人？"柯切尔问道，"你是英国人，你在这儿待了六十年，是这样吗？"

老妇人点了点头，"我都六十年没出过这个宫殿了，你过来，"她伸出骨瘦如柴的手，说道，"我年纪大了，不能久站，过来和我坐在床上吧。"

王后的故事 | 205

柯切尔握着她的手，扶着她回到床边，老妇人坐下后，柯切尔坐在了她旁边。

"可怜的孩子！可怜的孩子！"老妇人哀怨地说道，"在这儿真是生不如死，一开始我本想寻死，但我总想着会有人来救我，结果却一个也没有。跟我说说你是怎么落到他们手里的。"

柯切尔简单叙述了一下事情的主要经过。

"所以还有个男人跟你一起？"老妇人问道。

"是的，"柯切尔回答，"但我不知道他在哪儿，也不知道他们要对他怎么样。实际上，我连他们要对我做什么都不知道。"

"犯不着去猜他们的意图，"老妇人说道，"他们自己都不知道自己下一分钟要干什么，但我想有一点是可以肯定的，可怜的孩子，你再也见不到你的朋友了。"

"但他们没有杀你，"柯切尔提醒道，"你说你已经被囚禁了六十年。"

"是的，"老妇人回答她，"他们没有杀我，也不会杀你，但在这个可怕的地方待久了，你一定会求他们杀了你。"

"他们是什么人？"柯切尔问道，"什么种族？他们跟我之前所见过的所有人都不一样，你又是怎么到这儿来的？"

"那是很久之前的事了，"老妇人边说，边在床上来来回回地晃着身体，"很久之前，太久了！那个时候我才二十岁，孩子，你想想，再看看我现在这个样子。我没有镜子，只能洗脸的时候在水里看看自己，我老眼昏花，已经看不清自己长什么样儿了，但我的手能摸到，我知道我的脸已经衰老了，满脸的皱纹，深陷的眼睛，松弛的嘴唇搭在牙已掉光的牙龈上。我现在老了，背驼了，变丑了，但我年轻的时候，别人都说我漂亮。我没骗你，我那时真是个美女，天天照镜子。

"我父亲是英国的一名传教士,我跟着他在非洲内陆传教,住在一个小村庄。一天,一群阿拉伯人入侵,他们带走了村民,也带走了我。他们不熟悉地形,让村里的男人为他们带路,他们说他们从未到过南方这么远的地方,他们还听说西边有个国家有很多象牙和奴隶,他们想去那里,到那边之后再把我们送到北方,把我卖给苏丹。

"他们经常讨论我能卖多少钱,因为怕我卖不出个好价钱,他们都争着保护我,整个行程尽可能不让我累着,给我最好的食物,不让我受伤。

"但是不久,我们来到一个陌生的地方,进入了荒漠,这群阿拉伯人才意识到我们迷路了。但他们仍然坚持向西走,穿过恐怖的峡谷,踏过寸草不生的土地。那些可怜的奴隶被迫扛着所有的装备和战利品,又累又饿,再加上没有水,他们很快就一群群死掉了。

"进入荒漠不久,这群阿拉伯人便开始屠杀他们的马匹作为粮食。当我们走到第一个峡谷时,因为马没法越过峡谷,剩下来的那些马也都被屠杀了,马肉由那些还活着的可怜的黑人背着。

"我们又继续走了两天,黑人已经死得所剩无几了,阿拉伯人也开始饥渴难耐,忍受不了沙漠的酷热,一个个死去。回头看来时的路,目之所及,天空盘旋着秃鹫,地上散落着死尸和被丢弃的象牙、装备和马肉。

"阿拉伯酋长一直对我照顾有加,或许是觉得相比于其他宝贝,我应该是最容易携带的,因为我年轻力壮。他们屠杀了马匹之后,我自己走也能跟上他们中最强壮的男人。众所周知,我们英国人都很能走,但这群阿拉伯人却不善走路,因为他们从小就骑马。

"我说不上来我们接着又走了多远。最后,当我们都筋疲力尽

王后的故事 | 207

之时，我们几个走到了一个深谷底部，因为爬过去已然不可能，所以我们继续沿着谷底的沙子路往前走，那看起来像是一条古老的河流的河床，最后我们走到了一处美丽的峡谷，那里树木茂密，我们坚信在那儿一定能找到吃的。

"那时只剩酋长和我两个人了。峡谷长什么样，不必我多说，就是你现在见到的这样。我们一进去就被抓了，好像他们一直在等我们似的，后来我知道事实就是如此，就像他们等你一样。

"你穿过森林时一定见过猴子和鹦鹉，进了这所宫殿后，你会发现到处都雕刻着猴子、鹦鹉和狮子做装饰。在英国，我们都只知道鹦鹉会重复别人教的话，但是这些鹦鹉不同，它们会说这个城市居民说的语言，猴子跟这些鹦鹉说了什么，它们便飞回来转达猴子说的话。虽然这难以置信，但我发现确实是这样，因为我在这所宫殿已经住了六十年了。

"跟你一样，他们直接把我带进了这座宫殿。阿拉伯酋长被带到了其他地方，我一直不知道他怎么样了。那时的国王是阿戈二十五世，以后我又见过许多国王，阿戈是个很可怕的人，后来的国王皆是如此。"

"他们到底有什么毛病？"柯切尔问道。

"他们是一群疯子，"老妇人回答她，"你是不是也这样猜测过？但尽管如此，他们中也有优秀的工匠和农民，也有人懂法律。

"他们对所有的鸟都心怀敬畏，但最怕鹦鹉。宫殿里一间很漂亮的房子里就供着一只鹦鹉，它是他们的神，那是只很老的鸟，如果我来的时候阿戈跟我说的都是真的，那只鸟到现在应该将近三百岁了。他们的宗教仪式极端令人讨厌，就是因为这种仪式持续了数百年，这个种族才变得像现在这样愚笨。

"但是，就如我刚才所说，他们也有一些好品质。据说，他们的祖先是几个来自北方某地的男女,在中非的丛林迷失了,误打误撞来到此处,当时这里还是一片荒凉贫瘠的峡谷,而且很少下雨,但现在这里有大片森林,城内城外都有繁茂的植被。他们的祖先利用天然泉水,加以改造,创造了这一奇迹,通过改良,整个峡谷随时都能享有充足的水源。

"阿戈曾跟我说,早在他之前,他们就利用河流为这座城市提供水源,还通过河流改道对树木进行灌溉,后来树木越来越繁茂,形成了一大片森林。我不确定他说的是不是真的,或许这片森林本来就在这儿,但鉴于这里没有充足的降雨支持植被的生长,这确实可以称作是他们创造的奇迹之一。

"他们在许多方面都非常古怪,刚刚我说过他们崇拜鹦鹉,宗教仪式也很奇怪,更怪的是,他们还把狮子当家畜养。你已经见过他们把狮子当卫士用,但其实大多数狮子都是养肥了来吃的。我想,一开始他们吃狮子肉只是宗教仪式的需要,但慢慢地他们竟喜欢上了狮子肉,现在他们只吃狮子肉,宁愿死也不会吃鸟肉或猴子肉。他们也养鹿、养羊,但不是为了吃肉,是给狮子做食物,顺便获取羊奶和羊皮、鹿皮。"

"这些年你一直住在这儿?"柯切尔惊讶地问道,"从来没见过其他白人吗?"

老妇人点了点头。

"你在这个地方住了六十年,"柯切尔继续说道,"他们从没伤害过你!"

"我没这样说过,"老妇人说,"他们没杀我,仅此而已。"

"那……"柯切尔犹豫了一下,"那,"她继续问道,"你算是他们的什么?"

"请见谅,"她马上补充道,"我觉得我知道答案,但我还是想听你亲口说,因为毫无疑问,我在这儿跟你一样。"

老妇人点了点头,"是的,"她说道,"这一点毋庸置疑,如果他们将你与其他女人分开的话。"

"这是什么意思?"柯切尔问道。

"六十年来,我从没接近过一个女人。即使是现在,我这么老了,这里的女人见到我也会杀了我。这里的男人很可怕,特别可怕,但还好他们不让其他女人接近我!"

"你的意思是,"柯切尔问道,"男人不会伤害我?"

"阿戈二十五世让我做他的王后,"老妇人说道,"但他还有许多其他的王后,而且不全是人类。十年后他被谋杀了,下一任国王霸占了我,如此反复。现在我是最老的王后,很少有王后长寿,她们不仅容易被暗杀,同时,因为她们智力低下,时不时就会陷入抑郁,抑郁时就很可能会自杀。"

她突然转身指着有铁栅栏的窗户,说道:"你瞧这房子,外面是黑人太监。只要你看到带有铁栅栏的窗户,那儿就住着王后,除了有个别例外,她们将永远被圈禁在里面。这里的女人发起疯来比男人还可怕。"

她们沉默了几分钟,然后柯切尔又问:"没法逃跑吗?"

老妇人指了指带有铁栅栏的窗,又指了指门,说道:"这几处都有黑人太监把守,就算你能避开他们,你又怎么到街上?就算你到了街上,你又怎么穿过这座城走到城墙边?就算运气好,你到了城墙那里,再假设有奇迹发生,你可以跨出城门,你又怎么穿过黑狮出没的森林?不可能的!"她自问自答,"不可能逃跑,就算你逃出了宫殿,出了这座城,走出了森林,也只会死在外面那可怕的荒漠里。"

"六十年了,你是来这儿的第一个白人;一千年了,这个峡谷里的居民没有一个人曾离开过这里。在他们的记忆里,或者在传说里,在我之前,只有一个勇敢的武士来过,他的故事在这里代代相传。

"据他们描述,他应该是个西班牙人,手持盾牌,戴着头盔,身材魁梧,他穿过可怕的森林一路抵达城门,击败了那些前去抓捕他的人,把他们杀得落花流水。他吃过花园里的蔬菜、树上的水果,喝过小溪里的水,便转身返回了,穿过森林来到峡谷口。虽然他逃出了城市和森林,终究还是没能逃出荒漠。传说,当时的国王担心他会叫上其他人回来攻击他们,便派了一队人跟着,企图谋害他。

"他们找了三个星期也没找到他,因为他们方向错了,但最后他们发现了他的骸骨,腐肉已经被秃鹫吃光了,他死的地方离这里大约有一天的路程。我不知道这是否是真的,也许仅仅是他们的一个传说而已。"

"没错,"柯切尔说道,"这是真的,我确定是真的,因为我看到了那个勇士的遗骸和锈蚀的盔甲。"

就在此时门开了,一个黑人端进来两个平底的容器,里面还有一些小容器。他将这些东西放在了老妇人附近的一个桌子上,什么也没说便转身离开了。这个男人一进来,柯切尔就闻到了食物的香味。她这才反应过来,自己已经饥肠辘辘了。老妇人让她过去看看,稍大的容器是陶器,里面的则是用金子打造的。令她大吃一惊的是,稍小的容器间放着一把勺子和一把叉子,设计精巧,跟她在文明社会里见到的一样好用。叉子的齿看上去是铁或钢做的,但究竟是什么,她说不上来,叉子柄和勺子则跟那些小容器一样是用金子做的。

蔬菜和肉一起炖的汤十分香浓,桌上还摆了一盘新鲜水果,一碗羊奶，旁边是一个小罐子，里面装着果酱似的东西。柯切尔太饿了，没等老妇人过来就开吃了，觉得自己从来没有吃过这么美味的食物，老妇人慢慢走过来，坐在她对面的长凳上。

老妇人将小些的容器从大的里面拿出来，摆在柯切尔面前。看到柯切尔吃得那么香，她不禁露出了诡异的笑容。

"饥不择食。"她笑着说道。

"什么意思？"柯切尔问道。

"我敢说几个星期以前，你只要想想吃猫科动物就会觉得犯恶心。"

"猫科动物？"柯切尔惊呼起来。

"对，"老妇人说道，"没区别——狮子就是猫科动物。"

"你是说我现在吃的是狮子肉？"

"是的，"老妇人说道，"他们做得很美味，你会渐渐爱上它的。"

柯切尔半信半疑地笑了笑："我觉得它们吃起来跟羊肉或牛肉没区别。"

"是的，"老妇人说道，"我也这么觉得。这些狮子都有人精心照料和喂养，狮子肉经过精心烹调吃起来才会是现在这个味道。"

所以柯切尔吃的这些都是她之前从不会吃的：奇怪的水果、狮子肉和羊奶。

她刚一吃完，门又开了，一个身穿黄色上衣的士兵进来跟老妇人说了些什么。

老妇人说道："国王命你准备一下，然后去见他。你将和我一起住，他知道我跟他其他的女人不一样，他不敢安排你跟她们一起住。赫拉格二十六世偶尔神志正常，他正常的时候才会要你过去。跟这里的其他人一样，他觉得整个城市只有他是正常的，但是我觉得在这里跟我打过交道的那些人，包括他们的国王，都认为我神志清醒。我也不知道这么多年来我是怎么保持清醒的。"

"准备一下是什么意思?"柯切尔问道,"你刚才说国王命令我准备一下然后去见他。"

"他们会带你去洗澡,换上跟我一样的长袍。"

"真的没法逃跑吗?"柯切尔问道,"连自杀的机会都没有?"

老妇人将叉子递给她,"这是唯一的办法,"她说道,"正如你所见,叉齿又短又钝。"

柯切尔听了觉得不寒而栗。老妇人将一只手轻轻搭在她的肩上,说道:"他可能只是看看你就会放你回来,阿戈二十五世对我就是这样,他试着跟我交流,最后发现彼此都听不懂对方的语言,于是便命令他的人教我说他们的语言,接下来的一整年都好像忘了我似的。有时,我长时间都见不到国王,曾经有一个在位五年的国王,我从没见过他。要一直心怀希望,即使外面的人已经将我遗忘,我依然心怀希望,虽然这希望注定失望。"

老妇人带柯切尔来到紧邻的一间房,地上有一个水池。柯切尔在此洗完澡后,老妇人给她拿了一件当地女人穿的长袍,改成了她的尺寸。长袍的材质是薄纱,柯切尔丰满曼妙的身材一览无遗。

"好了,"老妇人说道,最后拍了拍衣服上的褶子,"你现在是个王后了。"

柯切尔低头看看自己裸露在外的胸和半遮的肢体,惶恐万分。"他们要让我半裸着去见男人!"她尖叫起来。

老妇人笑着说:"这还不算什么,你会跟我一样习惯的。要知道,我是在一个牧师家庭长大的,对女人来说,露出脚踝都是一种罪过。跟你马上要见到的和要经历的事情相比,这都不算什么。"

柯切尔心烦意乱,来来回回地走,等待国王的传唤。几个小时后天黑了,宫殿里点起了油灯,又过了许久才来了两个传话的人，赫拉格二十六世令她马上过去，还让老妇人西妮拉一同前往。柯切尔这才轻舒了一口气，尽管老妇人帮不上什么忙，有个对自己友善的人陪着总是好一点。

前来传话的人把她们带到了楼下的一个小房间，老妇人介绍说这是王宫大殿的前厅，大殿是国王和大臣议事之所。许多身着黄色制服的士兵坐在前厅的长凳上，大多数人的眼睛都看着地板，无精打采，心情沮丧。两个女人进来时，其中几个冷漠地看了几眼，其他的都不予理会。

她们在前厅等候时，从另一间房里走出来一个年轻的男人，穿着跟其他人类似，但头上戴了金饰，额头正前方的位置直直地插着一根鹦鹉毛。他一进来，房里的其他人都站了起来。

"那是国王的儿子麦特卡。"老妇人在柯切尔耳边说道。

王子正穿过前厅往大殿去，突然看见了柯切尔，于是他停下脚步盯着她看了半天。柯切尔非常尴尬，再加上自己衣着暴露，瞬间脸红了起来，盯着地板转身要走。麦特卡突然全身开始颤抖，他尖叫了一声，走上前来抓住了柯切尔。

紧接着场面变得十分混乱，那两个国王派来接柯切尔的人尖叫着，绕着王子跳来跳去，挥舞着手臂，姿势夸张，好像是让他放了柯切尔，但他们不敢对王子动手。其他守卫好像被王子传染了一样，也跑上前来尖叫着挥舞手中的利刃。

柯切尔挣扎着想要摆脱这个可怕的疯子，但她被王子死死抓着，动弹不得。王子一手抓着她，另一只手握着剑，四处乱舞，其中一个士兵不幸成了他的剑下亡魂，只见王子一剑挥过去，从他的锁骨一直划到胸间，那人尖叫一声倒在地上，鲜血一直往外流，他挣扎了几次想要起来，最后还是倒在血泊里死了。

麦特卡依旧死死抓着柯切尔，朝门边退。一看到鲜血，其中

王后的故事 | 215

两个守卫像突然发了疯一样,把手中的剑一扔,扭打撕咬起来。同时,有些士兵想要阻止王子,有些则护着他。就在麦特卡把柯切尔带到门边时,她觉得自己好像看见有人正趴在那具尸体上啃咬着。

混乱中,老妇人一直紧跟在柯切尔身边,但是到了门边被麦特卡发现了,他拿起剑直砍过去,幸亏老妇人当时已经越过了房门,麦特卡砍到了门柱上。六十年来,老妇人肯定已经见惯了这种疯狂的场面,凭借着多年的经验,她顺着走廊慢慢逃走了。

麦特卡收起剑,扛起柯切尔往老妇人相反的方向去了。

Chapter 20

泰山来了

天快黑时,一个飞行员精疲力竭地走进第二罗德西亚部队司令部卡佩尔上校的办公室,向他汇报。

"汤普森,"卡佩尔问道,"有好消息吗?其他人都回来了,没一个找到史密斯或他的飞机,如果你也没有带来好消息的话,我觉得我们可以放弃了。"

"有的,"汤普森回答他,"我找到他的飞机了。"

"当真!"卡佩尔急切地问,"在哪儿?有史密斯的踪迹吗?"

"我在一个非常荒凉的峡谷底部看到那架飞机,但是没法接近它。一头可怕的狮子总在它周围徘徊,我把飞机停在悬崖边上,打算爬下去看看,但狮子在下面晃荡了一个多小时,我不得不打消了这个念头。"

"史密斯会不会被狮子吃了?"卡佩尔问道。

"我认为不会,"汤普森回答道,"飞机周围看不到一点狮子吃人的痕迹。我觉得下去查看之后再爬上来不太可能,便启动了飞机,向南飞了数里后看到一个树木繁茂的小峡谷,其间——您可别以为我疯了——竟然有一座城——还有街道、建筑、带湖泊的中央广场、带有圆顶和尖塔的大型建筑以及诸如此类的东西。"

卡佩尔略带同情地看着这个年轻军官,"你一定是太紧张了,汤普森,"他说,"好好睡一觉吧,你出去找寻数天,一定是累糊涂了。"

汤普森急忙摇头,"相信我,长官,"他说,"我说的都是实话,是真的。我在城市上方盘旋了几次,史密斯可能从那里逃出去了,也可能落到了当地居民手里。"

"那座城里还有人?"卡佩尔追问道。

"是的,我看到街上有人。"

"你觉得骑兵能到达那个峡谷吗?"卡佩尔问道。

"不能,"汤普森说,"那个城市在峡谷里面,步兵很难过去,而且,附近没有水源。"

就在此时,一辆轿车停在了司令部前,斯马茨将军从车上下来,卡佩尔站起来向他敬了个礼,汤普森也立正向他敬礼。

"我刚好经过,"将军说道,"进来跟你们谈谈,顺便问问史密斯中尉找到了没有。我看见汤普森在这儿,我猜他应该是搜寻队的一员。"

"是的,"卡佩尔说道,"他是最后一个回来的,他找到了史密斯的飞机,"接着他将汤普森所说的向将军重述了一遍。斯马茨与卡佩尔坐下来,在汤普森的指点下,在地图上找到了那座城的大致位置。

"那地方地势险峻,"斯马茨说道,"但我们一定要想办法找到史密斯。我们派出一小队人马,灵活机动,胜算更大。大约一到

218

两个连吧,再加上卡车运输粮食和水。选派一个得力干将做指挥官,令他先在西边建一个营地,协调车辆运输,一个连的人留在营地,另一个连前往那座城。我建议把营地建在离那个城市步行一天可到的位置,如此一来,就不用担心粮草和水源了。城市所在的峡谷必定有水源。再派几架飞机去巡逻,以与先遣队随时保持联系,你看队伍什么时候能出发?"

"今晚就能装好粮食和水,"卡佩尔回答,"大约明天凌晨一点便可出发。"

"很好,"将军说道,"随时向我汇报。"

卡佩尔回敬了个礼便离开了。

泰山跳起来抓住藤蔓时才意识到狮子离他近在咫尺,他的性命悬于藤蔓。幸运的是,他发现那些藤蔓竟如人的手臂一般粗壮,这才如释重负,抓紧藤蔓,飞快地爬到城墙上,任凭狮子在他身后愤怒地吼叫。

城墙旁边有座平顶建筑,屋顶离他只有几英尺,他纵身一跃,跳到屋顶,背正好对着屋顶的矮墙,墙上开有射击孔,正对着花园和远处的森林,所以他没注意到暗处躲着一个黑影。他一落地,身后便跳出一个巨大的身影,把他拦腰抱起,举了起来。泰山此时毫无防备,动弹不得。那人径直走到屋顶边上,显然是要把泰山扔到下面的人行道上去——这是处置入侵者最有效的方式之一。这样一来泰山非死即伤,但他决不会让对手得逞。

泰山的手脚还能自由活动,但他被拦腰举起,手脚无法用力,唯一的办法就是令对手身体失衡,于是他用尽全身力气往后一仰,然后突然向前一冲。如他所料,对方跟着他一起猛地向前倒,为了保持平衡,那个人自然把手松了,泰山像猫一样轻巧地落了地。

他的对手跟他块头差不多，手里还拿着剑，但泰山绝不会让敌人有机会用这个武器，他冲过去抱住对方的大腿就往后推，最后将其重重地摔在了地上。

对方是个身穿黄色制服的士兵，他刚一倒地，泰山便立刻压住他的胸口，一只手摁住他的剑，另一只手掐住他的喉咙。那家伙挣扎着想要逃脱，但要想从泰山手里逃脱，无异于跟从狮子的利爪中逃跑一样徒劳。

那家伙挣扎了一番，过了一会儿，眼睛凸出，口吐白沫，舌头肿胀。泰山等敌人断了气才站起身来，一只脚踩在敌人身上，想要咆哮一声昭示他的胜利，但他马上想到此地情况不明，还需加倍小心，便赶紧闭了嘴。

泰山在屋顶边缘朝下面看了看，街道狭窄蜿蜒，间或有昏暗的灯光在窗户后闪烁，街上也时不时有人走来走去。

要找到史密斯和柯切尔，他必须能在城市自如行动。但他除了块腰布之外什么也没穿，跟当地居民的打扮截然不同，一到亮处就会暴露。想到这里，他觉得要想个办法才行。他看了看刚才那个人的尸体，马上便有了主意。

泰山迅速穿上那人的紧身裤、鞋子和有鹦鹉图案的黄色制服。他将剑带束在腰间，把他父亲留给他的猎刀藏在背后，其他武器他舍不得丢，便把它们藏在了树上，希望有机会还能找回它们。但他实在舍不得丢掉他的绳子，绳子和猎刀是他用得最多也是最久的武器。所以他挪了挪剑带，将绳子缠在腰间，藏在外套里，然后将剑带重新束好，遮住绳子。

泰山打扮停当，再加上浓密的黑发，看上去还真的很像当地居民，他想从屋顶跳到街上去，但他不敢这么做，怕惊扰到行人，暴露自己的行踪。这些建筑的屋顶高低不一，但都不算高。他沿着屋顶走了一小段,突然发现前面的屋顶上有几个人。

他注意到每个屋顶都开有天窗,可以通到下面的房间。现在前面那些人挡住了他的去路,他决定铤而走险从天窗进到屋里,然后走到街上去。他走到一处天窗旁,俯耳听了听,又闻了闻,觉得没有人,便毫不犹豫地进了天窗,正要跳下去,却踏在了梯子上,于是他顺着梯子迅速爬到了下面的房间。

屋子里很黑,什么也看不见,过了一会儿,泰山的眼睛适应了黑暗,借着街上透过来的灯光,他发现屋里没人,便赶紧出门走上街道。一到街上,他就有了方向感,他觉得他跟史密斯和柯切尔已经近在咫尺了。他确定他们一定是进了这座城,凭借敏锐的方向感,他相信会在某处找到他们。

他得首先找到跟北边的城墙平行的一条街道,那条街一直通到城门,他在森林里早已查探好了一切。他知道现在只能搏一搏,所以没想太多就出发了。看见其他行人都在拱廊下走,于是他也顺着拱廊往前走,这样不至于太显眼。路上遇到几个人,但他们完全没注意到他。走到最近的一个交叉路口,他看到几个跟他一样穿着黄色制服的人。

泰山见他们朝他径直走了过来,此时若他继续往前,势必会在光线较强的十字路口被他们发现。他本想继续往前走,毕竟以他的个性而言,他是宁愿正面冲突也不愿意躲躲藏藏的。但一想到柯切尔很可能正被这群人囚禁,等待他去救援,只好另寻他法。

他从拱廊暗处走到亮处时,那群人离他只有几码远,他突然蹲下来假装系鞋带,就这样一直蹲到那群人走到他旁边,但他们跟其他人一样也没有注意到他。他们一走过去,泰山便起来继续赶路,在十字路口往右边去了。

他现在走的这条街道弯弯曲曲,一片漆黑,他只能在拱廊的阴影下摸索着前进。走了一会儿，街道慢慢变直了，这时他看见一头狮子正朝着他的方向慢慢过来。

一个女人从狮子面前走过，但双方都好像谁也没看见谁似的。一会儿又有一个小孩跑过来，跟狮子离得很近，狮子赶紧往后挪了一步以防跟小孩撞上。泰山见了，觉得很好笑，但他马上跑到了街道对面，因为凭着敏锐的感官他察觉到马上会有风刮过来。如果泰山原地不动，狮子就会嗅到他的味道。在丛林中生活多年的泰山心里明白，他可以骗过人类和野兽的眼睛，却没法轻易逃过狮子的嗅觉，它一下子就能闻出泰山并非本城居民，是个生人，说不定就会袭击他。泰山并不想跟一头狮子多做纠缠，所以赶紧避开，还好狮子并没有注意到他，经过时看都没看他一眼。

泰山继续往前走了一小段，据他判断，已快要抵达那条与北面的城墙平行的街道。在这个十字路口他闻到了柯切尔的气味，然后又马上闻到了史密斯的味道。但是，要找到他们的所在地，他必须在每个路口低下身子来闻，每次都得假装整理鞋帮，鼻子尽可能地靠近地面。

他沿着那条街继续往前走，从居民区来到集市。他发现此处建筑风格与之前大不相同，整条街都是商铺，灯火通明。太阳下山后，酷热也随之消失，城里变得清凉舒适，街上的行人慢慢多起来，狮子也在街上闲逛。在这里，泰山第一次感觉到此地居民的疯癫状态。

一个赤身裸体的男人声嘶力竭地尖叫着，在街上拼命地跑。看到这一幕，泰山觉得有点恶心。然后，他又差点被一个女人绊倒，她在拱廊的阴影里爬着，一开始泰山以为她只是在地上找东西，但仔细一看却发现事实并非如此，她是故意要用手和膝盖而不用脚走路。他又在另一个街区看到两个人站在房顶上厮打，其中一个从另一个手里挣脱出来，用力将他的对手推了下去，对方躺在满是灰尘的街道上一动不动，接着伴随着一声刺耳的尖叫，胜利的那一方也毫不犹豫地头朝下跳了下去，落在之前那个人的旁边。一头狮子从黑暗的走廊中走出来，来到这两具血腥的死尸前。泰山心想鲜血对狮子应该十分有吸引力，但他惊讶地看到那头狮子只是闻了闻尸体和那鲜红的热血，便躺在一边休息了。

泰山从狮子身边走过去，刚走了几步便看到街道东边的一栋房子的房顶上有个男人正小心翼翼地从楼顶往下爬，这一幕激起了泰山的好奇心。

Chapter 21

在暗道里

史密斯发现自己被单独关在狮子园里,四周全是狮子,快要吓晕了。他紧紧扶着栅栏,不敢转身看身后的狮子。他突然觉得膝盖发软,头晕目眩,眼前一黑,倒在了栅栏脚下。

他不知道自己晕过去了多久,迷迷糊糊之中,他觉得自己正躺在一张舒适凉爽的床上,上面铺着白色的亚麻制品。房间宽敞明亮,离床不远处有一扇窗,精致的窗帘随着夏日的微风此起彼伏。窗外就是果园,风里带着果园的香味,果园阳光充足,硕果累累。果树之间长满了柔软的绿草,阳光从茂密的枝叶中洒下来,日影斑驳的草坪上坐着一个小孩,正在跟一只小狗嬉闹。

"上帝啊,"史密斯心想,"我刚刚做了一个多可怕的梦啊。"接着他感觉到有人摸了摸自己的眉毛和脸颊——那只手清凉又温柔,抚平了他所有不快的回忆。史密斯就这样安详又满足地躺了很久,可是,突然之间他恢复了意识,那只手变得粗糙又湿热,不再清凉温柔。猛地一睁眼,眼前竟是一头大狮子。

作为军人和绅士,史密斯本是个实实在在的勇士,但当他意识到刚才那美好的一幕不过是一场幻影,现实中,他依然躺在可怕的狮子园,泪水不禁夺眶而出,湿了脸颊。他从来没有想过命运竟会跟自己开这样残酷的玩笑。

他躺在那里,跟死了一样,狮子不再舔他,只是嗅了嗅。现在这种情况,死对他来说或许才是解脱。最后,他觉得与其继续躺在这里直到精神崩溃,还不如一死了之。

想到这,他毫不犹豫地扶着栅栏想要起身,狮子见他一动,咆哮了一声,但也没再理睬他。史密斯终于站起来了,狮子却走开了。史密斯转身看了看周围的情形。

狮子们都在休息,有的四仰八叉地躺在树荫下,有的躺在南墙旁的长凳上,还有两三只无所事事地四处走着。史密斯刚开始还是非常害怕,后来发现这些狮子并不在意他,也没有伤害他的意图,这才慢慢放下心来。

但他还是不敢离开栅栏。环顾四周,他注意到远处那面墙附近有棵树,树枝正好伸到一扇开着的窗户边。如果他还有力气走到那儿的话,他就能轻轻松松地爬上去,逃离满是狮子的围场。但要到那儿,他得先穿过整个围场,而且两头狮子正躺在那棵树下酣睡。

史密斯盯着这条可能逃生的路,足足看了半个小时,终于暗下决心,鼓起勇气,挺起胸膛,一步一步地朝围场中心走去。走到一半,一头狮子也朝这边走来,正好挡住了他的去路。史密斯心想:反正是一死,与其在此地被狮子咬死,不如冒险试试逃生。所以他就当没看到狮子一样继续往前走。那头狮子冲他咆哮起来,露出獠牙。

在暗道里 | 225

史密斯从上衣里掏出手枪，心想："如果它存心要吃掉我的话，激怒它不激怒它又有什么区别？反正是一死，不如先结果了它再说。"

但就在史密斯掏枪的那会儿工夫，狮子态度突变，叫了几声转身就走了。史密斯终于来到那棵树下，现在要对付的就剩那两头睡着的狮子。

他头上就是一根树枝，要是在平时，他跳起来就能轻轻松松够到，但现在他身上有伤，又流了不少血，爬上去都是个问题，更不要说跳上去了。旁边还有一根树枝比这根树枝要低，一伸手就能够着，但要过去，他得从狮子身上跨过去。他深吸一口气，一只脚放在它四仰八叉的腿中间，小心翼翼地抬起另一只，跨到它身子的另一边。"如果这家伙现在醒来怎么办？"他心想。想到这儿他不禁打了个寒战，但他没有犹豫也没有把脚收回来，而是继续小心翼翼地把脚放到它身子的另一边，然后把重心挪到这条腿上，轻手轻脚地迈了过去。他成功了，狮子仍旧在呼呼大睡。

史密斯因为失血过多和经历了各种折磨，身体已经十分虚弱。但形势所迫，他表现出平时从未有过的敏捷与活力。成败在此一举，他迅速荡上低处的枝干，奋力往上爬。下面那两头狮子被树上的动静吵醒了，它们抬起头往上看了看，一脸疑惑，接着便继续倒头大睡了。

事情进展得太过顺利，史密斯觉得简直难以置信。从他刚才的观察来看，虽然那些狮子早已习惯了跟人类共处，但它们毕竟还是狮子，具有狮子的野性。现在逃离了狮群，他总算如释重负。

那扇开着的窗户就在他面前，他往里面看了看，屋里没人，他赶紧从窗口溜了进去。

屋子很大，地上铺着地毯，几件家具的风格与之前他跟柯切尔被带进去的那间房子差不多。房子的那一端看似有个壁龛，或者是暗室，被厚厚的帷幕挡住了，看不清里面的布置。窗户对面那面墙上有一扇门，门关着，像是这间屋子唯一的出口。

光线越来越暗，天就要黑了。他很纠结，是等到天黑还是就趁现在找机会逃出去。最后他决定先到外面观察一番，看能不能找到天黑后的最佳逃跑路线。所以他朝着那扇门走过去，还没走几步，帷幕拉开了，出来一个女人。

这是个年轻的女人，裹着一件长袍，她的胸裸露在外，匀称的身材一览无遗，但那张脸看起来却像个疯子。史密斯一看见她马上停下来，心想她一定会因为自己的出现大声求救。奇怪的是她一声不吭，反而微笑着走来，用纤细的手摸了摸他破烂的衣袖，像一个好奇的孩子把弄自己的新玩具一样。她微笑着，从头到脚打量了他一番，像个孩子一样观察他衣服的每处细节。

她轻声细语跟他说了些什么，声音很好听，跟她丑陋的模样形成了鲜明对比。史密斯一句也没听懂，但还是用自己的语言回应了她，她听了好像十分高兴，不等史密斯反应过来，就搂住他的脖子热烈地亲吻他。

史密斯想躲，但她却抱得更紧了。这时他突然想到那句常说的话——谁都该迎合一个疯子；同时他也想到也许可以借助她脱身，于是他闭上眼，抱住了女孩。

就在此时门开了，进来一个男人。一听到开锁的声音，史密斯便睁开了眼，他努力推开那个女孩，但他知道那个男人肯定已经撞见了这一幕。女孩背对着门，一开始好像没发现有人进来了，但她一反应过来便马上转过身去，目光刚好落在那个男人身上，他火冒三丈，表情扭曲，女孩吓得尖叫起来，转身朝暗门那边逃跑了。史密斯有些脸红，表情尴尬，呆呆地站在原地。他知道解

在暗道里 | 227

释无济于事，那个凶狠的男人朝他走过来，原来正是第一次审讯他们的那个高官。他的脸上满是愤怒，或许还有嫉妒，抽搐的表情令他那张本就凶狠的脸显得更加可怕。

他大叫了一声，拔出腰刀朝史密斯刺了过来。史密斯愣了一下，下意识地掏出手枪，对准男人的心脏开了一枪，子弹穿过胸膛，一枪毙命，那家伙无声地倒在了他的脚下，接着便是死一般的沉寂。

史密斯站在尸体旁边，拿着手枪紧张地盯着门口。他知道其他人听到枪声，随时可能会冲上来搜查，但下面一点动静也没有，也就是说没人听到枪声。这时他听到背后的暗室传来声音，那个女孩从帷幕后面探出头来。

她瞪着眼睛，张大嘴巴，惊讶又恐惧。

她盯着地上的那个人，蹑手蹑脚地朝他走过去，好像随时准备逃跑似的，走到尸体旁，她抬头看了看史密斯，问了些什么，当然，史密斯一句也没听懂，然后她走近尸体，跪在地上，小心翼翼地摸了几下。

她摇了摇那个男人的肩膀，把尸体翻了过来，看到他的面色，终于相信他已经死了，便发出一阵阵可怕的疯笑。她一边笑一边"噼噼啪啪"地打那家伙的脸和身体。看到这可怕的一幕，史密斯不禁往后退了几步，除了疯子，谁也不可能做出这么匪夷所思的事情，简直太恐怖了。

正在此时，那女人突然站起来迅速跑到门口，把门锁上，又跑到史密斯跟前，快速跟他说了几句话，还不时冲尸体比画几下。史密斯听不懂，她便生气了，疯了似的冲过来要打史密斯，史密斯往后退了几步，用手枪指着她，她马上收敛了几分。或许是联想到刚才的枪声，这么一个小武器就能令那个男人瞬间倒地死亡，她马上停下脚步，就在史密斯拿枪指着她的一瞬间，她就打消了

228

攻击他的念头。

她又露出了之前那空洞愚昧的笑容,声音也从尖锐变回了之前的温声细语,她尝试着用手势来表明自己的意图,示意史密斯跟她过来。她走过去掀开帷幕,暗室内的陈设一览无遗。原来这是一间卧室,空间很大,铺着厚厚的地毯,挂着帘子,还有一张床。她转过身来指了指地上的尸体,接着又掀起床围,指了指床底,显然是在告诉史密斯她希望把尸体藏在床底。她怕他不明白自己的意思,于是抓着他的袖子,把他拉到尸体边,最后他们两人合力把那家伙抬了起来,半拖半拽地把他塞到了床底。

房间中央有一块地毯上沾了血迹,她赶紧将它收起来,从卧室里挪了一块来补上,然后将其他地毯整理好,这样房间便恢复如初了,看不出刚刚死了人。安排好这一切后,她又把床上也整理好,然后将手搭在史密斯的脖子上,将他拽到床上。史密斯觉得很恶心,这么做实在是玷污了他的清白。现在他处境危险,为了保全性命似乎值得付出一切代价,但他内心对此无比抗拒。

正在他痛苦纠结之时,门外传来了敲门声,那个女孩从床上一跃而起,抓着史密斯的胳膊,将他一把拽到墙边,掀起帘子。原来墙上有一个壁龛,她将史密斯推了进去,放下帘子,这样外面的人就完全看不见他了。

史密斯听见她走出去打开门,接着听见一个男人跟她说话,听起来两个人都很正常,可能就是在用他们自己的语言进行日常对话。但由于之前可怕的经历,他依然心有余悸,心想着外面随时可能会发生一些疯狂的事情。

过了一会儿,他听见他们进里屋了,于是他轻轻地拨开帘子,看见他俩正抱在一起坐在床上,那个女孩笑着看着那个男人,笑容跟刚才一样空洞。他发现可以拨出一条狭缝来观察他们的举动,这样自己也不会被发现。

那个女孩狂亲了那个男人一番,他看起来比死了的那位要年轻得多。然后她像突然间想起了什么,推开了那个男人,皱起眉头,似乎在努力回想些什么,接着露出一副惊讶的表情,回头扫了一眼史密斯的那个方向,用很快的语速在那个男人耳边说了些什么,又时不时看几眼史密斯的方向,用一只手和食指比画着什么,应该是在描述他的手枪和它的用法。

显然那个女孩出卖了自己。史密斯立刻转过身去,迅速查看了一下自己的藏身之地,看有没有退路。那两人还在窃窃私语,只见那个男的起身,拔出腰刀,蹑手蹑脚地过来了,女孩跟在他旁边,一声不吭。突然那个女孩往旁边一跃,指了指帘子那边,估计就是史密斯胸口的位置。那个男的举起刀,用力往前一刺,直直地刺进帘子后面的壁龛里。

柯切尔发现挣扎无济于事,还不如留着点力气等待时机逃跑,于是不再费劲从麦特卡手里挣脱,任凭这个家伙带着她穿过昏暗的走廊一路狂奔。显然,虽然他是国王的儿子,但王子犯法与庶民同罪,他也必须为自己的行为承担后果,不然他不会在带着她逃跑时露出如此焦虑的神情。

他不停地往后看,眼神里满是恐惧,还猜疑地打量他们经过的每一个角落,看到这些,柯切尔猜想,一旦王子被抓,他就会立刻受到残酷的惩罚。

尽管她早已失去了方向感,但根据路线她知道他们肯定在此兜了好几个圈子了。但她不知道麦特卡是迷路了,还是在漫无目的地疯跑,希望能误打误撞找到安全的藏身之所。

这座宫殿是疯人为一个疯国王设计的,他们的后代在这蜿蜒曲折的迷宫迷失了方向也并不奇怪。不知不觉间，走廊变了方向，反向交叉，地势逐渐变高，他们来到了另一层楼。现在他们在宫殿的哪个方位，哪层楼，麦特卡自己也不清楚。他看到对面有一扇门，就推开门走了进去，里面富丽堂皇，到处都是士兵，国王坐在巨大的王座上，旁边是一头母狮，也坐在王座上，这令柯切尔十分惊讶，她突然想起西妮拉不经意间说的一句话："他也有许多其他的王后，不都是人类。"

赫拉格二十六世旁边竟坐着一位母狮王后。

一看见麦特卡和柯切尔，国王便龙颜大怒，风度尽失，他站起来，声嘶力竭地发号施令，命令手下人抓住麦特卡。麦特卡转身就跑，一大群人在后面叫骂着紧追不舍。他到处躲闪，把追的人甩开了一段距离，跑进一个灯火通明的地下室。

地下室的中心是一个大水池，水平面仅比地面低几英寸。麦特卡眼见追兵将至，抱着柯切尔就跳进水里。追他们的那伙人围着水池，情绪激动，等了好久也不见他俩上来。

史密斯转身查看他的藏身之所，用手摸索他身后的墙，突然摸到了一块木板和门闩，似乎是通往外间的门，他小心翼翼地悄悄拿掉门闩，轻轻地推开门，外面一片漆黑。他一步一步摸索着往外挪，终于走出了暗道，又回身关上小门。

他边走边摸索，发现自己在一个狭窄的走道里，他沿着走道小心翼翼地走了几米远，突然发现路中间好像有个梯子，他用手仔细摸了摸，发现确实是个梯子，梯子那边是堵墙，也就是走道的尽头。所以他不能再继续往前走了，当然他也没打算退回去。他把手枪放在上衣口袋里，随时准备应对突发情况，然后开始顺着梯子往上爬。

在暗道里 | 231

他才刚往上爬了两三级台阶,脑袋就被上面一个硬邦邦的东西撞得生疼。他伸手摸了摸,发现那似乎是天窗盖,稍稍用力就举了起来,可以看见外面清澈的星空。

他舒了一口气,小心翼翼地将天窗盖移到一侧,留出足够大的缝让他将头探出窗外,他迅速扫了一眼,确保附近没人,事实上,他视线所及的范围内都没人。

他迅速爬了出来,将盖子放回原处,然后四处张望,确定自己的方位。他发现现在站的地方是城市的正南方,在西面不远处能看到弯弯曲曲的街道。

从房檐处往下看,这座疯人城的景象一目了然,街上有男人、女人、孩子和狮子,看起来只有狮子是正常的,人们个个疯疯癫癫。凭着星座的方位,他发现他和柯切尔刚被带进城的那个地方就在这附近。

如果能从这里下去,说不定可以神不知鬼不觉地走到城门边。他早已打消了寻找柯切尔并救她出来的念头,因为他知道仅凭他一个人和剩下的几颗子弹,他根本无力与整座城的人抗衡,何况到处都是武装守卫。现在他只能想法先逃出城去,再从长计议。

他发现,从这里到下一个十字路口的屋顶都是平的。他下面的这条街灯火通明,要想安全地下到街面去,必须找到一处黑暗的位置,于是他沿着屋顶往前走,想找一处合适的地方下去。

他往前走了一小段,发现街道突然开始朝东延伸,这时他看到一个合适的地方,但下面总有脚步声来来去去,他等了好一会儿,终于找到一个合适的机会,街上没有声音了,他赶紧顺着柱子往下溜,下到街上的拱廊下面。正当他暗自欣喜,不料身后有响动,一转身便看见一个高高大大的身影,是个穿着黄色制服的士兵。

Chapter 22

暗道外

狮子试图跳到城墙上把泰山拉下来，没想到一下滑落到地上。它眼睁睁看着泰山跳进城里，气得狂吼不已。它怒吼了一阵，情绪平静下来，想再试一次，就在这时，它突然闻到一股熟悉的味道，刚刚一直在拼命追赶，没有留意，原来自己死命追的猎物竟然是把自己从陷阱里救出来的那个人——它是那头黑狮。

黑狮此刻在想些什么？我们无从知道，但是此时它不再咆哮，而是沿着城墙往东而去。到了东边的尽头，它又朝南一拐，南边有一个牧场，养着食草动物，专门用来喂城里的狮子。森林里的狮子既吃人也吃食草动物，它们偶尔会穿越沙漠到沃马波部落去猎食，但主要是到城堡的牧场来捕猎，或者捕食城堡中的居民。

泰山救的这头黑狮跟其他的丛林狮子不太一样，它刚出生就被城堡里的人捕获了，带回去豢养，一年以后才逃出来，但是它已经养成了不吃人肉的习惯，一直到现在，除非特别饿或者暴怒的时候，它一般不会袭击人类。

牧场的外围围着木栅栏，栅栏之间几乎没有缝隙，上面还爬满了带刺的荆条。木栅栏之间有门，白天食草动物就从门里出去到草场觅食，森林里的狮子就趁着这个机会捕获它们，晚上则很少有狮子进到栅栏里来。黑狮想进城救出泰山，它记得牧场边有一道通往城里的小门，从那里可以进城去。于是它悄悄来到牧场，用力踢栅栏，最后终于有一处栅栏被它踢开了，它低着头用劲挤，从小缝里挤进了牧场。

牧场里的动物一看到狮子进来，吓得四处逃窜。牧人听到动静，赶紧跑出来看，外面漆黑一片，他不知道发生了什么，正在这时，黑狮一下蹿到他跟前，一掌打断他的脖子，牧人一下子断气了。黑狮一看，牧人出来的地方正是通往城里的小门，它赶紧穿过小门，来到灯火昏暗的街道。

史密斯看到黄衣武士，第一个念头就是一枪打死他，然后趁着夜色逃跑。他知道自己跟城里的人看起来完全两样，一被抓住就完蛋了。史密斯正把手伸进衣服口袋掏枪，一只手伸过来抓住了他的手腕，然后他听到有人低声用英文说："中尉，是我，人猿泰山。"

听到这声音，史密斯一直以来紧绷的神经突然放松了，浑身一下子软了下来。他拉着泰山的胳膊，结结巴巴地说："你？你？我以为你已经死了。"

泰山笑着回答："我还没死呢，你也活得好好的，柯切尔呢？"

史密斯说："我们俩先是被一起带到广场上的一栋楼，然后她被卫兵带走，我被关进狮子园，后来我就再也没见到她了。"

"那你是怎么逃出狮子园的？"

史密斯把自己如何逃出来的经过给泰山说了一遍,接着又说:"我想去找找柯切尔,但是现在一点头绪都没有。"

"你刚刚想去哪里?"泰山又问。

史密斯犹豫了一下,说:"呃,我觉得我一个人单枪匹马在这里什么事也干不了,所以打算想办法混出城去,找到英军部队,带他们来解救柯切尔。"

泰山说:"这你可办不到。就算你活着出了森林,没有水,没有食物,你也不可能穿越沙漠。"

史密斯沮丧地说:"那我们该怎么办呢?"

泰山说:"我们先看看能不能找到柯切尔。是的,她是个德军间谍,但是她也是一个白人女性,我不能丢下她不管。"泰山说这话的时候,不像是在跟史密斯说话,倒像是在自己说服自己。

"但是,现在到哪里去找她呢?"史密斯一筹莫展。

泰山说:"我一路追着你们的气味而来,我相信,通过气味我是能找到她的。"

史密斯说:"我也相信,但是我现在不能跟你一起走,你瞧,我穿着这身衣服太显眼了,一下子就会被发现。"

"那就想办法换身衣服。"

"怎么换呢?"

泰山微微一笑,说:"你可以去城墙边问那个死了的卫兵,我是怎么乔装打扮混进城里的。"

史密斯仔细看了一下泰山,惊呼起来:"啊,我明白了。我知道有个人不需要他的衣服了,只要我们重新回到屋顶上去,我相信我们能找到他,找他要衣服,他绝对不会拒绝。那屋里只有一个女孩和一个年轻人,容易对付。"

泰山听了大惑不解:"你这话是什么意思?你怎么知道那个人

暗道外 | 235

不需要穿衣服了？"

史密斯说："我当然知道，因为我已经把他杀死了。"

泰山恍然大悟："噢，我明白了。我想这比到街上抓一个人回来剥掉他的衣服要简单些，不容易引起别人的注意。"

史密斯说："是的，不过我还有个问题，我们怎么才能再回到屋顶去呢？"

泰山说："你怎么下来的就怎么上去。我发现这个屋顶很矮，而且每个柱子上都有一个突出的支架，这样就很容易攀爬。一般的建筑物都没有这么容易爬上去。"

史密斯抬头看了看，说："屋顶确实不高，但是恐怕我还是爬不上去。我被狮子咬伤了，加上昨天到现在什么都没吃，浑身一点力气都没有了。"

泰山想了一下，接着说："你还是应该跟我一起走，我不能把你一个人丢在这里，只有跟着我你才有可能逃出去，找到柯切尔之前我们都不能分开走。"

史密斯感动地说："我愿意跟你一起走，虽然我体力不济，但是两个人总比一个人强。"

泰山说："那就好，来吧，伙计。"说完不由分说就把史密斯扛到肩膀上。

泰山让史密斯抓紧自己，然后纵身一跃，跳到柱子上，飞快地朝上攀爬，还没等史密斯反应过来，他们已经爬到屋顶了。

泰山说："现在你领我去你刚才说的那个地方。"

史密斯没费什么劲就找到了刚才他逃出来的地方。泰山打开天窗，弯腰下去看了看，又使劲嗅了嗅味道，仔细探查了一番，然后对史密斯说："跟我来。"他们俩在暗道中慢慢前行，发现门是半掩着的。泰山推开门，看到帷幕后面透出一丝光线，他从帷幕的缝隙往里看,看到里面有个女孩和一个男人面对面坐在桌子两边,桌上摆放着食物。一个高大的黑人在伺候他们。泰山盯着黑人看了半天。他对不同部落的非洲黑人的特点十分熟悉,所以他最后确认这个黑人是沃马波部落的人。这人有可能很小的时候就被掳掠到此地,也许早就不会说自己家乡的土话。但是泰山还是想试试运气,他决定耐心地等待,看有没有机会跟这个黑人搭上话。

黑人端起盘子往外走,正好离泰山站的暗道的位置特别近。他不知道房间里有暗道,只听到墙里面突然传来一个声音,说的是他家乡的话:"如果你想回到你的家乡沃马波的话,不要出声,按我说的做。"

黑人被这突如其来的声音吓得浑身颤抖。泰山继续低声说:"不要害怕,我们是你的朋友。"

黑人镇定下来,也低声说道:"你能从墙里面发出声音,一定是神,可怜的奥托布能为你做些什么?"

泰山说:"我们有两个人要进到房间来,你帮我们看住房里的那一男一女,不要让他们逃跑了,也不要让他们大喊大叫引来别的人。"

奥托布回答道:"好的,我愿意帮助你,不会让他们逃跑的,你们不用担心他们大喊大叫会招来别的人,这间房子的墙很厚实,声音根本传不出去,就算是传出去了也没关系,城里一天到晚都有疯子乱喊乱叫,没人会在意的。"

泰山看到奥托布端着托盘走到桌子前面,放下食物,然后走到男人的后面,冲着墙的方向眨了眨眼睛,好像在说:"主人,我准备好了。"

泰山见状,猛地掀开帷帐,跳进房里。男人见有人闯入,"呼"

地一下站起来，没想到被身后的黑仆按住了。女孩背对着泰山，所以没有看到泰山他们闯进房间，只看到黑仆袭击她的情人。她尖叫一声，跳起来想要帮助男人。泰山一把抓住她的胳膊，不让她靠近男人。她回头看到泰山，刚开始怒气冲冲，突然一下子脸上又堆出笑容，这笑容史密斯再熟悉不过了。几乎同时，她也看到了史密斯，但她脸上什么表情也没有，既不惊讶也不生气。原来这疯女人只有两种情感，喜和忧，而且喜忧转变起来简直比闪电还快。

泰山对史密斯说："你看住这个女的，我去对付那个男的。"说完冲到奥托布那边，取下男人的腰刀。泰山对奥托布说："你会说他们的语言吧？你告诉他们，只要他们不吵不闹，让我们悄悄离开这儿，我们是不会伤害他们的。"

奥托布瞪大眼睛看着泰山，他给弄糊涂了，这个神怎么会现出真身，会说他家乡的土话，又穿着本地武士的黄色制服？不管他有多少困惑，他对泰山的敬畏之情却丝毫不减，愿意为泰山做任何事情。

奥托布把泰山的意思转告给这一男一女，他们同意了，但是想知道泰山他们到底想做什么。

泰山说："你告诉他们，我们要些食物，还想在这屋子里找一样东西。奥托布，你去把这男人的长矛拿过来，中尉先生，你拿着这把短刀。"说完他指着靠墙的床，叫奥托布把床下的东西拖出来。

奥托布照着泰山的吩咐去做，他从床下拖出了史密斯杀死的那个人的尸体，男人一见，情绪大变，尖叫起来，想跳过去看个究竟，泰山早有防备，死死抓住了他。奥托布照泰山说的，把尸体上的衣服脱下来。泰山又要他问男人刚才为何这么激动。奥托布说："主人，不用问，我知道，这个人是他的父亲。"

泰山又问:"他刚才跟那女孩说什么?"

"他问她知不知道床下的尸体是他父亲,她说她不知道。"

泰山把这话告诉史密斯,史密斯一听就笑了:"如果这家伙当时看到她如何掩盖痕迹,还帮我一起把尸体藏到床底下,他就知道这女人可不是什么都不知道。你看,床角有一块地毯,就是她擦了血迹后塞在那儿的,说实话,这些疯子其实也不是一直疯疯癫癫,他们有时也挺精明的。"

奥托布已经从死尸身上脱下外套给史密斯穿上了。泰山说:"现在我们坐下来吃点东西吧。饿着肚子什么事也干不成。"他们边吃饭边叫奥托布继续盘问那一男一女。原来这栋房子的主人就是那个被史密斯杀掉的人,他们虽不是王室成员,但也是高官之家。泰山又问他们知不知道柯切尔在哪里,那男人说她被带到王宫去了。泰山问带到王宫做什么,他说:"当然是献给国王了。"

说话间,这一男一女情绪似乎平静下来了,还问泰山他们从哪里来,得知山谷之外还有很广阔的天地,两人都大为惊诧。

泰山又叫奥托布问男人对王宫熟不熟悉。他回答说熟悉,因为他是麦特卡王子的朋友,他经常去王宫看王子,王子也时常到他家来。泰山听闻此事,脑子里动了个念头,可以想办法利用这男人与王子的关系混进王宫。正在此时,突然有人在外面大声敲门。

大家一时之间都不说话,突然,那男人站起来大声叫嚷,奥托布赶紧捂住他的嘴。

泰山问:"他刚才说什么?"

"他说他被两个城外来的陌生人挟持了,叫外面的人破门进来救他。"

泰山说:"叫他老实点,要不我宰了他。"

奥托布把泰山的话翻译给他听,他一听,吓得不敢再作声了。

暗道外 | 239

泰山叫奥托布看着这两人，自己到外屋去看门是不是被攻破了，史密斯也跟了出来。他们发现门并不是很结实，再砸一下就破了。泰山对史密斯说："我本来想利用那家伙混进王宫，但是现在看来恐怕不行了，我们得赶紧逃出去，不能在这里等着外面的人来抓我们。听声音，外面至少有十几个人。走吧，你走前面，我断后。"

他们回到房间，发现就在这一转身的工夫，屋里情形大变：奥托布躺在地上，看起来已经没气儿了，那一男一女也无影无踪了。

Chapter 23

逃出城堡

麦特卡抱着柯切尔往水池边跑,柯切尔开始不知道他到底想干什么,直到他们到了水池边,她才意识到情形不对,开始惊慌起来。麦特卡抱着她猛地跳到水中,柯切尔紧闭双眼,默默祈祷,她相信这个疯子是想让他们两人葬身水中。尽管深陷绝境,柯切尔还是有着强烈的求生欲望,她一边努力挣脱麦特卡的束缚,一边屏住呼吸,以免水进入肺部窒息而死。

柯切尔在水中挣扎了一番之后,意识到麦特卡也在拼命划水,他们游了一会儿就到了水池尽头。从水里抬起头来,借着昏暗的灯光,她发现他们游进了一条弯弯曲曲的狭窄水道。

麦特卡托着柯切尔的下巴,继续轻松地往前游。大概过了十分钟,柯切尔听到他对自己说话,当然她听不懂他说什么。麦特卡也意识到这一点,所以他摸了摸柯切尔的脖子和嘴巴。柯切尔明白了他的意思,于是马上深吸一口气,和他一起潜到水底,又向前游动了十几下，然后浮出水面。

柯切尔发现他们此时已经身处一个大湖，头顶星星闪烁，湖的两边是各种尖顶或圆顶的建筑。麦特卡带着她迅速游到湖的北边，顺着梯子爬上湖堤。岸上有不少人，不过他们都没有注意到从水里出来了两个人。麦特卡拉着她飞快地往前走，柯切尔猜不出他想干什么，觉得逃生无路，只好乖乖跟着他走，心里盼望着能再次出现奇迹，让她重获自由和生命。

麦特卡带着她走进一栋建筑物，她一进去就认出这是早上她和史密斯刚进城时被带进来的那栋楼。这会儿已是夜间，没有人坐在桌子后面，但是屋子里还是有十几个武士，穿着白色的铠甲，胸前的徽章上刻着一头小狮子。

武士们都认得麦特卡，所以他们一进去，武士们就都站起来，麦特卡问了一句话，他们就指着屋子后面的一个拱门。麦特卡带着柯切尔朝拱门走过去，走了几步好像起了什么疑心，回头瞪着武士，又问了一句话，于是武士们陪着他们穿过拱门，来到楼梯跟前。

他们走上楼梯，发现走廊光线很暗，走廊两边各有几个房间。武士带着麦特卡朝其中一个房间走去，里面似乎隐约有声音，武士们拼命砸门，想闯进房间。柯切尔看到这一切，开始紧张起来。她暗自揣测是什么事让这群人这么焦躁。

房门被打开了，武士们冲进去，发现地上躺着两个人，一个是这座宫殿的主人，另一个是黑仆奥托布。他们此时不知道暗道里还躲着另外两个人，柯切尔更想不到，那两个人正是历尽千辛万苦来救她的泰山和史密斯。

麦特卡看到眼前的一切，非常生气，他冲到窗户边四处张望，下面是装着栅栏的狮子园，凶手不可能从这里逃走。他又仔细检查了房间，还是没找到凶手留下的蛛丝马迹，只好放弃，并命令武士们都出去。

此时屋里只剩下麦特卡和柯切尔两个人。麦特卡狰狞地笑着朝柯切尔走过去。柯切尔恐惧无比，一步步朝后退，麦特卡步步紧逼，想要把她死死抱进怀中。

柯切尔退到奥托布的尸体边，感觉脚下有什么东西绊了她一下，低头一看，是一支长矛。她迅速弯下腰抓起长矛，矛尖对准麦特卡。麦特卡生气了，他狂笑不已，拿出腰刀对着柯切尔乱蹦乱跳，但是，因为有长矛的威慑，他始终无法靠近柯切尔。

渐渐地，麦特卡恼羞成怒了，他不再狂笑，而是狂呼大叫，龇牙咧嘴，露出他那可怕的獠牙。他挥舞着腰刀，一步一步逼近柯切尔，柯切尔抵挡了一阵子，渐渐体力不支，慢慢退到屋子边上的床边。正在这时，麦特卡抓起一只矮凳朝她砸过来，她举起长矛挡了一下，但是没挡住，一下子被砸到了，倒在床上，麦特卡趁势扑了上来。

泰山和史密斯并不在意屋里的两个人去哪里了。也许他们已经走了，不会再回来了。泰山想再回到街道上去，因为他们两个现在都穿着本地人的衣服，不用担心被人发现，可以轻松地回到宫殿寻找柯切尔。

史密斯走在泰山前面，来到楼梯口，使劲推屋顶的门，却推不动，于是回过头问泰山：

"我们刚才关了暗道的门吗？我记得没有关。"

"是的，门是开着的。"泰山回答道。

史密斯说："我也觉得是的。但是现在门不但关了，而且还上锁了。我推不动，要不你来试试。"

泰山力气很大，他使尽全力，连楼梯都断裂了一节，门还是岿然不动。泰山停下来，想休息一下恢复体力，正在此时，他听到楼上有说话的声音。他轻轻对史密斯说："楼上有人，我们得找别的路进去。"于是两人撤回到暗道里，泰山走在前面，突然他惊讶地听到一个女人用英语惊恐地大叫："啊，上帝保佑我！"

情况紧急，已经没有时间细想，泰山没有丝毫迟疑，立刻从暗道跳进房间。听到响动，麦特卡回过头来，发现是他父亲的卫士，他勃然大怒，喝令他赶快滚出去，但是仔细一看，他发现来人是个生面孔，立刻从床上跳起来，连刀也忘了拿就朝泰山扑过去，想用獠牙咬死泰山。

麦特卡本来就力大如牛，加上恼羞成怒，愈发难以对付，泰山不敢轻敌，打算以退为进，哪知道往后退的时候被地上的尸体绊倒了，重重摔倒在地，麦特卡马上趁机扑过来要咬泰山的喉咙。泰山反应敏捷，一下子闪开了，麦特卡只咬到了他的肩膀，两人纠缠厮打起来。这时泰山突然想到万一他们寡不敌众，再被抓住就难以逃生了，就叫史密斯赶紧带着柯切尔先逃走。

柯切尔这时已经从床上站起身来，史密斯用探询的眼光看着她，想问她是走还是留，柯切尔挺直身子说："不，我不走！如果泰山死在这儿，我也要跟他死在一起。如果你想走就走吧，但是，我绝对不走。"

泰山和麦特卡还在厮打。柯切尔突然转过头对史密斯说："你的手枪呢？快用手枪打死这个疯子！"

史密斯赶紧掏出手枪，但是两个人在地上滚来滚去，史密斯怕误伤泰山，始终不敢开枪。柯切尔拿着麦特卡的腰刀，在他们两个人身边转来转去，但是也找不到下手的机会。最终，泰山找准机会死死掐住麦特卡的脖子，麦特卡被掐得眼珠凸出，嘴巴大开，泰山趁势把他举起来，走到窗前，用尽全身力气把他扔到窗外的狮子园。

泰山转过身，看到柯切尔还紧紧握着腰刀，她双眼含泪，嘴唇颤动，胸口不断起伏，看起来在努力控制自己的情绪，泰山还从没见过她这样的神情。

泰山说："我们得赶快离开这儿。一刻也不能耽误，好在我们三个人总算到一块儿了。现在的问题是怎么走最安全。楼上的暗道门已经被锁死了，这条路是走不通了。要不然我们试试下面这条路？柯切尔，你是从下面进来的，是吗？"

柯切尔说："是的，我是从下面被带进来的，楼梯下有一个房间，里面有很多武士，我们恐怕很难出去。"

这时，躺在地上的奥托布突然坐起来了。"你没有死啊！"泰山惊呼起来，"你伤得重不重？"

奥托布小心翼翼地活动了一下四肢，又摸了摸头，说："奥托布没有受伤，他只是觉得有点头疼。"

泰山说："好。你想回你的家乡沃马波吗？"

"想！"

"那么你就带我们走安全的路出城吧。"

奥托布回答道："没有安全的路。到哪里都有人把守，我们得时刻准备打架。我可以带你们从这里到街上去，路上应该不会碰到什么人。出去以后就得靠运气了。你们都穿着本地人的衣服，所以也许不会被发现，但是到了城门口恐怕就不好办了，因为任何人都不许晚上出城。"

泰山说："很好，那先带我们出去吧。"

奥托布带着他们从外间的破门出去，穿过走廊，进入右边的一间房子。穿过这间房子和走廊，又经过几间房子和走廊，终于来到一道楼梯前,推开楼梯口对着的门,正对着的就是王宫后面的侧街。

他们四个人并没有引起街上行人的注意。走到有灯光的地方,三个白种人小心翼翼地避开行人的目光,在暗处就不用担心了。他们离城门越来越近,这时突然从城中心传来一阵骚动,奥托布一听便浑身颤抖。

"这是怎么回事?"泰山问奥托布。

奥托布回答道:"主人,他们一定是发现了房子里的死尸了。那个人叫维扎,是这个城市的市长。他的儿子和那个女的逃出去以后肯定报告给士兵了。"

泰山说:"不知道他们有没有发现我扔到狮子园的那个家伙。"

柯切尔听得懂土著语言,所以她知道他们在说什么,于是她问泰山知不知道他扔下去的那个家伙是国王的儿子。泰山笑着说:"不,我不知道。如果他们找到他,麻烦就更大了。"

这时从他们身后传来一阵喇叭声。奥托布不禁加快了脚步,边走边说:"主人,快点,快点,情况比我想的还要糟糕。"

泰山问:"到底怎么回事?"

"我估计国王的卫兵和狮子全部出动了,我们恐怕很难逃出去。但是他们如此兴师动众是为什么呢?"

奥托布不知道缘由,泰山倒是猜到很可能是因为他们发现了王子的尸体。这时夜空中又响起了一阵更响亮的喇叭声。泰山问:"这是要召唤更多的狮子吗?"

奥托布回答道:"不是的,主人,这是在召唤鹦鹉。"

他们听了这话又加快了脚步,走了几分钟之后,听见头顶有鸟儿扑棱翅膀的声音,抬头一看,一只鹦鹉正在他们头顶盘旋。

泰山笑着说:"鹦鹉还真的来了。难道他们打算用鹦鹉杀死我

246

们吗?"

奥托布看着鹦鹉朝门口飞去,哀叹道:"主人,我们真的完蛋了。鹦鹉发现我们了,现在正飞到城门口去报信。"

泰山很生气:"天哪,奥托布,你在说什么?难道你也跟那些家伙一样疯了吗?"

奥托布说:"不是的,主人,我没有疯。你不知道,这些鹦鹉会说本地的语言,跟人差不多,甚至比人还要可怕。几只鹦鹉凑一块儿就有可能置我们于死地。"

"我们离城门还有多远?"泰山问。

奥托布回答说:"不远了,转过这个弯再走几步就到了。但是鹦鹉比我们先到,守城士兵已经有所防范了。"话音刚落,他们就听到前面人声嘈杂,有人在传达命令,后面则传来离他们越来越近的狮子的吼叫声。

他们躲到主街旁的一条小巷子,突然一头黑色的狮子从暗处蹿出来。奥托布吓得躲到泰山的后面,带着哭腔说:"主人,看,是丛林里的大狮子。"

泰山拔出腰刀,说:"我们不能后退,不管是狮子、鹦鹉,还是人,我们都得想办法对付。"说着他坚定地朝城门走去。这时,一阵风从泰山这边朝黑狮那边刮过去,泰山离黑狮只有几米距离,黑狮突然停下来,盯着他们看,没有咆哮,只是低吼了几声。泰山一下子放心了,他回过头对同伴们说:"不要害怕,这是我救的那头狮子,它不会伤害我们。"

黑狮走到泰山身边,跟着他们一起往前走。到转弯处,他们看到城门了。城门处灯火通明,二十多个武士严阵以待,后面追来的狮子也越来越近了。狮吼声中还夹杂着鹦鹉的尖叫声。泰山转头问史密斯:"你还剩几颗子弹?"

史密斯回答："手枪里还剩七颗子弹，内衣口袋里大概还有十几颗。"

泰山说："我们要行动了。奥托布，你负责保护这个姑娘。史密斯，我们俩朝前冲，你到我左边来。至于狮子，就不用我去吩咐了。"这时黑狮正龇牙咧嘴地对着守城士兵咆哮，士兵们看到这头狮子跟他们豢养的狮子不一样，都有点害怕。

泰山对史密斯说："我们朝前冲的时候，你先放一枪，这或许会把他们吓住。以后不到万不得已就不要放枪了。准备好了吗？冲！"说完就朝城门冲过去，与此同时，史密斯开了一枪，一个黄衣武士尖叫一声倒了下去。其他武士慌作一团，只有一个看起来像是军官样子的比较镇定，在极力安抚大家。泰山说："现在，我们一起往前冲！"说完带着大家朝城门猛冲。黑狮明白了泰山的意图，也向士兵们扑过去。

守城门的士兵刚刚被他们完全没见过的武器吓得惊魂未定，现在又遭到狮子的袭击，吓得四散逃命。军官连声怒骂，叫他们不要惊慌，他们此时只顾逃跑，哪里还听得进去。黑狮冲到右边，用利爪打翻了几个想要逃跑的士兵，泰山和史密斯也冲了过来。

现在他们最难对付的敌人是那个发号施令的军官，他熟练地挥舞着弯刀，朝泰山猛砍，泰山对弯刀似乎不太适应，一时之间无法招架。史密斯怕伤了泰山，不敢开枪射击。突然他看到泰山的武器居然被军官打飞了。那家伙尖叫一声，举起弯刀朝泰山劈去，想要结果泰山。正在千钧一发之际，他突然猛地僵住了，双手颤抖，弯刀掉落到地上，口吐白沫，眼睛朝上翻，好像被人勒住了脖子，然后重重摔倒在泰山的脚下。

泰山弯腰拾起他的武器，转过头对史密斯笑了笑。

史密斯说："这家伙可能是癫痫病发作了。这里的人大多数都有这个毛病。他们的神经受不了过度的刺激。如果他是个正常人的话，刚才你可就危险了。"

其他的士兵看到他们的头领死了，顿时士气大跌。他们在城门左侧的街上挤作一团，朝城里援军过来的方向高声尖叫，催促援军赶快过来解救他们。城门口还有六个卫兵，他们背靠着城门挥舞着武器，脸上满是恐怖和愤怒。

黑狮顺着街道追赶两个逃跑的士兵。泰山对史密斯说："现在必须用手枪了，我们必须马上干掉这些家伙。"史密斯拔枪射击，泰山趁势向前突进。两个士兵被击中倒下，剩下的四个士兵分成两队分别朝史密斯和泰山扑过来。

泰山直扑其中一个士兵，这样另一个士兵的弯刀就没有用武之地了。史密斯向扑过来的一个士兵开了一枪，子弹直中胸膛，但是再开第二枪的时候却发现子弹已经没有了。士兵挥舞着锋利的弯刀朝他砍过来。

泰山举起武器挡住了朝自己头上砍过来的一刀，对手一下子失去了平衡，泰山趁势一只手勒住他的脖子，一只手抓住他的大腿。此时另一个士兵正拿着刀从后面朝泰山突袭而来，泰山举起前一个士兵朝他扔出去，只听一声尖叫，士兵的刀正好插进他同伴的肚子。

史密斯此时子弹用尽，手无寸铁，正在他感到绝望之时，黑狮从后面蹿出来，直扑袭击史密斯的武士，一口把那家伙的脸咬下来了。

接下来的几秒钟，他们动作神速，完成了一系列的行动：奥托布打开大门的门闩，推开大门，拉着柯切尔跑到门外，泰山和史密斯结果了最后一个守城士兵，也跑了出来。他们终于逃离了这个疯狂的城市，进入茫茫夜色中的开阔地带。此时六头狮子从

逃出城堡 | 249

后面追来,泰山的黑狮转身朝它们扑过去,双方对峙了一会儿,六头狮子被黑狮的威力吓住,转身逃跑了。泰山和他的同伴们迅速朝黑暗的森林中撤退。

"他们会追出城来吗?"泰山问奥托布。

"晚上应该不会的,"奥托布说,"我在这里待了五年,还从来没有见过有人晚上出城。他们害怕晚上穿过森林,即使有人白天到森林另一头去了,也会等到第二天天亮以后再穿过森林回城。所以,主人,我想他们今晚是不会追出城来的,但是明天肯定会有人出城追击我们,那时他们肯定会追上我们。即使没有被追上,我们中也会有人被丛林里的狮子吃掉。"

他们穿过城外的田园时,史密斯掏出子弹装进弹膛。柯切尔默默地走在泰山和史密斯中间。突然,泰山停住脚步,转身面向城堡的方向。他魁梧的身材在黄色制服的陪衬下在月色中格外显眼。他抬起头发出一声嚎叫,原来是在呼唤他的黑狮朋友。史密斯不禁打了一个冷战,奥托布惊恐地翻着白眼,吓得跪倒在地,柯切尔也吓得心扑扑直跳,她情不自禁地朝泰山靠近,几乎要挨到他的肩膀了。这动作完全是下意识的,她自己都没有反应过来。过了一会儿,她往旁边退了几步,脸都羞红了,她不禁庆幸夜色昏暗没有人看到她的失态。不过,对于自己的举动她并不觉得羞耻,她觉得难为情的是,泰山可能对她的行为有抵触心理。

这时,从城门口处传来黑狮的回应。泰山他们站着等了一会儿,黑狮庞大的身影出现了,它沿着小路追上了大家。泰山伸出手拽着黑狮的鬃毛,然后大家继续往森林里走。他们身后的城堡中传来了一片疯狂的喧嚣:狮子咆哮,鹦鹉尖叫,疯子们狂呼乱叫。泰山他们此时开始进入阴森恐怖的森林,柯切尔又不由自主地朝泰山靠近,这一回泰山也感觉到了。

泰山自己是无所畏惧的,但是他能理解柯切尔的恐惧。他心头突然涌起一阵怜惜,不由得抓住柯切尔的手,拉着她一起往前走。有两次他们遇到了狮子,但是泰山的黑狮朋友大吼一声吓退了那些狮子。中途他们不得不停下来休息几次,史密斯已经筋疲力尽,到第二天早上,泰山不得不背着他翻越陡峭的山谷。

Chapter 24

英军救援

他们进入峡谷的时候,天已经亮了。尽管除了泰山,其他人都已经疲惫不堪,但是他们明白不能停歇,必须想尽一切办法找到一个地方能越过陡峭的崖壁攀爬到上面的平原去。泰山和奥托布都相信城堡里的人是不会追到峡谷来的。他们在崖壁附近仔细寻找了半天时间,依然没有找到可以爬上悬崖的路。有些地方泰山一个人也许能够爬上去,但是其他人都没有这个能力,泰山也不可能拉着他们一个个爬上去。

将近半天时间,泰山一直扶着史密斯往前走,这会儿,他发现柯切尔也开始跟跟跄跄的。他知道在过去的几个星期时间里她经历了怎样的磨难和艰险,她的体力早已透支。她一次次鼓足勇气和力气在峡谷中艰难跋涉,但是她明显已经体力不支、举步维艰。泰山见此,由衷地佩服她的坚强和隐忍。

史密斯也注意到了柯切尔的状态。走了一会儿,他突然跌坐到沙地里,对泰山说:"我走不动了,柯切尔也越来越虚弱;你们赶快带着她走吧,不要管我了。"

柯切尔坚定地说:"不,我们绝不能这么干。我们一起经历了那么多艰难险阻,尽管现在逃生的希望很渺茫,但是我们必须在一起,除非泰山……"说着她抬头看着泰山,表情严肃地说,"除非你离开我们先走。你没有义务留下来陪我们送死,我希望你先走。你看,现在你没办法保全我们,带着我们一起逃生。你已经把我们从城堡中救了出来,但是要带着我们穿越这无尽的沙漠到达最近的水源地恐怕是不可能了。"

泰山微笑着对柯切尔说:"现在我们大家都活得好好的。人要么生要么死,没死之前就要尽量想办法好好活着。我们虽然被困在这里,但这并不代表我们会死在这里。现在让我们先休息一下,等你和史密斯恢复了体力我们再出发。只要我们能找到路,我们就可以到达离我们最近的沃马波部落,在那里我们可以找到水源和食物。"

柯切尔问:"但是,城堡的人会追到这里来吗?"

泰山说:"会。他们很可能会追上来,但是我们没必要为了还没发生的事担惊受怕。"

柯切尔说:"我真希望我能有你这么豁达的胸襟,但是我恐怕是做不到了。"

"你不是在丛林出生和长大的,也没有生活在野生动物中间,要不然你也会有的。这是丛林的生活哲学。"

他们看到前面有一块突出的石头,就走过去在石头的阴影下休息。黑狮不耐烦地走来走去,又在泰山旁边蹲了一会儿,最后一跃而起,消失在他们的视野中。

大概休息了一个小时,泰山突然站起来,打手势让大家安静好让他听动静。他一动不动地站了一分钟,仔细听从峡谷深处传来的声音,但其他三个人什么也听不到。最后,泰山转过头来看着他们。柯切尔问:"怎么回事?"

"他们追来了。"泰山说,"他们离我们还有一段距离,但是已经不远了,我能听到草鞋踩在地上的声音和狮子的脚步声。"

"我们怎么办呢?继续走吗?"史密斯问,"我想我休息得差不多了,可以继续走了。柯切尔,你怎么样?"

柯切尔回答:"我比刚才感觉好多了,可以走了。"

泰山知道他们俩都没说实话,人是不可能在极度疲劳之后快速恢复体力的。但是他别无他法,只能寄希望转过这个弯以后能走出峡谷。

泰山对奥托布说:"你帮助史密斯中尉,我来背柯切尔小姐。"柯切尔不愿意浪费泰山的体力,竭力拒绝泰山的帮助,但是泰山不容分说,一把把柯切尔背到背上,朝前走去。奥托布和史密斯紧随其后。没走多远,他们就听到了追兵的声音,狮子闻到他们的味道,嚎叫不已。

"我多希望你的黑狮朋友能回来帮我们。"柯切尔说。

泰山说:"我也希望,但是没有它我们也只好尽全力自保了。我们最好找一个适合防守的地方,这样我们也许能把他们击退。史密斯是个好枪手,如果敌人不多,又是一个一个上来的话,他或许能把他们都干掉。至于狮子倒不用太担心,它们没什么头脑,只要看到豢养它们的人被打倒了,自然会惊慌失措,狼狈逃窜。"

"这么说你觉得我们还有希望?"柯切尔问。

泰山回了一句:"我们现在还活着呢。"

泰山指着前面说:"我还记得这个地方。"原来那里有一块从山顶滚下来的大石头挡在路中间,石头大约有十英尺高,两边的路非常狭窄。这个地方果然是适合防守的好地方，至少不会腹背受敌。

他们走到石头后面，还没来得及隐蔽好，泰山就听到头顶的悬崖传来声响，抬头一看，一只小猴子居高临下地看着他们，过了一会儿，猴子朝追兵的方向跳过去了。奥托布也看到了猴子，他说："猴子会给鹦鹉报信，鹦鹉又会给疯人报信。"

泰山说："报不报信都一样。狮子已经闻到了我们的气味，我们躲是躲不掉的。"

泰山安排史密斯拿着手枪防守北边的开阔地带，奥托布拿着长矛和史密斯并肩作战，他自己则负责南边的防守。他叫柯切尔蹲在他们中间。他说："这个位置相对比较安全，万一他们扔长矛也伤不着你。"

等待敌人进攻的感觉是痛苦的，柯切尔蹲在地上，感觉时间似乎凝固了。最后，敌人终于冲上来了。狮子的吼叫和疯人的狂叫震耳欲聋。疯人追到面前又停住了，好像在研究泰山他们的防御工事。一头狮子突然朝泰山扑过来，泰山举起腰刀迅速朝狮子挥舞过去，手起刀落，狮子的头被利索地劈成了两半。

柯切尔听到有脚步声朝史密斯冲过去。史密斯举起手枪射击，随着一声尖叫，一个敌人应声倒下。敌人眼见第一次进攻被击退了，士气有点低落。但是他们只停歇了一小会儿，又开始了第二轮进攻。这一次是疯人对付泰山，狮子袭击史密斯。泰山事先提醒过史密斯不要在狮子身上浪费子弹，所以现在由奥托布拿着长矛对付狮子。他们两个都被狮子抓伤了，最后史密斯拿着柯切尔给他的短刀刺进狮子的心脏。袭击泰山的疯人太大意了，他冒冒失失地冲到泰山身边，泰山趁他不备拧断了他的脖子。

敌人暂时后退了，但是没过几分钟，他们又开始全力进攻。

英军救援 | 255

这一次人和狮子一拥而上，疯人举着长矛在前，狮子跟在后面，随时听命进攻。

柯切尔说："这回我们是不是要完蛋了？"

泰山大喊道："不！我们还活着呢！"

泰山话音未落，敌人已经拿着长矛从两边冲上来了。为了保护柯切尔，泰山肩部被长矛刺中了一枪，倒在地上。史密斯放了两枪之后也被长矛刺中了左腿。现在只剩下奥托布还在死命抵抗。史密斯刚刚才被狮子抓伤，现在又受了腿伤，一下子晕倒在地，手枪也掉到地上，柯切尔赶紧把手枪捡起来。泰山挣扎着站起来，一个武士又冲过去把他按倒在地，掏出腰刀就要往泰山胸口扎。就在这紧急关头，柯切尔开枪击中了那个武士。

这时，山谷里突然传来一阵枪声，泰山他们和敌人都惊呆了。令泰山他们三个欣喜若狂的是，他们听到了英语的号令声，这声音在他们听来不亚于天籁之音。刚才情况危急，连泰山都快要放弃希望了，现在这声音又一次带给他们生机和希望。

泰山推开武士的尸体站起来，拔掉肩头的长矛。柯切尔也站起来，和泰山一起走出他们做掩护的大石头。狮子都逃跑了，武士也全军覆没，战斗一下子就宣告结束了。泰山和柯切尔看到面前出现了一支英国军队，可是这时有一个士兵端起枪对准泰山，柯切尔明白是泰山穿的这身黄衣服引起了误会，她马上跳到泰山面前挡住士兵，并且告诉他："不要开枪，都是自己人。"

英军士兵说："举起手来，我们不能随便放过任何穿黄衣服的人。"

正在此时，带队的英国军官过来了，泰山和柯切尔用英语向他解释了整个事情的原委，他看看他们确实跟躺在地上的疯人长得不一样，就相信了他们的话。十几分钟之后援军的大部队也赶来了。他们帮史密斯和泰山包扎了伤口。半小时之后他们朝营地

英军救援 | 257

出发。

当天晚上，部队做出决定，先用飞机将史密斯和柯切尔送到东海岸的英军总部。泰山和奥托布则谢绝跟随部队一起回去。泰山解释说他要回西海岸的故乡，奥托布要回沃马波，他们可以同路走一段。

柯切尔问："你真的不打算跟我们一起回去吗？"

泰山回答："是的，不打算。我的家在西海岸，我要继续朝西海岸走。"

柯切尔哀怨地看着他说："你还要回到可怕的丛林。我们再也见不到你了吗？"

泰山沉默了半响，回答道："永远不相见。"说完转身就走。

第二天早上，卡佩尔上校乘飞机从营地过来，打算接柯切尔和史密斯回东海岸。泰山远远地看着飞机着陆，上校从飞机里走出来跟部下打了个招呼，然后转身朝柯切尔走去。泰山想，这个德国女间谍真是厉害，她的身份早已被自己识破，她居然如此镇定自若。卡佩尔上校满面笑容地走过去和柯切尔握手。泰山虽然听不见他们说什么，但看样子他们之间关系很是亲密无间。

泰山生气地转身走了。这时如果有人从他身边经过的话，一定能听到他在低声咆哮。他知道，自己的祖国正在跟德军交战，他热爱祖国，跟德国人又有血海深仇，按理他应该去揭发柯切尔的真面目，但是他犹豫不决，不忍让柯切尔遭受惩罚。他低声咆哮不是因为痛恨柯切尔，而是痛恨自己的软弱。

柯切尔登机朝东飞去，泰山没有再朝她看一眼，只过去跟史密斯道别，史密斯也再次表示对泰山的感激之情。泰山目送着史密斯的飞机消失在天空中。

英军也打点好行装，只等命令一下就开拔回营。卡佩尔上校想要亲自勘察大本营和先头部队之间的地形,所以决定和大部队一起步行回营。临走之前,他对泰山说:"我希望你能跟我们一起回去,爵士。如果我的请求还不够分量的话,那史密斯先生和刚才那位小姐的恳求一定会让你动心吧?他们俩都请我转达他们希望你回到文明社会的愿望。"

泰山说:"不,我要回我自己的地方去。柯切尔小姐和史密斯先生之所以这么说,只是为了表示对我的感激,希望我能过上幸福生活。"

上校惊呼一声:"柯切尔小姐?难道你知道她叫柯切尔,是个德军间谍?"

泰山目瞪口呆地看着上校,他简直无法理解一个英国军官会如此随意地谈论一个敌军间谍,而且还让她从自己手里逃脱了。

"是的,"泰山回答道,"我知道她叫柯切尔,是个德国间谍。"

"这是你知道的所有事实吗?"上校问。

"是的,我知道的就这么多。"泰山说。

"她是尊敬的帕特丽夏·坎贝女士,是英属东非情报部门最有价值的成员。她父亲和我曾在印度一起服役,所以我打从她出生就认识她。瞧,这是她从一个德国军官手里弄到的一些材料。她历经千辛万苦也没有把它们弄丢,这是多么可贵的责任感!我还没来得及仔细看这些材料,但你可以看出来这是一份军事地图、一些报告,还有一个叫作弗里茨·施耐德的德军军官的日记。"

"弗里茨·施耐德的日记!"泰山脱口而出,声音里充满压抑的痛苦,"卡佩尔上校,我能看一下吗? 他就是杀害我夫人的凶手。"

卡佩尔上校默默地递过日记。泰山接过去飞快地翻看着,寻找着那一天——那可怕的一天。终于找到了,他飞快地看完了那一页,突然间瞠目结舌,脸上出现一副难以置信的表情。卡佩尔疑惑地看着他。

泰山惊呼一声："天哪，这是真的吗？"说完他读出日记的一段话：

"和人猿泰山开个玩笑。当他回家的时候，他会发现他的妻子在卧室被烧成了炭，他以为是他老婆，其实是戈斯把一个黑女人烧焦了，然后把格雷斯托克夫人的戒指戴在她手上。活着的格雷斯托克夫人对德国最高指挥部当然比死的更有价值。"

"她还活着！"泰山叫起来。

"感谢上帝！"卡佩尔也跟着叫起来，"那现在你怎么打算？"

"我当然要跟你们一起回去。我冤枉了坎贝小姐，真是太不好意思了。但是我当时怎么知道实情呢？我还跟史密斯说了她是德军间谍，要知道史密斯深爱着她啊。所以我回去不光是为了找回我的夫人，也要纠正我的错误。"

"这点你不必担心，"卡佩尔说，"她肯定已经让史密斯相信她不是敌军间谍，因为他们今早离开之前，史密斯先生告诉我她接受求婚了。"